陈琪炜 著

迷宫

羊城晚报
·广州·
出版社

图书在版编目（CIP）数据

迷宫/陈琪炜著. —广州：羊城晚报出版社，2023.12
ISBN 978-7-5543-1242-1

Ⅰ. ①迷… Ⅱ. ①陈… Ⅲ. ①中篇小说－小说集－中国－当代 ②短篇小说－小说集－中国－当代 Ⅳ. ①I247.7

中国国家版本馆CIP数据核字（2023）第192295号

迷宫
MIGONG

责任编辑	王晓娜
责任技编	张广生
装帧设计	友间文化
出版发行	羊城晚报出版社
	（广州市天河区黄埔大道中309号羊城创意产业园3-13B
	邮编：510665）
	发行部电话：（020）87133053
出 版 人	陶　勇
经　　销	广东新华发行集团股份有限公司
印　　刷	佛山市浩文彩色印刷有限公司
规　　格	787毫米×1092毫米　1/16　印张20　字数310千
版　　次	2023年12月第1版　2023年12月第1次印刷
书　　号	ISBN 978-7-5543-1242-1
定　　价	68.00元

版权所有　违者必究（如发现因印装质量问题而影响阅读，请与印刷厂联系调换）

自序

模仿

  如题所言，本书中的数篇小说（或者别的体裁，如散文、随笔），大都是模仿了数位作家的某些特征，尽管也有例外。如果有像我一样无聊地反复看同一本书的读者大约能感受到。事实上说"模仿"也不是很稳妥，应该说"对标"更加合适。因为其中的部分作品已经（在我看来）褪去了模仿的痕迹。

  我打算在序中微略剖析一番这些我两年来断断续续写的作品。虽然有王婆之嫌，而且对自己的文字指手画脚一番也会限制理解作品的自由程度，但还是略微写写好些。讨厌这部分的读者（比如我，我总是看完正文再来看序）就请跳过此部分。哪怕完全不看也毫无问题。

《"记忆的永恒"》自然出自达利的同名画作，一幅应该是最为出名的"尽人皆知"的画。在这里我将过去所做的一次鲜美的梦融入到我对画的印象中，试着营造一种梦的朦胧感。在这篇文章里，我首次尝试了通过大量堆叠名词来营造类似意境的效果，后面的小说也经常用到，相当消耗体力，不过效果不好。

　　《二十二岁的Ratatouille》原本想模仿《三十二岁的Day Tripper》那样的感觉，不过后来有些改变。Ratatouille是一类杂烩菜，通常有番茄、茄子、洋葱以及土豆，是一道简单的炖菜。我总是用番茄膏做。文中的"我"与"织子"的短暂相遇被力图写得甘美，不止于身体上。现在看来又接近于《喜欢巴特·巴恰拉克吗？》，不过写得虎头蛇尾。为了使其完整，数个月后我又写了《Béchemel Poached Chicken With New Vegetable》，即白酱时蔬烩煎鸡胸。我没去过芬兰，对芬兰所写有出入还望包涵。文中的"我"与"织子"在最后于一处奇特的场所相遇，某种程度上延续了浪漫。后来我也经常把人物安排到一处"不存在的场所"，用意我还尚且未知。

　　《母亲葬在哪儿》的灵感自然来源于《世界尽头与冷酷仙境》中的独角兽小镇。从此文开始，我确定对大海的独特感情。

　　《血腥玛丽或烂泥潭》是我想象着嬉皮士在现代社会的样貌而写出来的。写时我心情很差，因此文章也万念俱灰。因我的情绪而影响文章的情况太多了，我在此就不一一列举。

　　《迷宫》是我特别喜欢的一篇，应和的是《鹂鹋》。写来让人摸不着头脑。像村上春树一样，我也搞不清楚这篇短文的来源，包括那间快餐店和最后的泥瓦匠究竟是怎么出现，为什么出现的。但这不是游戏，我在此保证，这并非胡闹。

　　《狂乱之舞》系列是三篇互不关联的小说。《流》是将一种病态的美悄悄展示出来，仿佛暴露癖那样。《冠》则改写于我过去写的一篇短文，意在诉说人的野性。《颜》则最奇妙，我意在描绘一种莫兰迪性冷淡色彩，类似一幅从前看的人体艺术摄影，由强暗光带来的颗粒感。这三篇中我最喜欢《颜》。

《一同进食》来源于《意大利面条年》，尽管两者的孤独有所不同。伊丽莎白·拉弗朗蒂是一位虚构人物，地位类似于玛丽莲·梦露。她最后也没说清来意。

《六月酷暑》模仿了《五月的海岸线》。乍一看会觉得山寨气味很浓，但两者的差距其实很大。情节来源于我所看过的一张照片，以及过去地理老师所讲的故事。我不太吃得惯青海的食物。

《CD（1）》和《CD（2）》的线索都是一张《佩珀军士孤独心俱乐部》光盘，不知多少人喜欢过它。对同一标题的再创作十分有趣，就像村上春树写过26次电视人一样。

越写越长了，是为序。

目录

001　蝉寂
006　母亲葬在哪儿
031　血腥玛丽或烂泥潭
038　迷宫
044　二十二岁的Ratatouille
055　Béchemel Poached Chicken With New Vegetable
068　"记忆的永恒"
072　狂乱之舞——流
087　狂乱之舞——冠
092　狂乱之舞——颜
101　一同进食
107　故事一则
111　六月酷暑

115	Sea Monster
118	死生礼赞
188	大雪封山
194	剥离
195	大口吃
198	与清冷的无声击键一同降生的信件，随信附有白灰
203	深巷？阈限
205	CD（1）
209	CD（2）
213	一次对抗
219	追赶
303	如何制造潇洒
306	如何劝说猫上吊
308	奔涌（代跋）

蝉寂

他从床上坐了起来，凝视着窗外纤细的新月。他早已忘记时间的概念，但因为家里人大多都戴着表，所以他也能从家里人的表现中得知当前大概该做什么。他这个年纪，别人大概都在担心他第二天还能否活着迎接朝颜的开放，但却没有人想过当他难以入眠时该怎么办。

他缓缓起身，穿上他深青色的，仿佛浴衣一样的优美服装，庄重而细致地在自己身后用布带系上了一个相当复杂而精巧的结。他感受着自己着装的分量，也感受着逝去的古老传统的庄严和距离：衣服有长时间的熏香，闻起来有相当陈旧的仿佛深闺一般的气息。绳结也系得相当紧，他仍然瘦削而迅捷的身体在顽强抵抗着这股力量。

他拾起房门边的一根棍状的，尽头略微弯曲的毫无修饰的物件，努力直起腰板来维持他曾作为武人的尊严。他回忆起了御伽草子书写的故事一般的经历，心头不禁涌起一股浓烈的思念。

我们作为人最无法理解的一点，就是总会怀念起过去。无论它是辉煌得如同剧画，还是失意得如同断刀碎玉。它们都随着时间吹拂，只在记忆中留下一层浓郁的暖黄，一如风干的蜡。它封住了所有的痛苦，可怜的人性只让我们回忆时强拉出一抹微笑，而忽视那本质，即最能代表人类所有宝贵的感情——伤悲。

他拉开房门，画着千篇一律的昏暗的花鸟画的门在槽中移动时发出的沉重的声音让他想起世上仍然有声音存在，确实太静寂了，他想，自己不知从何时起就放轻的呼吸，现在听起来也显得粗重。贾岛的妙句"僧敲月下门"中，想必"敲"字也是韩愈对绝对寂静的不信任而为贾岛选择的吧？世上并无绝对寂静，即使刺破鼓膜，也依然能听见源于自身的声音：呼吸，心跳，甚至眨眼。而带着紧闭的听觉来到世上的，既无听力，自然也不知寂静。阳光使荒凉成为更新的荒凉，声音使宁静成为宁静。

　　他忍受着雷鸣般的脚步声，拉开庭院的门。新鲜的风便带着似有似无的月光迎接他。坚实的土地会将脚步声吞没，他不必担心被家人干扰，可以保持着如同祭拜八幡神一般的心境。

　　他再次望向月亮，那仍然是锋利而易碎的纤细的新月。但不知为何，今夜并不昏暗，他看得清，感受得到周遭的一切。他注视着月亮的双眼已与刚才不同了，而是带着冷静的虔诚的遥望。这与隔着窗户是两回事，他与新月呼吸着同一方空气，每阵风都将平等地吹拂他们。

　　他想起了"风月"这个词，一个与他几乎毫不相关的词，他可以自傲地说，他受用着这无边无际的，仅属于他的风月，他望着月亮，握着长刀，想起了竹取物语，那家喻户晓的民间的凄美神话。

　　月亮昏暗而寒冷，不可近于爱情的绝美的辉夜姬，从月光照射的纤细的竹子中来。或许那个不知名的作者，是在几近疯狂的状态下描绘着这个他的不存在的爱人的，然后又为她套上了性情的枷锁，让她永远不被任何人占有，仿佛冰雪。一切极寒的事物，都与极美有相当的关系。

　　当他反应过来时，他正坐在庭院中某棵枫树下，想象着严寒的月宫中，连眼泪都凝结成珍珠的辉夜。他再次望向新月，感到一阵前所未有的快慰，世上的确还有月亮。正是因为辉夜的存在，月亮才如此迷人。换句话说，既然月亮如此迷人，那么辉夜姬就一定存在！

　　他被自己逗笑了。但他并没有笑上太久，他继续望向月亮，眼中闪着泪光，仿佛感慨着什么。在感慨什么呢？他想。

其实他也不知道。但他在那一刻感觉自己"应该这样做"。原因谁都解释不清。但他的举动仿佛为这一刹那补上了最后一块拼图，时间也仿佛为之停止。最后一群老人中的一个，在世界里，望着纤细的新月，仿佛第一个老人注视着新月一样，而他们望着的，是同一轮新月。

如同因陀罗在网上打了一个优美的结一般，风月引导着他融入寂静。

不知过了多久，他才回过神来。毕竟实在是太寂静了。连一点来自世界的声音都没有。平常总有一种巨大而轻柔的，如同巨轮般的幻象的，极容易让人忽略的声音，在你需要时才会被回想起来。他进而意识到这悲伤得如同狂涛的轰鸣，此刻却消失了。

那是蝉鸣。

他左顾右盼，试图寻找蝉的叫声。即使在清冷的月夜，寒蝉一般也会鼓起铗来。那平静的鸣泣，会随着我们的悲哀一同沁入心底，成为灰暗的画布底色的一部分。

但是现在蝉鸣消失了，仿佛被偌大的空间所吞食。

他心里感到不安，回头看了看树，树上确实一只蝉也没有。仿佛在湖中央滴下一滴清水，投一颗石子一般，他立即被扰动得极其紧张。他从手边拿起了一片叶子端详，想要平复心中的恐惧，或是兴奋。然后他盯着这片枫叶许久，才想起来因为枫的异香，上面是不会有蝉的。

他的心情略微平复了些，他低下头，注视着这片鲜红的散裂的秋叶，它仍保持着完整明晰的姿态，只是通体鲜红，没有那种老朽的黄和腐坏的灰，一如沐浴鲜血而出生的我们。但它看起来是那么纯净，那么优雅，与带着原罪的鲜血又不同，是谁的鲜血才能染出那样的颜色呢？

是那家伙？他想。在过去的人。用仇敌不恰当，他们之间没有怨恨；用好友也不行，他现在还不知道那家伙的名字，他们只是对手，纯粹的对手。

一生中差点打败他的，也只有那家伙。

"夕阳真美啊！"这是那家伙死前的赞叹。

阳光的末日里，太阳最后一次咆哮，将圣洁的光耀再次投向这世界。但天空和他都已衰老，残缺的太阳并不像正午一样白灼而严肃，而更像个懦弱而疯狂的输家，猛地刺穿自己似乎坚不可摧的胸腔，于是，在整片大地上，洒下了血般奇异的光辉。

当他回过神来，怀中的那家伙已经冰凉，他草草挖了个坑，将那家伙和他的刀就地掩埋了。

现在回想起来，仿佛鲜血依然溅在手上，而那家伙的笑颜依然绽放在眼前一样。手上的红叶莫非也是他的生灵所化？

他的心境似乎与那时看夕阳一样，月亮与太阳究竟有什么不同呢？归根结底不过是纯洁和污秽，死亡与生命，冰雪与鲜血的区别罢了。漫天的黑暗与漫天的赤红，只是一个给人寂静，一个给人燥热罢了。

他看着眼前，手上的那根木棍。这是一支找了当代最神妙的制刀匠削成的木棍，一切都与刀没有区别，除了没有刀刃。他特意嘱咐了这件事，因此它事实上只是一根木棍，他借此宣告世人：他下一次拔刀之日，就是他的死期。归隐之人大多都会说这样的话。

他握住刀柄，以熟悉的方式略加使力。冰凉光洁的刀尖应时飞出，寒气散发出来，日头照着他惊讶的面庞上每一根老迈的痕迹。

这仍然是一把锋利的刀，不过许久未被拔出来而已。

他长叹一口气，注视着眼前修长的长刀。切腹是独自死在战场上的方式，他想到。但他放弃了，他实在太过懦弱，他只是把刀凑近嘴边，用舌头舔了舔。传到意识的只有一股浓烈的铁锈味和一种如同在纸上用手指滑动的头皮发麻的感受，也许这就是"甜味"也说不定？他想着。

而过去他仍怀着一腔热血。曾将刀上鲜血认定为甜美。说到底，这也不过是心境问题。

他感受不到曾经的愉悦，于是长叹一声。他又一次被无尽的孤独拥抱，如同铺天盖地的黑暗向他袭来。只不过，他这次已做好准备，如同死刑犯临终前的叹气。

他仍试图驱赶阴霾。他拾起那片红叶，试着吹响，这曾是他的拿手好戏。但那片红叶已难以再被吹响，只不过，有一股似有似无的枫叶的气味，传进他衰朽的口中。

　　他感到一阵突如其来的困意。

　　就这样睡去吧，他想，但愿明天能照常醒来。

母亲葬在哪儿

母亲葬在哪儿,葬在哪儿
在窒息的高山顶,
在阴暗的森林中,
在炙热的麦田里,
在生人的记忆上。

母亲葬在哪儿,葬在哪儿
当她的一切都已逝去,
她不再是母亲,妻子,女人,生命
她在哪儿才能获得安宁?

母亲葬在哪儿,葬在哪儿
她的骨灰随大海漂泊
她的面孔凝视众人哀哭
可她葬在哪儿,葬在哪儿

"在阴暗凝滞的大海上明亮的船舷边，我望着正离去的我的美丽的孤岛，哼唱着当地哀伤的民歌。"

该岛地处极北之地，事实上它离北极如此的近，以至于探险家们都不认为这是个可以补给的城市。这里有一望无际的辽阔的海，几乎不曾涌动，如一块凝结的来自深海的时间。

然而当地极夜现象显著，尤其在入秋时阳光就渐渐变少，直至冬至时变为绝对的永夜，因此辽阔而宁静的海很少能完全出现在视野里，只有在灯塔永远矗立的岛的角落，海洋才会短暂而局部地浮现。其他地方宛如罩着一层寡妇的黑纱，添上了一层爱伦坡式的恐怖意味，海仿佛变得黏稠，冷漠地注视着我，使我准确地感受到从脊椎深处传来的一阵原始寒意。

或许也是这个缘故，当地大多数人患有季节性情感障碍（SAD），在阳光开始减少时便逐渐郁郁寡欢，在冬至来临时则如一条紧绷的丝绸。空气中伴海潮气而来的还有他们浓郁的悲伤。每当这时他们就聚在一起，唱着这首动人的民歌：《母亲葬在哪儿》。

当他们再也难以忍受自己无法排遣的哀伤时，他们会从家中出来，三三两两地聚在一起，去往某些人的家。他们大部分是大提琴手。这座常住人口不到五千的小岛竟有大约八百位大提琴手，并且其他乐器几乎没有人学，想来这真是令人诧异。

于是他们来到大提琴手们的家，凑齐——总能凑齐——三十至四十人，开始他们如同悲鸣的合唱。有时有二声部，有时有三声部，但他们的哀伤却融合在一起，发出强烈的感伤气息，这似乎已不是一种当地特殊的艺术形式，而是一种宗教仪式。他们强烈的哀伤就在此时排遣出来，听见的游客们无不落泪，只有大提琴手泰然自若，以低上八度的音阶来应和，发出与和声相呼应的悠扬旋律。

合唱完后，他们得以暂时回归生活，直到强烈的冰冷的感受再次攫住他们，使他们再次造访这里，参加这庄严的仪式。

永夜里偶尔下雨，冰凉但未结冰的细雨。在这细雨挑拨着当地人的心弦时，强烈的感情忽然爆发出来。他们会在梦中哭泣。随之抒发的感受在地上堆积起来。在雨天里打着伞行走时，我时常以为自己在悲哀的雪中跋涉。

我是在秋天造访这里的。这座小岛极端排外，但并不是以暴力的形式表现的——冬天的人们已经失去这样做的勇气。那是以多种冷形式出现的，比如在当地找不到工作。当地似乎没有空缺的职位。

当地有将近三分之一的人是渔民，事实上该国最引以为傲的水产中最优质的那一部分就是从这座小岛上出产的。岛也从这得到了相当可观的收入，足以熬过一冬——冬季并不适合捕鱼，虽然海面并未上冻。

而剩下的人多数开餐馆，这也是旅游旺季的重要收入来源。事实上多数家庭都是男子随船捕鱼，女子和孩子照料家庭餐馆。还有一些其他的活，杂货店老板，图书馆管理人员——当地有一个相当不小的图书馆，还有护林员和巡山人。当然还有八百余位大提琴手，他们在冬季获得足够一年吃用的收入。

说到护林员和巡山人，那就要提这座岛最重要的地方了。在岛的西北部，有一座被密林围绕着的死火山。或许是过去喷发过，才造就了这个岛和火山附近肥沃的生长着密林的土地。这片森林被当地人命名为"列希塞希"，意为"海浪"，究竟为何一片针叶林与海浪有关，我暂且不得而知。

在森林中央的死火山名为"塞哈斯库恩"，意为"悲伤的高处"。当地语"海"和"悲伤"发音相当像，这点颇令人注意。这座熄灭了的火山，终年积着厚重的皑雪，为岛投下安静的阴影。那座山是当地神圣的疆域，人人都会踏上一次，这是当地的习俗：六岁时由三四十个人，包括父母，领上山顶，一齐合唱这首当地的歌：《母亲葬在哪儿》。

我决意向山顶进发，一个人。

那天我沿进山公路走到山脚的巡山人的哨亭。那位巡山人拦下了我。"冬天嘞。"他用不标准的该国官方语言说。

"没关系，我只在山脚转转。"我用不标准的当地方言说。

他显得很惊奇，或许是为一个竟学了当地语言的游客。但这并未太减少他脸上透出的悲戚，看上去他今天要拜访大提琴手了。

"行吧，千万别上山顶。小心点，有事打岗哨电话。"

"山顶上有什么？"我试着问。

他盯视了我一眼，眼神活像冰面上的母海豹。

"什么也没有，除了冰雪。"他仿佛陈述谁都知道的事实一样。他打开闸门，放我进去。我听见背后传来两声剧烈的咳嗽。

我沿着登山道一路向上走，途中只在长椅上坐了一次。山不高，顶多五六百米，只消半天就能走到。在长椅上，我要划开地上的雪看那些莫名其妙的图形，直到那片雪皮被我完全除尽，露出下面漆黑的土壤。我不知道为什么这土壤乌黑得如此惊人，仿佛那只是个洞，而没有任何存在的迹象。我想继续思考下去，但又害怕停留太久会失温而死，于是站起身，继续向前走去。

大约又过了两个小时，我抵达了山顶。山顶全是苍白的积雪，让人怀疑这些积雪是否真能堵上这座火山曾经暴怒过的喷口。但雪层十分厚实，足以支撑起当地人神秘的成人仪式。

而在这雪地上，有一块突兀的印迹，我走过去看，是一个或许嵌在地里的十字架，由金属铸成，竟然没有被雪所覆盖。我蹲下来，抚摸着这十字架。十字架带着金属的冷涩感，并不温暖，可能比周围还要冷，我朝十字架哈一口气，立即结出了冰晶。我抹掉细碎的冰，长叹一声，站起身来。

寒风变得更加剧烈，呼啸着在我身边肆虐。我裹紧身上的黑色羽绒服，极目远眺，远处只有一片黑暗！今天的阳光已经悄悄退场，而灯塔还在倔强着挺立，发出孤寂的光。光穿过中间的茫茫雪海，照亮了我一瞬，我也感到了如雪般汹涌的心灵涛波。

我体力不支，倒在地上。我枕在冰凉的，绝不被任何东西温暖的十字架上，缓缓闭上了双眼。

脑袋昏沉，我想。我已经醒了，但为什么我没睁开双眼？

我试着睁开双眼，但双眼未听从我的劝诫而张开。并不是双眼不服从，而是指令不对，或是大脑还没反应过来。

再试一次！我像站在洞穴门口的阿里巴巴一样不断尝试着咒语，而眼皮仍未顺从我的命令，依旧死死地合着，没法打开。

我还没放弃。终于眼中出现一线曙光，眼前从光感变成纯粹而精确的充满细节的世界。我呼出一口气，注视着眼前的陌生事物。

首先是一片木制的屋顶。我已好久没有注视过木头的纹路了，因此一时半会儿没认出来。我吃力地扭头，看见了一套木制的家具和一个壁炉。我正躺在壁炉旁，盖着仿佛熊皮的厚被子。

"醒了？"一个陌生的声音传来，声音温暖而富有力量，不像常年悲戚的当地人。这富有穿透力的声音来源于四面八方，一时间我竟不知道该往哪边看。

我支撑起身子，世界开始旋转。一个修长的黑色身影匆匆走来，扶着我，让我轻轻躺下。可是我又闻到了枕头里黑熊的气味。

"再休息会儿，会好的，不用着急。饭快要做好了，等会儿就好了，我跟你聊一会儿。"

"好吧。"我闭上双眼，发出一声长叹，寒冬是以什么捕获了我呢？究竟是以其严寒，以其凛冽，还是以其苍白的诱惑……

"你怎么在山顶？"他问我，"巡山员绝不会放你进山的，这种天气。"

"骗他说只在山下转转来着。"我睁开双眼，这次轻松得多。

"得，我每年只来这山顶一次，今天恰巧碰上你，若是我来晚点，你可就死在山上咯。当时你全身都冻得发青，背着你下山时像背着一块大石头一样。再别这么做了！冬天的山顶是相当危险的！"

"那你呢？你为什么上来？"我问。

"我？我是灯塔管理员啊。"他若无其事地说，"灯塔管理员每年冬季都要上一次山，这是岛上自灯塔建成时就有的习俗了，差不多三百年了来着，不知道？"

"不知道。"我直言相告。

"得。"他长叹一声。厨房里传来微波炉"叮"的一声，他站起身来，"饭好了，看能不能自己走过来，不行我再扶你一把，若是要快些痊愈，必须这样才行。"

我翻身下床，站起来。身体确实虚弱得不成样子，若不注意，没准塌在地上，四分五裂。我一步一步地迈着两条虚软的腿，竭力使步伐有些尊严，我走到餐桌旁，拉开椅子坐下。

"来了，"他端着锅进来，锅里都是罗宋汤，飘着浓烈的洋葱香味。"虽然不是什么好东西。"他带着歉意说。

"相当不错，我即使生着病也产生了强烈的食欲。"我说，"虽然有些失礼，可还有别的？光喝汤可能有些……"

"有有有。"他走进厨房，拿着一袋焦黑的面包和一碟酸白菜走了出来，"这下就齐全了。"

"好像东德人的食物。"他大笑。

我抓起一块面包，撕成两块，蘸进汤里，约莫五秒后拿出来塞进嘴里，浓重的俄罗斯气息带着咸牛肉罐头里些许的膻味堵塞了我的口腔。我忘情地嚼着，焦黑的面包壳被咬碎时发出的苦涩香气在舌头上回荡，冲击着我堵塞的鼻腔。

罗宋汤相当够味——这点早就闻出来了。他毫不吝啬地放黑胡椒，洋葱也炒得出了香味，用的也是正宗的咸牛肉罐头，酸菜也发酵得相当开胃，据他所说用了中国的发酵方法。

吃完这些，我感到浑身舒畅。汗出了不少，似乎把病痛也给排了出来，他看上去也很高兴。

"这是第一回有人夸我做饭好吃。"

"以前呢？"

"以前只有自己吃，一开始有个老灯塔管理员，可他是个哑巴。"

"父母呢？"

"在我学会做饭前就去世了，老灯塔管理员将我抚养大。"

我们沉默。

"我猜你想知道什么。"他说。

我沉默地注视他。

"首先，为何这座小岛上有如此多的人患季节性情感障碍，而且总唱这一首歌？然后，为何岛上有如此多的大提琴手，而且民歌只用大提琴手伴奏？最后，我看起来并没有患这疾病，为什么呢？"他问出这一连串问题，甚至比我自身还清楚这些问题的存在。

他沉思许久，其间用食指敲着桌面。声音越来越大，越来越快，然后突然慢下来，声音也小下去，直至最后一下轻轻触碰桌面，几乎没有声音。

"抱歉，"他说，"我知道，但我不能告诉你。你只能自己在岛上找答案。等你大约知晓，或认为自己大约知晓了，就来灯塔找我，我会告诉你，在那时。"

他站起身："在那之前你可以自由寻找答案。提示：与这首歌有关。"

"民歌《母亲葬在哪儿》？"我想。

他驱车送我回了镇上，一路上我们沉默不语，我在专心致志地思考关于民歌的事，而他大约只是在欣赏车载音响里流淌的略显哀伤的爵士乐。每首音乐前都有一位声音低沉而充满磁性的男声优雅地报幕。接下来则是曲调多变，夹杂着无数半音的萨克斯悠长而黏稠的鸣声。

回到我下榻的酒店——事实上与民居无异——我又感到饥饿，于是走进第一家我见到的家庭餐馆，要了西班牙海鲜饭，尽管相当不正宗，味道太甜，不够香，辣味也稀少，但这是这些餐馆里少有的我能放下心的热食之一：当地人似乎不太喜欢热食，餐馆里的菜多是冷食。

就我在这家餐馆进食的时间里，有三个当地人进了餐馆。他们都是独自来的，两个年轻的女孩，或许刚过二十，与老板打过招呼后就径直钻进后厨，然后传来熊皮靴踏在木制地板上沉闷的"通通"声，不断向上，淡出，最终消失在头顶。

还有一位头发花白的老先生，穿着相当正式，在昏暗的餐馆里显得尤为受人尊敬。就像"教父"，我想。"教父"叫什么名字来着？维托·柯里昂，思绪发出回声。唐·柯里昂。

他找了一个相当幽暗——但不是最幽暗，我能看清他的半张面孔——的座位，缓慢地拖出椅子——并未发出那种尖锐的划过地面的噪声。他坐下，看看手表，拿起一份报纸读着，戴上了他金丝边的老花镜。

在他进来时，坐在柜台后的老板娘已进了后厨，无声地忙碌。过了一会儿，她端着一盘新鲜的牡蛎，轻轻地放在他面前，他摘下老花镜，把它放在桌子黑暗的一边，放在报纸上——大概，我看不真切。

他平静地拿起放在中间的切成两半的柠檬，挤到牡蛎上。这期间，老板娘从墙上取下一支白葡萄酒，倒进高挑的高脚杯里，推到他手边。

他拾起一只牡蛎，送到嘴边，嘴很快地一动，便把那只收缩的带有深海气息的新鲜牡蛎吸了进去。他缓慢而津津有味地嚼着，拿起——用拇指，食指顶和中指抓着脚杯，而非用某两只手指间的缝隙托起杯身——高脚杯，啜饮了一小口，以冲淡牡蛎那"微微发涩的金属味"。

在他快吃下第六只牡蛎时，老板娘又悄悄地端来一碟煎鳕鱼，鳕鱼无疑已经放凉，即使在冬季也没温热的蒸气。他从牡蛎碟中拿起半个柠檬，在煎鳕鱼上挤了一大半。

煎鳕鱼不大，他缓慢地用餐刀切下一小块，送进嘴里。解决完鳕鱼后，他转头开始进食桌上唯一的热食：奶油鱼子酱吞拿鱼意面。他的进食完全没有声音，相当符合绅士风度，但又能看出那些食物味道应当极好。

我看着他花白头发的侧影发呆，等到老板娘走过来，从桌上拿走不少的现钞——大概有相当多的小费时，才意识到他已经悄悄地离开了。

　　我吃完饭，到柜台处给钱。由于是从银行里取的，给的是一张呱呱新的大钞。与我应付的钱相差无几：我还另开一支红酒。

　　"不用找了。"我用当地语言说。

　　她飞快地瞟了我一眼，继续清点零钱，点够了才放回柜台里。

　　这期间，我听到楼上传来低沉缓慢的大提琴声。

　　"抱歉，但楼上是在合唱吗？我听见大提琴声了。"我用官方语言说，我还不晓得"大提琴"在当地语言里应该怎么说。

　　她又瞟我一眼："是的。拉大提琴的是我女儿。"大提琴的发音是"萨哈米兰"，意思大概是"悲伤的众人"，但多了个不明所以的鼻音后缀。

　　"我能去看看吗？"我问。

　　她抬起头来看了我一会儿，神情像是冬天的松鼠在鉴定果实。

　　"去吧，楼梯在后厨，进门向左转。"

　　我沿着逼仄的楼梯不断螺旋着走，提琴声也变得越来越大，他们杂乱而调和的合唱也渐渐听得见了，我在二楼下几层楼梯处听他们如同倾诉或者忏悔的歌喉，一动不动。

　　渐渐地，一股感伤的力量堆积起来，从空中沉降，落在我周围。悲哀的雪，悲哀的雨，悲哀的鹅绒，悲哀的灰尘，这些悲哀在我身边积蓄，逐渐将我在"安宁"中埋葬，从而达到某种平静的永恒。我还能移动但关节仿佛休眠，或是大脑不愿连接，身体迟迟未能摆动。直到这合唱结束，悲哀被恒常的时间之风刮走，我才能够摆动身体，甩掉那异样的黏滞感。

　　我走上这几步台阶，与诸多当地人擦肩而过，他们多低着头，注视着地面，不期望发生突然的眼神交流。我侧身穿过人群，走进一个巨大得如客厅的房间，那个女孩正坐在那里，手依然握着琴弓。

"不好意思，但今天的合唱结束了，明天再来吧。"她垂着双眼说。

"抱歉，我是个游客，也是个研究这里的学者，听到了这里的合唱，很感兴趣。所以想来问几个问题，可以吗？"我尽量使用得当的措辞，活像小学生在练习交际语。

她抬头看了我一眼，神情略微有些好奇，随后垂下了头。

"嗯。"她应道。

"谢谢。"我就近拉过一张椅子坐下，这才来得及端详她的样貌。她个子不高，几乎是抱着大提琴而从侧面看弦按弦的，如同对待自己年轻的爱人——如果她有的话。

她并未遗传她母亲那一头赫红的略带棕色的头发，而是一头纯正的东方样式的黑发，但双眼是遗传她母亲的两颗棕灰色的水晶，被长长的睫毛所遮盖。她无疑很漂亮，但在这座岛的冬季，很少有人能燃起爱焰。

"好的，"我注视着她发尾遮盖中若隐若现的脖颈，"能跟我讲讲你的生平经历吗？只要与其他大提琴手相似的就好了。"

"嗯……"她显得不知所措，我这才意识到我问得太泛了。

"抱歉，换个问题好了。你还记得你六岁时在山顶上的仪式吗？"

"嗯……记得。"她说。看来她从未接触过这类采访。

"能跟我讲讲吗？"

"好。"她答应下来，回想了一阵，"嗯，当时在山顶上，我的父母，还有别的大人，都站在我面前。"

剩下的原句记不清了，我尽量依原意复述一遍。

当时她站在山顶那个金属的十字架旁，为她举行仪式的人们则站在一旁的斜坡上，约排了三排，每个人都至少露出双眼，定定注视着她，确保自己的所知、所想、所感受能如同母亲的初乳一般将重要的核心之类的东西传递给她。

她当时相当不知所措，"就像是一堵墙迎面扑来"，这是她的原话，她求助似的望向父母，但父母刹那间似乎离她很远很远，只是悲哀地注视着她。

就在她尚未准备好迎接什么（不管那是什么）时，众人忽然开始了合唱，合唱那首颂歌，挽歌，哀歌。《母亲葬在哪儿》。

她感到了"心灵的雪崩"（原话），汹涌着冲刷着她，洗礼着她。她平静地站着，承受着山顶的众人对她进行的哀痛的叙述。

而她没有流泪。

"这么说，别的孩子此时都会流泪咯。"我说。

"岂止如此，大部分孩子在面对'雪崩'时就已经吓得浑身发抖，瘫在地上。这时合唱就会停止，父母上前安慰孩子。然后下山，回家。"

但这种打击对孩子来说相当沉重，他（她）会渐渐变得沉默寡言，在某些夜晚（尤其是极夜的夜晚）小声哭泣，随后逐渐成为岛上一位正常（以该岛的定义来说）的人。

而她没有流泪。她坚持到了合唱结束。尽管合唱或多或少会在孩子的灵魂上打下印记，以至于他们终身戴着悲哀的枷锁行走，她的印记也要轻上许多。这意味着她不必参加合唱，她的悲伤要更加难以融化，因而更加难以表达。

于是她成了大提琴手。

"每个这样的孩子都会成为大提琴手吗？"我问。

"绝大部分，你当然能拒绝，但大多数孩子没有拒绝。拒绝了的家伙不知为何都很短命，死因各不相同，但多不是外因导致。"

"因病而逝？"

"大约，少有自杀或意外身亡。他们是慢慢消亡的。"

"慢慢消亡。"我在笔记本上画出这一行字。

"我大约了解了，但这有几个技术上的问题。"

"怎么？"她略微侧了侧头，姿态很是优美。

"大提琴手是只学这一首歌吗？我还未听见过别的歌。"

"那当然不会。"她自然笑笑，随手拉出一段繁复的旋律，我从没听过类似的歌曲，"我们也要从音阶开始练，一步一步，弓法，指法，再练习无数首名曲，从巴洛克风格的到俏皮的爵士风格的舞曲，都要一点一点练习。直到技艺足够精湛，至少老师听来足够精湛，才会教给我们这首歌。"

"直到能抒发自己情感的时候？"

"或许。"她低下头，看自己手心。

"对了，你刚才提到了'老师'，能跟我讲讲吗？"

"怎么？"她抬起头。

"就是说，老师是从岛外请来教学的还是……"

"当然是岛上的了。"她不以为然地说，"每当有孩子在仪式上被选中成为大提琴手，岛上其他大提琴手就都有了培养他成为新的大提琴手的义务。当然不可能每个人都来教。因此会找一位年事较大的未在教学的大提琴手来教。我的老师是一位花白头发，大约六十岁——哦，当然是教我时六十岁——的瘦削的老先生。为人刚正，雷厉风行。不过年纪大了脾气多少缓和了些。"

"还在世？"

"不，去年去世的。"她低下头，"葬礼相当隆重。据说一同下葬的琴弓有两把。"

"传统？"

"是的。大提琴手下葬时要将琴弓也带入棺内。而琴留下来传给学生。如果琴坏掉了就送去修，修不好也要留下一片木板，装在新的大提琴上。"

"为了纪念？"

"或许。"她又低下头。

"不过有一个问题：大提琴手在哪儿下葬？"

"公墓。全岛人都葬在那儿。"她抬起头。

"是树林里那座？"

"是。"这次她没有低下头，而是注视着我的双眼。

"谢谢你的支持。"我站起身，事务性地与她道别。

"我送送你吧。"在我走到房间门口时,她说。

我回过头来,感到惊讶(我的感受在寒冷中变得稀薄)。她已站起了身。而她身上一丝不挂,洁净得如同午夜落下的初雪,好像谁用雕刻刀在雪堆上勾勒出数条细腻曼妙的曲线。她早就一丝不挂,而我一直没有意识到,我开始怀疑自己的记忆,但却无法怀疑,我无从得知我都遗忘过什么。

"怎么?"她轻声说。

"这……为什么?"我问。

"为了回忆起那天的寒冷,我才刚开始进行这项作业,需要靠外在力量引出我的悲哀。"她平静地看着我说。

"我自己下去吧,你先把衣服穿好了。天气冷。"我低下头。

"谢谢。"她重新坐下。

回到旅馆,我躺在床上,注视着天花板,回想着那个女孩,那个大提琴手。

琴弓上浸润着大提琴手的哀伤,随着大提琴手的下葬,琴流传下来,浸润着几代人的哀伤,因而将"个人"稀释,只剩下纯粹的哀伤。

因此琴才流传下来,并将吸吮更多人的哀伤。

我想到这些时已经沉沉睡去,醒来时才在脑海里发现这些记忆。

我驱车前往公墓。前半段的路与进山相似。只是中途拐进一个不同的弯,风景便完全不同,为何会这样呢?我胡乱地想。

森林较雪山要阴暗得多,深入不到一公里,就有两棵树挡住路。一旁插有路牌:公墓就在前方一千米处。路牌上是巨大的"禁止车辆通行"标志,剩余的路要用脚走。我下了车,向着公墓漫步。

冬季的森林悄无声息。熊储存了冬天所需的脂肪,正在它们冰冷的山洞中缓慢地呼吸。它们还活着,我想,尽管它们一动不动。松鼠也没见到,或许它们也潜藏在自己的窝里,注视着松子光润的外壳,然而悄无声息。

随之而来的是山间的松涛，被风吹过的针叶单调地振动，忽地鸣出巨大的响声，而后缓慢地冷寂下来。身处林间，分辨不出松涛富有体积感的音响究竟来自何方，一如面对海浪。想到这里，松涛没来由地带上了极其浓烈的黯然神伤的枯萎色彩。

他们早已发现松涛具有海浪般冰冷孤寂的声响。不，正因其具有海浪般深邃悲凉的声响，他们才将其命名为"松涛"，即"海浪"。

我此刻回想起夜晚那黑暗的，笼有黑纱的深海。在身处海边时，我就常常感到深夜时大海如石油般黑暗而黏滞，泛着清苦的悲伤气息。但大海的哭泣又比石油清亮得多，如同寡妇。

而此刻围绕着我的，也是如同深海般清晰，黑暗而浓稠的冷寂。松涛被永夜裹挟，如圣母般拥抱着我，唤我回到最初的冰冷的深渊。

但我不能在此间停留。我继续走着，尽管无法甩掉身上凝滞的黑暗，但只要不停下，黑暗就无法凝固，我也就能继续行走。黑暗需要一颗细石来结晶。

不知走了多久，在我全身大约被浸湿时，哀伤的氛围忽地统统消失，担负在我肩头的浓稠的哀伤之荷也已被放下，我猛然意识到这里已经是我的目的地了。墓地此时显得尤为温暖。

我继续向前走，直至触到一块巨大的冰冷的石碑，上面刻有十字架以及"Rest In Peace"全文而非缩写。石碑散发着静谧的气氛，吸引着人们靠在她身边哭泣，我也不例外。

我靠在石碑旁，缓缓坐下，舒出一口长气。这里是人的归宿，而非人的起源。想到这里，我感到一阵安慰。这里曾埋过痴情的恋人，埋过静寂的罪人，埋过疯子，埋过大提琴手，也曾没有埋过什么人。

这里依然伸手不见五指，但黑暗的密度明显降低了，由黑暗的潮渊变成黑暗的风，以至于给了我一种似乎能适应这里的错觉。我闭上了双眼，默数十个数，睁开。

眼前依旧黑暗。再来一次，这次要等久一点，我对自己说。

我闭上双眼，打算哼一首歌来计时，但没想到合适的歌，就在我心灰意冷，行将睁眼时，那首歌忽地被我召唤至思绪之间。

《母亲葬在哪儿》。

我深呼吸一口，平静地唱出了开头。音调奇低，或许是因为知道后半部分此起彼伏的高音，我并未用腹部发声，不知为何。

随着歌唱，一种冰凉的感受渗入我的体内。我感到害怕，但却无法停下。虽然我确信我的身体依旧由我全权控制，但是我似乎不愿停止歌唱。我发着抖，一遍又一遍地唱这首歌，感到畏惧，但又不停歌唱。

我甚至没法睁开双眼，尽管睁开双眼也是无尽的黑暗。

黑暗，对了，黑暗。外界的黑暗冲破墓地的阻拦涌向了我，且早已将我淹没。它们悄无声息，宛如巨大的食肉动物悄悄张开大嘴，包住猎物，再缓慢合上。我感到绝望，这些黑暗早已以其哀号般的恐怖攫住了我，我已无法动弹，唯有继续歌唱，等着黑暗将我领去某个安宁之地。

然而这没有发生，黑暗从某一瞬间开始停止涌入，转而缓慢地变得稀薄。冰凉的绝望感也在渐渐变得黯淡，转而为某种温暖的感受所代替。这种感觉最开始是心理上的，是异样感消失的感觉，而后逐渐变成生理上的：背后逐渐变得温暖，高过我的体温，让我感到怀抱般的适意。最后意识到的是视觉上的变化：眼前有了温和的淡黄色的光。

我睁开双眼，刹那间，温暖由背后涌向全身，眼前有什么发着不刺眼的微笑般的光，一大群光。

是十字架，在公墓里布满的十字架，正在我面前发着温和的暖光。这些暖光连成一片，向周围散发着热，驱赶着黑暗。

我不禁双眼润湿，起身去触碰那些明灯般的十字架，它们摸起来依旧是木板，带着被锯平时粗糙的感受，然而它们似乎在发着热，摸上去没有冰凉的感觉而只有触感。

我闭上双眼，想含住眼泪，然而在我闭眼的那一刻，大量新鲜的片段涌进了我的脑海。我没经历过它们，因此我很好奇。

在这些片段里我都以一个旁观者的角度在看，因此我料想这是墓主人的记忆，尽管不知为何会涌进我自己的记忆里。我猜这些是墓主人最温暖、最快乐的经历，这些经历给了他活下去的勇气。

然而我猜错了。

这个片段是在葬礼上，就在这附近，是为一个过世的渔民而举行的，渔民的双眼透出一股浓烈的哀伤，与他厚重的胡须相呼应，难不成是墓主人的葬礼？我想，人们唱起歌，片段结束。

《母亲葬在哪儿》。

下一个片段，我说。下一个片段依旧是葬礼，只不过死者有所不同。照片充满哀伤，人们唱起歌，片段结束。

《母亲葬在哪儿》。

下一个片段，我说。下一个片段依旧是葬礼，这次的死者是个女孩，照片充满哀伤，人们唱起歌，片段结束。

《母亲葬在哪儿》。

下一个片段，我说。下一个片段依旧是葬礼，这次的死者是位大提琴手，照片充满哀伤，人们唱起歌，片段结束。

《母亲葬在哪儿》。

下一个片段，我说。

不知几个片段后，我睁开双眼。我经历了无数次葬礼，或许与墓主人所经历的一样。我感到相当疲乏，因为经历了别人最悲伤的生命片段。我希望靠在什么上，但那块石碑早已不见踪影，原地变为一片空地，没有迹象。

我走向下一个墓碑，不出意料，依旧是葬礼，照片《母亲葬在哪儿》。

葬礼，照片，《母亲葬在哪儿》。

我走向下一个墓碑。

葬礼，照片，《母亲葬在哪儿》。

我走向下一个墓碑。

葬礼，照片。

我走向……我没有再走向下一个墓碑。我在这个片段里仔细寻找了一番，最后才发现这场葬礼只有一个人，一个小孩，在棺材旁抽噎着唱《母亲葬在哪儿》，他穿着我相当熟悉的衣服。工装，灰色，谁来着？

我猛然想起灯塔管理员，尽管长相对不上号，但衣着相同，或许那小孩便是过去的灯塔管理员，或许是上一代。

不，不是上一代。上一代灯塔管理员是个哑巴，或许是再上一代？

不，那时根本没有灯塔这东西。

哪里不太对劲。

我想起灯塔管理员对我说过什么，"三百年了！"他说。

额头开始发痛，我决定先回旅馆，好在身体已经温暖，即使回去也没多大问题。

旅馆的窗外仍是封闭的黑，天上不知怎的竟然没有星星。

在下雪，我一拍脑门。

我此刻躺在旅馆硕大松软而缺乏个性，仿佛工厂批量制造的蛋糕一样的床上，漫无目的地思考着什么。

美。

美应是永恒之物，在时间不息的吹拂中能留下的只有最精巧最具美感之物。因此美本质上与时间无关，与时间无关之物皆可称之为美。

美大约可分为两种，尽管标准不同时这两种也不同。现在我以运动与否来分类，则有动态的美与静态的美，动态的美如运动，静态的美如壁画。而由于动态的美可以分解为无数个细小的瞬间，因此动态美可以是静态美的总和。但同时静态美也是由无数的运动构成的，因此静态美是动态美的总和。两者本质是相同的，美具有唯一性，多元的美本质之上是统一的。

美还具有快乐与……不，快乐并不能被称为美，快乐转瞬即逝，没有永远的快乐。但正相反，有永久的哀伤。因此美蕴含于哀伤之中，一切美的事物大抵都具有……

哀伤，我猛然想起昨天的经历，"三百年了！"他说。

我开始思考这座岛屿，这首民歌，这些奇妙的经历的背后，我决定听那位灯塔管理员的，从民歌入手。

《母亲葬在哪儿》。

第一句是标题的重复，或者标题是来源于歌词的也未可知，这样来就陷入了逻辑死锁：是先有歌词还是先有题目？

早已无从考证！我叫着，但逻辑可不管三七二十一。我只得把一部分逻辑甩到一旁，好好嚼食这鸡蛋问题。逻辑没法耍弄，那东西严谨得很。

第二句，"窒息的高山"明显是指塞哈斯库恩，终年积雪，而又"窒息"，不再喷发，曾经炽热的鲜血早已凝固。"母亲"就葬在那儿？似乎有理可依，山顶的确有一个冰冷的十字架。

但是那里未免太过寒冷，而且并没有"母亲"一词所指代的感受。更重要的是，那个十字架是倒在地上的，并且四条分支一样长。这明显是正教的样式。此地何以流传正教呢？何况公墓里的十字架也不是四边等长的。

第二句，"在阴暗森林里"，当然指到列希塞希。并且很有可能指森林里那座公墓，那附近足够阴暗，也足够悲戚。或许"母亲"就葬在这里？

不，不会。那里的十字架都是居民的。即使是我靠着的石碑，它也突然消失了，而作为一首流传相当久的歌谣，"母亲"不应该突然消失。

第三句，"在炙热的麦田里"，这个我始终没能找到所指代的东西。此地并不种植小麦，因此我放弃想这一句。

但当我放弃这一句后，接下来几句的含义我都难以猜测，或许是给了自己放弃的选择后，懦弱从灵魂的根部爬了上来，直到倒数第二句我才又索引出什么来。但我已逐渐怀疑自己想得是否正确。

我要逃避。我用枕头盖住头，将身体缩成一小团，以躲避无孔不入的寒冷。我用身体作为惰性的外壳，来抵御冲刷我的黏滞的浪花。或许我会被侵蚀，变得与当地人一样，我平静地想，四周一片死寂。

我驱车前往灯塔。

去灯塔的沿海公路景观甚是奇特。远方的灯光照亮海上的某个角落，使黑暗的平面波光粼粼，细弱地散射照亮道旁的树，使其轮廓相当清晰，如同矗立于此的岗哨的尸体。

灯塔本身显得相当巨大，而干滑得如同理型的墙壁使它看上去不像这里的造物，而似乎是从世界伊始便存在了这里。顶端放出的白光惊人地刺眼，但它并不旋转，而且直直地射着附近这一小片海域。

我费力地拉开墙上古铜色的生锈的金属门。出乎意料，里面扶手相当狭小，逼仄得几乎没法容下两人，里面还有一个小房间，我拉开房门，进去。

那是一台电梯，我漠然地走进去，席地而坐。我很难再站起来了。许久，电梯门徐徐合上，随后极其缓慢地向上开动。

不知道过了多久：时间感不知何时已从我身边离去。门打开了，我用尽量小的动作站起来缓缓向前走去。

我这是怎么了？我费尽气力询问自己。但我没有力气再作出回答。前面是一段盘旋的楼梯，我想我要做足准备才能迈步上去。我的体力不知怎的下降得如此之快，或者说我并非在准备体力。

又过了相当长一段时间，我走上楼梯，灯塔管理员正在里面等着我。他站着，侧对着我，看着窗外的风景。窗正向外放射着惊人的强光，但这里却没见到灯。

"你来了。"他说。我早已没力气回应他，我拉过一把椅子，瘫倒在上面，注视着他，却没法开口。

"我早该料到的，这里太过悲伤，贸然登上灯塔是很容易得情绪障碍的。"他仍向着窗外说。

"这里究竟是哪儿？"我用刚恢复的那点力气问，看来我如此疲乏是因为这极强的抑郁心理。

"这里是灯塔，只是灯塔。"他说，说完他回头注视着我。

我们沉默。

"这座岛的根基即在于此，灯塔用灯光吸引鱼群，因此这岛的水产连年丰收。"他看着我，冷静地陈述着这个事实样的东西。

"这不是最根本的。"我说。

"对，这不是最根本的。"他说，"看来你已有所了解。"

"根本是……"我正要说，却被他打断。

"对，这首民歌。"

《母亲葬在哪儿》。

"这首民歌有其奇特的力量，能将这里的人的悲伤疏导出来，流入大气中，大提琴手们的悲伤则充当核心，吸附周围稀薄的悲伤。"

"接着，灯塔将其吸收，并转化为更浓烈的所谓抑郁的情绪，从此地发射出去，成为束光。光中蕴含着的浓烈的情感与大海所谓深渊恐惧产生共鸣，使这一带成为所谓centre的地方，类似于漩涡中心。"

"而漩涡自然会卷来相当的海中生物，人们便将其捕捞上来。因为其浓重的感伤性，这里的海产才会享有盛誉。"

"且慢，"我说，"那失去的那部分悲伤呢？"

"岛上的人自己也以大海为生，因此也染上了海所独有的忧郁气质，从外在来讲，即是所谓季节性情感障碍。他们自身便会产生悲伤，从岛中自然而然产生的悲伤。"

"同时，塞哈斯库恩的极寒也赋予此地微妙的来自死去的山的哀痛，列希塞希中涌现的松涛和黑暗也能补充失掉的感受。"

"也就是说，此地是以无尽产生的哀伤循环为养料而生出的孤岛。"我说，"人们哭泣、咏唱、产生情感，从而生存。同时也消耗着他们的生命？"

"是的，可以这样想。此地的平均寿命也降低了许多，人们都在妙龄去世，而不必变老，也不必写下'晚安，我的小猫'这样的字句，你不认为很妙？"

"当然，但是这样想，就有了一个漏洞。"我说。

"怎么？"

"山和林并不能提供悲哀的感受，而只能提供这种境遇，所谓situation，感受是由人产生的。而由于这里的生存条件太过艰苦，最开始就不会有人来，更不会有这样一个哀寂的灯塔。"

"是的。"

"所以这里必然有一个更原始的感受者，以及原住民。"

"对。"

"他们是谁？他们的感受者又是谁呢？"

"你。"

巨大的沉默来临，我刹那间感到一阵窒息，过了很久我才重新回过神来，重新看向他。而他一直凝望着我，姿势从未改变，如同一座冰雕。

"我？"我以干涩的声音咳出一个字来。

"对。这里是你的岛屿，悲伤源出于你的悲伤，灯塔放射着你的荒凉，人们交谈说的是你的语言，圣歌也是为你而写的圣歌。"

"像'世界尽头'？"

"对。"

我看向窗外，冷漠的大海顿时有了亲切感，仿佛在招呼我回到她冷漠的怀抱。岛上的人也是我的孩子，这么说。

"那么，民歌里的那位母亲是……"

"你。"他干脆地说，他不知从何时起便不长篇大论了。

"我将葬在这儿？"

"不，不一定。这里不过是你一个可能的归宿。或许是最好的一个，因为别处所没有的东西，这里有……"

"安宁。"我打断他。

他沉默着继续凝望着我。

"但对于人而言，安宁是不存在的。所以这些人都不是……"我试着问他，"都不是人？"

"不，岛上的人都是活生生的现实的人，但同你多少有些不同。"他说，"他们，不，我们，都是残缺的人。"

"因为岛的缘故，我们是你所有的悲伤所孕育的孩子。但这些水晶的胚胎都相当脆弱，在这由山与林的寂静所染的苍凉之风无尽的侵袭下，我们千疮百孔，我们都是残缺的。在你意识不到时，我们生存，在你意识到时，我们消失。我们以其意识的不稳定性活在世界上，维系着这岛残缺的安宁。"

"这里是你的悲伤所孕育的，发酵的，凝缩成的小小岛屿，我们是你的悲伤所解离出的破碎残片，你或许也会置身其中，得到我们的安宁。"

"我还有别的选择吗？"我盯视着他的双眼。

"当然。"他叹气。气氛此时微妙地变化了，有什么维系他的力量消失了。

"怎么样？"

"我会送你回到来的地方，你不是坐船来的吗？那我会送你回到那个港口。"

"如果我走了，我还能回来吗？"

"你觉得呢？"他苦笑。我才想起"在你意识到时，我们消失"。

"这里会变成一片深渊，埋葬这座脆弱的孤岛。"他说，"但你已无法抉择，也不会抉择。在你提出这个问题时这里消亡的命运就已注定。"

"只有哀伤完全浸透你的灵魂，冻结你肋骨中那些跳动的血肉，安宁才会悄悄来临。但当你提出这个问题时，你的选择便已注定。"

"我不能留下来吗？"我问。

"你不会留下来。你不再属于这里，你只会在此逗留，但不会留下来。"

是吗？我对自己说，安宁意味着抛弃些什么，但我像个溺水者一样紧紧抓住什么不放，所以才……

"明天我会开船送你走。"他抬起头——不知何时他已坐了下来，"或者以后也行，告诉我就好。对我来说都没多大关系。"

"那还是明天吧，"我没有迟疑多久，"既然再久也没有意义的话，尽管我依然想嗅闻这里的气味，聆听这里的歌声。但你也说过了——我不属于这里。"

"好。"他长叹。

"你会感到绝望吗？"我问。

"不会，残缺的人的感受是很少的。或许我该庆幸。"他看着我说。

我的行李并不很多。我拖着个小手提箱，向港口走去。

港口停泊着许多小渔船，颜色不一，但在这里的极夜下显得相差并不很大。这天风浪很大，渔船的起伏显得尤为剧烈。岸上的风向旗正顺风飘展，摆动的声音很大，听上去充满悲伤。我迎着风向码头走去，尽量抑制自己的情感。在抑制什么呢？我想。

他已在码头等我了，倚靠着一艘游轮，尽管游轮不大，但看上去相当气派。顶上还有一架钢琴，三角的大家伙，是施坦威的好东西。

"猜到是游轮了？"他问。

"没猜到有钢琴。"

他笑起来："来时没看见？"

"没。或许是出现的？"

"或许，我感觉不到嘛。"他说，笑意并未从他眼角消失，他伸出手拉我上来，"上来吧。"

"知道现在几点？"他又问。

"不知道，来岛上后时间观念多少淡了一些。"

"现在是上午六点五十分，开到港口大约是七点十五分，那时刚好日出。"

"也就是说，这艘游轮是驶向日出之地的。"

"我喜欢这个表达。"他笑起来。

"顺带一提,岛屿的存在需要极夜的庇护,换句话说,天亮时……"

"天亮时你就会消失。"我接话。

"嗯。"他发动发动机,游艇深处有什么苏醒过来,正在嗡嗡振动。

"那岛呢?"

"我正要告诉你:我开出后不要回头。在你离开码头后岛就将消失,而你回头并不影响这个结果。但其景象是相当恐怖的,会灼烧你的梦境。所以,不要回头,好吗?"

"好。"我又一次长叹。我长叹第几次了?

"好,走了。"

游轮向前行驶,我们沉默不语。他认真地在极夜中航行,而我则看向舷窗侧面无尽的海洋。

此刻海洋所代表的那种原始的恐惧消失了,只剩下了哀伤,如同悲哀的少女以其忧郁的棕灰色瞳孔定定注视着我,像在传递什么信息,但其双眼又澄澈如镜,没法看出任何寄托于此的东西。

想起少女,我便又想起那个拉大提琴的女孩,那些合唱着哀歌的当地人,那个温暖的公墓,那座悲哀构筑的岛屿。

而岛已经消失了。

刹那间,我感到一阵强烈的感伤,一种面对失去之物的感伤。我将丢弃更多更多的东西,我将一点一点地磨损,直到无所失去,就像抱住盐块漂浮的人。

游轮忽然停下了,我猛然回头——谢天谢地,他还在这儿。他也回过头来看我,带着一种无奈的神情。

"这里就是极夜的边界了,再往前就将日出,我将消失。"

听他这么一说,窗外的黑暗浓度似乎多少降低了些,更像是日出前的黑夜而非永恒的黑夜。

"所以能否请你上去弹弹钢琴?我不想让你看到我消失的模样,那也很恐怖的。"他带着歉意说。

"我走后你会消失吗？"我问。

"船还在开动，你还在我身边，在天大亮前我还能撑一会儿。"

"得！"我正要上去，他又拉住了我，相当仔细地端详我的脸。

"继续航行！带着死去的我们残破的灵魂。"他说。

我上了楼，船继续航行。

我坐在钢琴前，手自然地放在高八度和低八度上，思索着该弹什么歌。事实上我很快就想到该弹什么了。

《母亲葬在哪儿》。

我将右手移到低八度去，找了找音准，奏起这首民歌的旋律。

在演奏时我才意识到这首歌的悲伤之处，在重复旋律时，我感到有什么堆积到我周围，涌向我自身，这是大提琴手的感受吗？我不由得心想。

我挑了几个和弦来伴奏，再加上踏板。旋律越发悠扬婉转，接近大提琴那哀伤的音色了，随着旋律，我低吟着歌词，感到身体在随着旋律震悚、战栗。或许是过多的悲凄击溃了我，我不知道，我不知道……

原本相当简短的旋律忽地有了生机，全新的章节在我指下自然地涌现。我无法指挥它们，就像是音符自然地从我身体中流淌一样，而随着它们流淌，天空越发洁白，悲伤也越是增多。或许那座岛屿融化的悲伤重新流回了我的心底，并以音符的形式再次流出。

随着天空越加明亮，乐曲的色彩也越发炽烈，绝对的悲伤与狂热无异。音符的组合越来越复杂，情绪越来越高涨，由相当长的一段八分音符旋律变为数个和弦齐奏，我的情绪也随之达到顶峰。

而此时天已大亮，乐曲的流淌也"咔"的如同磁带断裂一样停下，我又感到了相当巨大的孤独。但这次无法排遣。

我独自奏出一段平庸的音阶结尾，看向天空。此时阳光正耀武扬威，展示着它那英勇的姿态。

游轮停下了，我伏在琴键上哭泣。

血腥玛丽或烂泥潭

明晃晃的。

有什么在发光。相当炫目的光,即使透过眼皮,也能给我以强烈的烧灼感。我不想大睁双眼,去适应外面如此刺眼的光。但不这么做便没法看见。只得作罢。

我缓缓睁开双眼,周遭的景物变得清晰,充满尖锐的轮廓感。色彩们没有构成一群平常的意象。我试着将手移至眼前遮挡什么,却没发现眼前有任何的改变,连光感都没有。我长叹一声,盯视着周围令人眩晕的白光。

我想找回我的触觉,我的本体感知——什么时候消失的?先试着蠕动,伸展自己的身体看有没有回应。无论身体与床铺的摩擦也好,关节伸展的压力也好,气泡破裂的声音也好,统统没有,简直像被丢进纯白色的太空里。

尽管没能感受到身体,我却感受到了一阵极强的灼热,似乎直接作用于我的意志一般,放射着令人诧异的特殊光泽。

就在我后脑勺开始发出神经绷紧的刺痛时,我猛地意识到了自己的后脑勺位于何处。接着,身体的每个部位都完好无损地回归,那阵光也突然消失——并且再没想起那光有多刺眼。具象的光多多少少为抽象的光的理性所代替。

眼前依旧是暗淡的色彩构成的一群平常的意象。我全身潮红。出了不少汗，但还活着，与往常区别不大，崭新的一天！

我坐起身，回过头注视床上另一个人，她身上的赘肉层层叠叠，几乎垂过腰际触到床上，凶恶刻薄的面孔尽管睡着也大张着嘴，舌头挡住气管，发出宛如巨象打响鼻的鼾声。

但实际上她并未见得多老，三个月后三十四岁。身上的赘肉也未见得如此厚重，至多只算表面附着一层啫喱。面孔也不见得如同鬼面，不过眼角褪去了初次相见时带有的羞涩的温和而变成随处可见的职场女性的神态罢了。究竟是什么让我如此刻薄地评价她呢？

过去我或许会抱住头，神经质地小声说"对不起"大约二十遍。但年纪一旦上来，善良（或许可以如此称呼）就显得越来越苍白无力。于是我继续承受良心对我无声的谴责，默不作声地去卫生间洗漱刮须。每次刮须前我都以为自身独一无二。当刮完须后，这种使命感之类的东西便忽地消失。我总对刮须后的自我不太满意。为什么呢？

或者是因为刮须后的自己看起来并不像自己？我心想，刨根问底的习惯至今仍未根除。或是保留一点也未尝不可。

换上不知什么牌子的西服，打上普通的条纹领带。我看了看表：六点十七分。六点半，闹钟奏响，妻子会起床，在那之前离家就行，为什么呢？

就此打住吧。

从冰箱中取一罐咖啡，拉开拉环，灌入喉中，脑后眩晕的温热感才得以消除大半。我又看了看表，带上房门，走向我所谓的岗位。

劳动是一切的源泉。马克思如此认为。

但我未在这个所谓的工作上获得任何的成就感。农民种出粮食，工人制造机器，军人守卫边疆，他们或多或少都有一定的满足感。

而我呢？我坐在逼仄的办公室里，从事着简单的各类计算工作，将一些数据变成另一些数据。就其面貌而言并不比计算前增色多少，人类也不会从其中获得任何进步。无非大把数字。

公司是房地产公司，然而我并未见到，高楼以我的意愿拔地而起。似乎我所计算的与他们建造的毫不相关，似乎的确如此。不时举办的庆祝派对也与我无多大关系。我只是计算了些什么，说到底，连社会人的基本的职能似乎都没有履行完毕。

因此我才讨厌工作。我渴望做有意义的劳作，而非无意义的工作！每天穿上西服，让数据从脑中呼啸而过，傍晚乘地铁回家，这叫什么东西？我要大声呼叫。

然而我已没有那样的气力，说起来我连愠怒都没有。只是感到悲哀。将其接受，慢慢消磨自身，如同老刽子手漠然挥动大刀砍掉自己的脑袋。

我本能地想创造什么，但却没有找到该做什么。于是我只剩下一个选择：逃避。我憎恨自己的懦弱！我对自己说。然而我无法可想，或许某日我会被贴上"碌碌无为者"的带着油漆味的标签，但又怎么样？

至少不会比这更糟了。我这时对自己说。

所以我常去酒吧。借酒浇愁并不算什么见不得人的事情，对吧？

对吧？嗯？

他妈的！这该死的烂泥潭！

对不起，酒后似乎失态了些。但这话我只对你说过，事实上这是七八年来我少有的几次发脾气。

我常要血腥玛丽。一来我几乎不知道有什么别的，二来这够酸，新鲜。而且大杯饮料很少有失败的。

那天或许酒劲上来了，也可能是因为别的什么事，我感觉那天的血腥玛丽比平日的要好，口感鲜爽，足够酸，气味都地道。我问吧台那个调酒师叫什么名字。

"迪尔。"他简要地回答。

我掏出纸笔，把这名字记了下来。这家伙是个生面孔，或许是个新手，但调得够味，得给他点鼓励。现在回头我是这么说的，可当时没想那么多，或许就是酒劲上来而已。

下一次来的时候，我点名要了他来调。他从休息室里急急忙忙出来，手上还抓着注射器，左手贴了张创可贴。

"葡萄糖。"他解释，"我常常贫血。"

"可卡因。"我说。

两人沉默。

他俯下身子，对我小声说："求你了，别说出去。"

"没必要。"我耸耸肩，"我又不是警察。"

"没人知道。"他坐下来，长吁了一口气，看样子放心许多，"并且这东西挺好搞到的，几年前我染上的，不知什么时候是个头。"

"烂泥潭。"

"对。"他笑笑，有气无力，叫人甚是心疼。

"只要像只猪一样在里面打滚，就没问题了。"

"妙语。"

"歪理邪说。"

"先生学识大概不差吧？"他站起身，"血腥玛丽，对吗？"

"对。"我说，"大学修土木工程，足足念了七年，学到多少不一定。"

"您是工程师？"

"哪的啊，人家学人家的，和我没多大关系。我只跟数字打交道，砖都不知怎么砌。"

"先生真会自谦。"他打开调酒器，把猩红的液体倒进硕大的杯子里。

"烂泥潭里滚出来的。"

"先生真是风趣。"他又笑笑，"好了，血腥玛丽。"

我接过来尝了一口，果真不同凡响。是，甚至还带有一丝海腥味，相当漂亮的一杯。

"那,有什么办法摆脱这泥潭吗?"他开口。

"没准哪天能把泥洗干净呢。"

"真的?"他抬起头。

"那当然,接着号两声,烫干净,上案板。"

"哈,妙语妙语。"他低下头。那一刹那我猛然后悔起来,自己何以开这样的玩笑呢?但话既已说出便没法收回,除非哪门子超人绕着地球转。

我喝完血腥玛丽,放下现金,悄悄离开这里。老婆还在家等我开饭,自己没法离开生活太久或者太远。

接下来两周活很不好干。接着加了两周班,晚上十一点才回家。酒自然没得喝,好在公司有饭堂,不至于饿死在电脑前。

就这样过了两周,事务总算告一段落。拿着不少的奖金,我打算多喝两杯奖励自己。走到了熟悉的地方,推开熟悉的门,坐在熟悉的吧台前,叫熟悉的人给我调熟悉的血腥玛丽。尽管事实上这些事情我只做过一次。

但他没出现,而代之以一位娇小的酒保,细声细气地说他辞职了。

"您是三周前与他聊天的那位先生吗?"

"两周前的。"

她回想了一下:"抱歉,我记混了。这是他给你的纸条。"

"去公园湖旁的长椅上找我。"纸条上潦草的字写道。

我看完纸条,将其对折,收进口袋里。"要血腥玛丽。"

"抱歉,没有调味汁。"

"嗯……"我环顾四周,大部分桌上都是一杯清澈的液体,几片叶片在其间漂浮,这种饮料叫什么来着?柠檬水?开什么玩笑,叫作……

"莫吉托。"我开口。

"好的。"她已拿起小刀切起了柠檬。

我看着她娴熟的动作。将柠檬汁挤进大杯里。又抓起几片薄荷，用力一拍，发出不小的声响，尽管在嘈杂的酒吧里并不多吸引人的注意力。加伏特加，薄荷叶，还有大把大把冰块，摇动调节器，冰块"咔啦咔啦"的声响相当悦耳。

"好的，莫吉托。"转眼间，大杯的清澈饮料已在我手边，我尝了一口，薄荷味尤其重，连酒都醒了，酸味不突出，但躲在辛辣底下。也相当新鲜，我想。

"最近似乎许多人点莫吉托？"我指指别人。

"好入门嘛，不很上头，拍照也漂亮，又相当便宜。"

"嗯。"我应道。喝完付账，离去。说实在的我并未感到这杯与他调的血腥玛丽相比逊色多少，或者那天只是心血来潮，我的舌头并无分辨鸡尾酒好坏的能力。可惜啊。

回到家，老婆坐在餐桌旁吃外卖。她不怎么做饭，或许这两周里十几天都是这样解决的。

当我回家时，我下意识地寻找她的双眼。那天的一瞬间，她的瞳孔仿佛回到了我们相识的模样。带有对未来（也许是现在）的憧憬和对恋爱的渴望，正是那双瞳孔让我离不开她。

但这仅持续了一瞬间，随后她的双眼又变回漠然的一对眼珠，世界也随之重新变得暗淡迟钝。或许只是我的迟钝？或是根本不存在，那一瞬间？我试着想，但却没法集中精神。

"也给你买了一份，在冰箱里。"她慢慢地说。

我来开冰箱门。把那份汤面先放进微波炉里，枯萎地等待那机器近乎欢快的"叮"的一声，我把汤面端回桌上，埋头吃起来。这期间我们尽量避免眼神交流。

"没有你的鼾声总感觉不踏实。"她说。

我该如何回应呢？我漠然地想，我并未被这话打动，何以至此，何以至此呢？我漠然地想，我忘记了多少东西？话说谁又数得清呢？

我长叹一声，终究没有回应她。她并未对此抱怨。

那天晚上,我梦见自己在公园的长椅上,公园湖旁的长椅上。或是真去了也不一定。我常常搞混记忆,连记忆是不是自己创造这一点都不太明确。

但总之记忆中我去了那条长椅上坐着,手中不知怎的有一封信,是迪尔写给我的。我展开信纸,上面只有一行字,何必写信,我想……

"我要洗干净身上的泥。"迪尔如此写道。

迷宫

我迈步走进迷宫。

说起来，为什么我要迈步走进迷宫呢？这座迷宫在哪儿，有些什么特别之处吗？

似乎没有。此地只是迷宫。"普普通通、地地道道"的迷宫。既无种满了墙壁的绿叶或鲜花，也无各类射灯组成的光效，更无在身后穷追不舍的工作人员。只是相当普通的迷宫。如果担心随时都能沿原路返回。

不过这座迷宫相当之大，绕一圈要一两个小时，要是迷路，恐怕永无离开之日。既然没有工作人员，这种事发生的概率应该相当大。

但好在门口处有个摆放宣传册的铁架，上面一排一排放满了迷宫地图，用铜版纸印刷的宣传页般的地图。一面完全是空白，或是纸原本的面貌；而另一面用黑线细细印刷了迷宫的地图，就像无聊杂志上的益智迷宫一样。

我做这类题是一把好手。铁架上正好放了一支红笔，我便将迷宫的解法用红色画了条线。确认无误后，我才迈步走进迷宫，准备万全，简直像穿上盔甲和宇航服再背降落伞缓降桶去滑滑梯。

于是，我迈步走进迷宫。

进门，左转，走至尽头，右转。手上有地图，迷宫便不再是迷宫，而只是一条有许多岔路和转弯的路而已。这种自信塑造了某种必然性，就如同书后的参考答案一样无懈可击。

在第二个岔路，左转。

我在十字路口中心站稳，以绝对的自信向左看去，只要沿着走就万事大吉。

可此处并无左转的路，取而代之的是一片与周围浑然一体的墙壁。毫无断开的痕迹，如同从世界伊始便砌好在那里，事实的绝对要更胜一筹。

我感到慌张。地图有错这种事情从未被我想过。这不就成敦刻尔克大撤退了？我开玩笑般地想。但此刻不很适合开玩笑。

我再次研究地图，发现朝前走后再绕回去可能是同一地点，进而回到用红笔标注的无懈可击的路线上去。

我迈着不稳定的双腿，向前走，左转，再左转。右边出现了道路。我估计了距离，没有大的出入。可以认为是原来的地方被加了一堵墙。仍然没有大碍，地图依旧值得参考。

我继续沿着地图上的路线行走，以防万一，之后每次有岔路口我都绕进去探头看看，与地图大致相同的话便回到原有的路线上，好在地图后来再没有出入，我便得以心安理得地走下去。

不过迷宫实在不小，地图的比例尺恐怕小得可怜。我已经走了将近一天了，按地图上的进度还不到一半，可又不能休息——上哪儿去休息呢？靠在墙边也实在太落魄了（尽管我本身并没好到哪里去），不到深夜还不想选择这办法。

就在靠近下一个十字路口时，我闻到一阵食物的香气。但地图上并无餐厅这个地方。我走到十字路口，向右望去，再拐个弯，就看到了一家与周围格格不入的快餐店。似乎是赛百味，但又不很像。店用霓虹灯装饰起来，在迷宫深处交替闪着红色和蓝色的炫目灯光。

我自然走过去，我饿了挺久了。不，不能算挺久，离上次进食的时间已长得懒得去算,而胃已经收缩到痉挛,再到麻木,已经感觉不到饿到什么地步了——就大约是这样。

快餐店里守着一位平常的职员。年纪不算太大,恐怕比我还小些。身材瘦小,留过后脑勺的短发,戴一副黑框眼镜,似乎还没睡醒——凭这些特点尚不能分辨性别。胸部未能看出有隆起,但似乎又有些。

"想要点什么?"(她)他开口,声音也听不出性别来。

"可有菜单?"我以干涩的声音说。

"背都背下来了,主食有热狗和烤牛排,沙拉有西红柿吞拿沙拉,小食有洋葱圈和土豆泥,饮料有可乐和香槟。每样的第二个都要额外付费,烤牛排要……"

"等等。"我打断他(中性代词),"也就是说,第一个不用付费,对吧?"

"嗯,当然了。"他以迷惑的神情看着我。

"我可以随便吃?"

"当然。"他以无所谓的语气说,"既然你进来了,想必也付出了相应的代价,对吧?"

"代价",我在心里默念两遍。

"得,答应就是,想要什么?"他重新用高兴的语气问。

"热狗,西红柿沙拉和可乐。"

"好。"他应承下来,爽快得好像刷卡买回形针一般。

过了没多久,他把西红柿沙拉端上吧台,毕竟工序并没多复杂。大西红柿洗净去蒂,横切之后再纵切成二八十六块。放到碗里,加入小块干酪和黄瓜片,拌得尽量匀,最后浇上白得令人困惑的调味汁。

就我而言,口感并不多令人满意,两样蔬菜都在冰箱里待过了绝对不少的时日。西红柿萎缩得已经发皱,黄瓜片已经软塌塌的。但在这样饿的情况下我无法多作选择,于是萎缩的蔬菜们焕发出了生机。

在我闷头将西红柿沙拉一扫而光之际,他在柜台里蹲下,鼓捣着什么,接着是上发条时齿轮转动的"吱吱"声。随着某个按钮被按下时发出的"咔"一下，齿轮缓慢转动起来，发出"嗒嗒"的机械声。是微波炉，我想。我多久没用过微波炉了？还是说……

"是烤箱。"他解释般告诉我。他穿着无领白色休闲衣，下面是一条牛仔裤。领口处露出他细致的锁骨，相当漂亮。不过锁骨漂亮的男人世上自然也不少。

我继续进食沙拉。这期间他从兜里掏出眼镜布来，摘下眼镜，细细擦拭上面沾的细小的灰尘。他睫毛相当长，微微翘起。作为女生想必大受追捧，回家恐怕都被堵在门口。作为男人也肯定富有魅力，周围绝对大把女孩投怀送抱。

而这样一个具有两性魅力的人何以在迷宫深处经营快餐店，我仍不大清楚。每个人有每个人的活法，如同秋叶从不同方向逐渐发黄。

"哎！"我开口，"何以在这么一个冷清的地方干活呢？"

"冷清？"他惊奇地看了我一眼，"刚才有七八个人离开呢！每天能有三四十人光临。再多，一个人绝对忙不过来，这种地方肯定如此。"

原来如此，我想，迷宫里还有其他形形色色的人。此刻周围似乎突然热闹起来，尽管此处依旧仅有两人。

"下班该怎么办呢？"我问他。

"下班？"他再次惊奇地看我一眼，"这差事全年都不休息嘞！"

"不睡觉？"我问。

"半夜客人少，回房间睡觉。喏，热狗和可乐。"他端上来一条长长的用纸包着的热狗。或许该叫潜艇三明治——不是只有一根香肠。

整根热狗整整一米长。长度接近于法棍，但比法棍松软得多。中间用切刀切出一条平整的缝隙来，满满当当铺着生菜、熏肉和一根相当长的香肠，何以有这样一根香肠呢？酱汁用的是芥末酱，相当鲜爽。

热狗有别于刚才的沙拉，相当够味。生菜新鲜、熏肉烟味十足，香肠无与伦比，芥末也纯正地道。可乐自然也十分带劲，富于美国气息的吃食。

"房间？"我问。

"喏，这个。"他拉开吧台后墙上的门。里面的装潢类似房车。床上散落着相当多的书，与墙相连的写字桌上也有几本（房车上附赠的羽毛笔真的有人会用吗？），角落恰到好处地放了一台留声机，烘衣机内晾着黑色的丝织内裤。

"那啥，"我支吾，"原来你是女的？"

她自然地一笑，并未作出回应。或许她相当生气？我想，但我已懒得揣摩别人的心理。上帝保佑她的心胸足够宽广。

"抱歉。"干涩的喉音从我口中发出。

"没关系。我只是好奇，无别的想法，你何以能判断这一点呢？"她看着我说。就其澄澈的双眼和自然的表情来看，她似乎真的原谅了我。

"呃，接下来几句可能有点失礼。"我说，她以恰好的"没关系"回应。"像头发不长，穿着牛仔裤，胸部也，呃，没见得隆起太大。"

"可还有？"她问。

"或许还有黑框眼镜。"我试着补充。

"那我身上可有女性化的部分？"她又问。看来没有镜子使她对自我的认识较感兴趣，当然这只是猜想。

"当然有，你喉结没有突出，白得几乎甜美，睫毛惊人的修长漂亮，锁骨也精美至极。诸如此类。"

"可还有？"她又问。

"还有，呃……性吸引力，"我又支吾，"或许还有黑框眼镜。"

"性吸引力？"她念出声，"那你何以没有看出我呢？我指性别。"

"因为性吸引力主要是外表所给予的。"我信口开河，并强调了"主要"二字，"而喉结不突出，白皙，锁骨，修长睫毛等男性可能具备，并且过去，呃，也曾吸引过我。"

"那男性特征在女性身上也不存在吗？女性也有男性癖者呢。"

我一时无言，这是少有的信口开河被扼住，我一直对自身总结出的理论相当自信来着。

看我沉默许久，她忽然笑出声来。

"被问倒了？别太放在心上，继续你的迷宫之旅好了！"

离开快餐店，我漠然地往前走，脑中思索着什么。我等着一点闪光照亮我生锈的大脑。

闪光不久将会出现，我漠然地接受。

不久，闪光损毁了漠然，我猛然意识到什么。

打破性别壁垒的，是那束爱情的灯光！正是因为她身上的吸引力在性之上，我才没能意识到她的性别。我爱着她如同肋骨一般，我默念着。我想义无反顾地冲回去告诉她我爱她，无论她是男是女，不是人都没关系，有那吸引力就成！

她恐怕会拒绝我的提案，但如果她没有，说不定能睡上一觉。

"可能性在叩击着我的心扉。"

但我没有回去，我不知道为什么，但我没想回去。

走到第一个十字路口时，我猛然想起地图落在快餐店了。但我依旧没回去，我渴望幸福啊！但我没能回去。

我漠然地拐着弯，能拐右就拐左，我笑出声来。

不能拐右就直走。

随着距离增大，强烈的吸引力就此消失。我没能松一口气，长叹一声。

面前是一道门，大概是出口，我漠然想着。

推开门。

砖瓦匠在灰头土脸地干活。他抬起头来看我一眼，拍拍围裙上的尘灰。"滚出去！"他大叫。

我把门关上，再次打开，我漠然想着。

砖瓦匠在灰头土脸地干活。他抬起头来看我一眼，拍拍围裙上的尘灰。"滚出去！"他大叫。

我没把门关上，于是宇宙就此静止。

二十二岁的 Ratatouille

二十二岁的第三十九天，已经逝去。

二十二岁的第七个星期，已经逝去。

二十二岁的八月，已经逝去。

二十二岁，已经逝去。

在二十二岁这个既没工作又没教科书的节骨眼上，我曾在自己还有巨大空白的笔记本上写日记。

在半个月内，日记内容极度萎缩，就像在冰箱里沉寂许久的黄瓜一样。最后索性不再记下今日内容，而以"二十二岁的某某，已经逝去。"这样只有二十二岁的人才会写下的句式结束一日。直到新的生日来临，我才断然放弃这项枯燥乏味而又浪费纸墨的枷锁般的工作。

而现在，当我在搬家的纸箱里再拾起这本灰扑扑的皮革封皮的笔记本，翻看里面来自过去的文字时，我感到幼稚（后来者总要否定前人，不是吗？）的同时，也仿佛触摸着青春期特有的轰鸣感。那时我还想去那个冰天雪地的小屋里定居来着。

但此时那些斗争的记忆已经消逝，我已不再留长发，听噪点许多的CD。看着大街上那些相似的反叛者们，我像声援足球队一样举起装着类似小麦色液体的易拉罐。世界在变好！

而有一点也互相类似：年轻人多不怎么看书。我在那一拨人里算是看书比较多的。不过看书多的反叛者也多见。他们在公园的长椅上引经据典的模样实在令我刮目相看。我尽管所了解的不少，但仍是以"充当谈资"的想法随意阅读的，不过对于这些我总是闭口不言罢了。

说回二十二岁。虽然不知从哪儿开口。

大学生多是含着一颗薄荷糖，在图书馆、食堂和宿舍之间来回穿梭，学期末时听听课，交一篇云里雾里的论文。时间便从这儿流过，留下的痕迹统统被水冲走，冲不走的才留在脑袋里。

毕业后我无处可去，留在大学公寓里。大学公寓作为过渡性手段似乎相当常用，但里面听不见学生的豪言壮语这一点未免有些不同，也难怪，敢说出豪言壮语的家伙都在相当的地方做着相当的事情，只余下一些太文静的家伙留在大学里呼吸温和的空气。

于是在图书馆里，就总会出现一些欠于打理的家伙，身上带着浓重的烟气或酒气，埋头读着点什么，从《你也能烤出好面包》到《十大飞行动物》应有尽有。我总好奇《十大飞行动物》是按数量、翼展还是食物链排序呢？找来一看，连阿拉丁神灯精灵都在内，却没有秃鹫，奇异得很。

我大概是其中比较温文尔雅的，至少我自认为身上的酒气没有别人来得重，我不吸烟。虽常常饮酒，但大约不至于一头昏死在桌面那种程度。平时我大致站在I3书架和I4书架之间，按字母顺序依次阅读我国与日本的文学巨著。原因倒不晓得，更奇妙的是三岛由纪夫竟排在村上春树之前，而在森鸥外之后。无论是按日语顺序还是英语顺序都不应该是这样嘛，我咕哝着。

"德米特里，伊凡，阿辽沙。"因此，我得到了这片书架的认同。

人在葬礼中才会撕咬自己的茧。

我站在低着头的黑色人群里，抬头看死者的照片，感到我的悲伤与他们的格格不入。

死者是我过去的同学。在高中，他是班上最擅长交际的人，几乎跟每个同学都保持良好的关系，包括极度拘谨的异性。他肤色洁白，喜爱欢笑，赢得大部分人的好感。更重要的是他有完备的思绪网，相当深邃的形而上学体系，因此他并不会像一张宣纸画那样被触破，而他是我唯一的挚友。

"你追求的究竟是什么？"一次我问他。

"解开一个用纤细的绢绳系好的结。"

"如果那连绳头都找不到呢？"

他笑了。"那就太好了。"他说。

他留下的所有影像几乎都带着笑颜，因此葬礼上甚至没有适合的遗像。因此用了他含着笑的证件照，而且是将其改成了黑白色，令人困惑，那家伙留给世界的还有这样一个欢乐的荒谬。

尽管在葬礼上，我也感受不到对他本身的哀伤。我唯一感到悲哀的，是从此不会再有人聆听我的呓语，也不会有人向我敞开心扉。"他死了！"我对自己说，"为什么不心痛？"可无论我如何道德谴责自己，我都无法感到更疼痛的哀伤了。我想到如果再谴责下去自己可能会羞愧，而在葬礼上羞愧实在过于奇怪，所以我放弃了。转而凝视那家伙的照片。

恍惚间，我似乎看见照片上的他在对我说话。仿佛他一直看着我，直到我注意到他。这是他的老毛病，不愿叫人名字而是一直盯视着那人，直到那人因为温暖的视线而回头，寻找目光的来源。直到他们互相对视时，他才会与那人谈话，听起来匪夷所思，但这方法常常奏效。

现在，他似乎也高兴地与我谈话。

"我不在这里。"他对我说。

"知道，你已不在世上。"

"不，我仍在某处，我仍在某处等着你。"他说。

"某处是？"我看着他的双眼询问。

"我来不及告诉你，但我在北方！来北方找我！"他笑着说。

"北方？北半球可是很大的哦。即使是北冰洋常年结冰区也相当大。"

但他不再理睬我，而是像精灵般飞舞。"我在北方！"他唱着。"来北半球！"精灵渐渐消散，盯视的空间渐渐复原。

我依旧注视着他的相片，看得双眼干涩，流出泪来。这下在那些黑衣人群里我便被作为他"交情似铁的朋友"来谈论了。吃过清淡的葬席，饮下一杯酒，我便离开了那里。

走出大门，在马路边等候出租车。天空下着小雨，似乎是为了适应葬礼的气氛。几辆车仿佛狩猎鹿群一般飞驰，溅了我一裤腿水。好在一身黑色，不认真看不至于看见脏的。

还有另一位等候出租车的客人，与我一同伫立在马路边，就像鲁奥的一幅油画作品一样。或许被现代派画家画下，命名为《雨天的黑衣人》，在佳士得拍出三万美元也未尝不可。

"时间流逝。"这时新浪潮电影多会在画面中央写下这一行字。

"哎，可能坐一辆出租车？"那人开口。直到开口前我还没意识到她是个女人。不过后来一想，比我矮个头，扎着马尾，肤色又白皙，只要是地道的人大约都能一眼看出是女人，没准鹦鹉都能，大概是黑色模糊了人的性别。在黑暗中，人人变得一致。

但毛色发亮的黑鹦鹉大喊："是个女人？"

"一起？我可是要去大学的哟。"

"知道。"她平静地说，"我了解你。"

我仿佛溺水一般，求助似的看向她。

"我在弟弟那里听说了许多关于你的事情，"良久，她说，"并且我曾在你上楼梯时走在你后面，你住大学公寓五楼，对吧？"

听到"弟弟"二字时我心安了许多。听见"大学公寓"时我甚至感到了亲切。这么说来，她是那家伙的姐姐，又恰好与我一样住在大学公寓。那家伙先前也提到过他姐姐在这所大学里。看来就是她了。

"抱歉，没留心过周围。"我说。

"时间流逝。"《雨天的黑衣人》中央写下这一行字。

"请节哀，为你弟弟。"我说。

她"嗯"了好一会儿，开口了，"说真的，我并未感到有多悲哀。"

"怎么？"我问。

"嗯……对于他的死，好像相当没有现实感，就像这是场闹剧，一场演习那样。真正的他恐怕还在某处看着葬礼录像偷笑。"

"我也没怎么感到悲哀。"我说。

"知道。"她说。

"从哪里看出来的？"我扭头问她。

"那眼泪并不悲伤，尽管比世上绝大多数眼泪都要真实，但却不是为了悲伤而流的，更像纯粹的液体流出，履行液体的使命，然后致意，退场。"

我长叹一声。大学公寓里并不只有我这样想。

"还有个无关紧要的问题，"我说，"你的名字？"

"织子。"

"啊。"我小叫一声。

"怎么？"她问。

"没什么。"我说，"他也管自己叫织，也让我这么称呼他。"

"知道。"她说，"我和母亲也这么叫他，但其他人，包括父亲这么叫，他连应都不会应，甚至头都不抬。"

出租车到了，我拉开车门，让她先进去。

五六分钟后，雨下大了。打在车玻璃上，密集得仿佛要融为一体。一如雨直接落在头顶。窗外变得朦胧，人们四散奔逃，也有一两个仍缓慢行走，承受着洗礼。

我回过头来，注视着她，她仿佛那幅《读书的少女》上的少女一样低着头，注视着手心。她眼角有一颗痣，更显得她肤色苍白。

过了一会儿，她也抬起头盯视我。她有稍宽的额头，被扎好马尾后稀薄的刘海遮住一部分。她的嘴唇并不薄，且紧紧缩在鼻梁下面，如果单独拍一张照片，或许会富有挑逗意味。但那嘴唇并不鲜红，而是近似于葬礼的灰紫色，近乎常人平日的唇色。

但最吸引视线的是她那双动人的双眼。长长的睫毛下有两颗水灵灵的眼珠，裹挟着钢笔字一样的忧郁，向我涌来。她的双瞳与织的相像，但瞳孔颜色偏淡，更接近灰色。而其余都与织的相像，但织的双瞳平日透出喜悦，而这双眼睛流淌的则是哀伤，灰色的哀伤。

在雨中穿梭的出租车内，两人对视着，比赤裸还要赤裸，传递着自己的感情，也理解，或误解着对方的感情。

出租车长驱直入，进了大学校门，停在公寓下。我付了车钱，与她走进公寓。楼梯上，我走在前，她走在后，两人交替发出机械的脚步声。

"哎，"她开口，"去你房间看看。"

我打开房门，她径直走过去，也不左顾右盼，她坐在窗旁，凝视着窗外的雨。我从衣柜里拿出一罐啤酒，"刺啦"一声打开，喝了一小口，盯视着她。

从出租车上下来，走向公寓时淋到的雨顺着她的头发流到脖颈，再从身上流下来，滴到地板上。她拉开外套拉链，里面是一件还算干的白衬衣。她从外套内袋中掏出烟和我已经不知多久没见过的Zippo，耍了个把戏，让无名指托着打火机，中指打开盖，拇指擦响齿轮，微蓝的火焰就在食指下出现了。她点着烟，抽了一口，

"学会把戏后就忘记怎么正常点火了，请见谅。"她解释。

"并没什么应该说'请见谅'的。"我说。

"习惯了。"她说，"过去常说来着。"

她又抽了一口，伸手出去，让雨淋湿烟头，我喝完一罐啤酒，捏瘪易拉罐，投进垃圾桶里。

"总会捏瘪易拉罐？"她问。

"嗯。"

"为什么？"

"还保持原样的易拉罐，总给人一种空虚感，即使只有一个。"

"为什么？"

"易拉罐内，究竟是否易拉罐的一部分呢？这类问题会在脑海里浮现，和甜甜圈中间的空白一个道理。"

"但不会有人捏瘪甜甜圈啊。"

"吃完甜甜圈之后，那空间就消失了，和捏瘪一个道理。"

"就像泡泡被戳破一样？"她问。

"嗯，大概如此。"

她没再说什么，回头继续凝视暴雨。这当儿，我抽出床头书堆中的一本，翻开看，是《简·爱》。没看过这本书的大概会以为简·爱的名字是Jane Love吧？我不无优越感地想着。时间不知过去多久了，再次翻开，感觉并未从其中读出多少新东西来，夏洛蒂似乎不会写食物的美味，整本书里热食都不多，更别提美味了。能勾起食欲的大概只有哪一章末对话里出现的威尔士兔子，和译者的注释。

"不会写美食的作家绝对是个蹩脚作家。"我脱口而出。

"怎么？"她说。

"大部分人都会反驳，但是一个例子都举不出来。"我说。

"那些硬汉作家呢？海明威和三岛之类。"

"海明威，嗯，桑迪亚哥在海上享用的飞鱼，那条暗红色的棱状鱼肉。还有《流动的盛宴》里他的种种吃食，看起来可不坏。三岛嘛，那篇《鸡蛋》里也有一点，式样倒是很独特，不过勾起食欲来是绰绰有余了。"

"不是胡说？"她问。

"自然不是。"

她又回过头，但暴雨已经快停下来，天空变得相当白，一缕新鲜湿冷的空气交织着阳光从窗缝进来。她站起身，走到我床前，与从书中抬起头的我对视五秒钟，然后开口。

"借用洗澡间，可以的？"

"当然，不过……"

"衣服在门外,我托人送来的,可有沐浴露?"

"当然,不过你什么时候托人送来的?"

"你没注意到的时候。"

"得。"我继续低头看书,桑菲尔德正迎来一场大火。

看完圣约翰的结局后,我把书扔回书堆里,定然注视前方。

北方?

织来到北方,某座我向往的冰天雪地的小屋里,备好柴火,只等着我前去。我想象着他坐在某张靠椅上,用钢笔写信的模样,活脱脱一个俄罗斯作家,战前的,一流二流尚且难以得知。

门开了。她走了出来,把洗澡间内的蒸汽也带了出来。

她凝视着我,眼神中似乎有一根悲哀的棘刺。我浑身不自在,仿佛小学生被叫去罚站。

她说:"你对陌生人有惊人的长城般的戒备心。如一个堡垒,上面有木制的尖刺。你小心翼翼地保护着你内心深处令你痉挛的脆弱之物,现在,能否告诉我,那是什么?"

我低头不语,注视着被子上花朵的纹样。

"你知道在自身中藏着什么,而你渴望将它分享给别人,但别人都不具备接收这财富的能力。所以你才闭口不谈。"

我低头不语,注视着被子上的花朵纹样。

"甚至连织都不知道这一点。因为那是地下室,只有你有钥匙,但你已下决心禁锢它了。尽管如此,它仍以某种方式影响着你,驱使着你。现在,能否告诉我,那是什么?"

不知为何,我对她忽然产生了信赖,仿佛她原是我自身一样。于是,我决定和盘托出。

"不假思索;儿时的恋人;以及北方。"我说。

她似乎有些困惑,但眉头的沉思,很快消散。

"走吧,去我房间,可会做饭?"

"那就做做看，但一次也没拿出来过。"

"得。"我伸个懒腰，走下床。

她的房间大小与我的一致，只是格调大有不同。窗下的茶几上摆着花瓶，枕头上有浅绿色的丝绸枕巾，墙上还挂着一幅印刷的洛可可时代精巧繁复的色调清新的画。

更令我惊讶的是她的房间内厨房用具一应俱全，甚至奶酪擦这种纯粹用来装饰的家什也有。全都一尘不染，似乎昨天才刚擦干净过。冰箱里肉类仅限鸡胸，其他蔬菜倒一应俱全，从长叶生菜到莲藕，再到海带，应有尽有，而且都新鲜或接近新鲜，清清爽爽！

"可有椰枣树根？"我问她。

"没有，要用到？马上就有的。"她说。

"不，随口说说而已，未必有菜肴用到树根。"

"也罢，我很期待你的手艺，据说大学公寓里除了不会做饭的就是世上少有的顶级大厨？"说这话时她看着墙上那幅画。

"大概不是，像我大致属于马马虎虎那一类。"

"可要对自己抱些自信哟。没有自信的人会摔下独木桥的。"

独木桥？我心想。我拿出一个土豆，一根茄子，一个甜椒（黄色的）和一个洋葱，打算做那道经典的普罗旺斯茄汁沙司。

"可有番茄膏和白葡萄酒？"我问她。

"白葡萄酒在头顶的橱柜里，番茄酱在桌子上。"

"不是番茄酱，是番茄膏。"

"有什么不同吗？"她看上去大惑不解，终于到了我炫耀无用知识的时候了。

"番茄膏是浓缩的番茄，有浓郁的番茄气和甜味，番茄酱则是工人调出来沾薯条用的东西，类似于自传和照片的区别。"我得意扬扬地说出一番话来。

"不太明白。"她说。

"得！"我泄了气，"可有人在这儿给你做番茄汁意面？"

"有。"

"他留下调料了吗？"

"嗯，在炉下面的橱柜里。"

我打开橱柜，翻出了那罐相当鲜美的汤膏，没了这个，茄汁沙司将沦为白水煮青菜，在上面的橱柜里找出了一瓶夏布利白葡萄酒，我想起海明威在酒吧进食牡蛎的场景。

我规规矩矩地用开瓶器打开瓶盖，一股迷人的酒气霎时喷出。先把酒放在一边，把已经切好的大块土豆、茄子、洋葱和一点点拍碎的蒜，倒进铺有已经热好的橄榄油的炖锅里，翻炒一会儿，这期间我像所有酒精中毒者一样嗅闻了不知几次那支葡萄酒的清香，这可是为数不多的能喝高档酒的时候。

在从橄榄油浓重的甜香味里闻到洋葱被炒得半熟时褪去辛辣而飘出的甜味时，加葡萄酒，要一口气倒半支进去，房间里充满了酒的甜味和微醺的感受。我舔了舔嘴唇，把两大勺番茄膏放了进去，酒气就被更浓烈的番茄的鲜甜味盖过去了。

"很香嘛！"她赞叹。

"只要会做就有这个味道。"我带着些高傲说，顺手捋了两把迷迭香，搞了两片罗勒扔进去，搅搅锅，开始等待。

"你可知道罗勒的英语是什么？"我试着问她。

"Basil。"她若无其事地回答。

"那为什么要叫罗勒呢？"

"不清楚，你知道？"

"不知道。"

做完茄汁沙司，我给自己倒一杯剩下的白葡萄酒，看着她尽情享用这锅微酸而带有异国风情的什锦菜肴。

"不错嘛，相当有法国风味。"

"材料不错罢了，工艺上几乎没有讲究，只要不煳锅，都有这个味道。"

"不过没有肉？冰箱好像有吧？"

"若有好牛肉自然求之不得，但冰箱里只剩鸡胸。那东西完全没味道，也不吸汁水，嚼起来活像在吃干柴。"

"鸡就那么难料理？"

"鸡算是顶难料理的一样。欧洲风味少有用鸡的，没发现？"

她歪头想了一会儿，眼睛斜向右看，没有对上焦，几缕头发飘到嘴角，甚是动人。穿上衣服的女人多多少少都会圣洁一点。

"没找到理由反驳吧。"我说。

"确实没有。"

瓶底的酒装满一杯还多了些，我分成两杯，递给她一杯。

"干杯？"她举着酒杯问我。

"不太习惯，平时都是独饮。"

她饮尽那杯夏布利白葡萄酒，我也一饮而尽，口感的确无与伦比，清清爽爽，味道也浓郁，带有翠绿的果香。

"感谢招待。"她脸色绯红，仿佛可以触破。

"该我说才是，这支酒算是我为偷喝而开的。"

"下次见面我会为你做白酱时蔬烩煎鸡胸，记得要来。"

"好。"我答应下来。她的才思也敏捷于我。

但从那天起我再也没见过她，公寓换了新主人，连那幅洛可可的画都不见了，问新主人她的去向。

"织子应该是去了芬兰吧，她在那里有一座私邸。"

我并未打算前往芬兰。北方被深深埋在我沉默着轰鸣的二十二岁里。连同织与他的记忆，直到今天。

懦弱啊懦弱，"我"因懦弱而躲在校园，因懦弱而不敢表达爱，懦弱是"我"的生命如此单调的原因。

Béchemel Poached Chicken With New Vegetable

我启程前往芬兰。这年我三十五岁。

在收到总经理的出差通知时,有什么鲜活有力的东西从我腹中苏醒,它温热地振动,吮吸我的体液,使我的舌苔干得沙沙作响。

"怎么,有什么问题吗?"总经理似乎察觉到了什么异样。

"不,没事,我现在就去收拾行李。"我似乎激动地回答。

"不用那么急,还有两天呢。下了班好好睡一觉,出差可是相当累人的活,需要相当多的精力。"总经理提醒我。

"好。"我似乎敷衍地回答。

在机场里像自动柜员机一样的机器前输入什么,再扫描什么,机票便从里面吐了出来,过去我还会感到神奇,如今呢?

接着办理托运,在长队中缓慢地移行,时间如同被什么肆意拉长变细,周围似乎很寂静,尽管实际上相当吵。

沉静,我对自己说。在这期间,我与时间相交变幻出一片光怪陆离的景象,前行时,我所见的突然变得新鲜。清冷的空气穿透这里,也穿透我,使我更加清醒,使眼前的一切不至于变得迷幻。

行吧，是困意，潮水一样的困意。四周恢复成原样。

办完托运，我看着巨大的电子牌上，我将坐的飞机航班旁巨大的"延误"二字，真的有航班不会延误吗？

或许飞机只不过是正常飞行，但第一次航班由于飞行员的生疏而延误，从而一直误到今天？我笑出声来："傻气！"

上次坐的国际航班是什么时候来着？哦，十三岁。那是暑假，母亲带我去加州旅游。那天飞机也延误了，十一点半才到。我们盯着电子牌上巨大的"延误"二字，静静地等待着通知飞机已到的广播，其间我问了母亲关于加州的许多问题，她也一一回答，后来我睡着了，好在母亲的困意尚未来临。飞机来时，她轻柔地揉着我的手腕。

"醒醒！"于是我们上了飞机。

而现在我也坐在相似的位置，盯着电子屏幕，毫无倦意，或许母亲说她不困是假的，但我确实不困。想起加州，我想起那首名为"旧金山"的歌，歌手一遍又一遍地唱着"圣—弗朗—西斯科"，仿佛一句谜语，随着咒语（谜语？）咏唱，穿着比基尼戴着巫女帽的妙龄少女挥动魔法棒，把我带到传说中的圣芭芭拉海滩。我躺在躺椅上，啜饮着什么冰凉的东西——只要不是冰水和可乐就成。

然后海啸袭来，将我连同整个海滩上的人一并拍打。

海啸？我重新从少女开始回想，果不其然，有海啸，感受相当真实，我能感觉到空气突然变凉，从我脸颊边呼呼吹过。铺天盖地的大浪一路摧枯拉朽，把我拍在躺椅上。玻璃残渣随海水退去，与海浪一同碎裂的头骨留在沙滩上。

或许不坏，我想。那个比基尼魔女可逃出来了？应该逃了出来，会骑扫帚的话大约也能驾驭冲浪板，飞上高空。或许海啸是她引发的也说不定。

就在我们纠结这些无聊小事时，广播响了。

"到了。"我对自己说。

我登上飞机，观察夜色，忘掉比基尼魔女沉沉睡去。

下飞机时，我裹紧了身上的大衣。

虽然机舱门是直接与室内相连的，但在我踏出机舱门那一刻，我还是感受到了彻骨的寒意。起床时后脑勺一刻一刻的疼痛变得舒缓，对下一件要做的事抱有的茫然也被变得锋利的思绪切碎。入住酒店，回复客户的邮件，啜饮服务生送来的一杯热咖啡。一切都急忙而有序，如同上紧发条的城市之钟里某个井然有序的齿轮。

我便在这齿轮上行走，只管走个不停，一切都没有让我停下脚步。即使路边有玛丽莲·梦露那般女子向我抛媚眼，我也只会提起公文包向前迈步不休。

直到一切结束，何时结束呢？我问自己，但没有回答，我已无暇回答。

工作全都完成了，毫无差错，无懈可击。我翻看邮件，一封来自总经理私人信箱的信引起了我的注意。

邮件用的是公司模板，但内容与工作无关。总经理用完全私人的口吻，告诉我我获得了一段为期一个月的假期作为总经理个人的奖赏，其间合理的消费都能开发票回去报销，但不带薪。

"权当你日夜劳作我过意不去而给你的好了。"他如此写道。

然而收到这封邮件时，我并没有特殊的感觉，既无中了巨额彩票一般的狂喜，也无农民收获般的沉甸甸的幸福。毫无感觉。

接下来一个月可以尽情享受，做想做的事了！我告诉自己。

我有什么想做的呢？

大脑一片空白，我掉进刺眼的深渊里，从此再无音讯。

我到附近的李维斯买了条牛仔裤。索要发票的时候我感到手上的牛仔裤忽然不再属于我，而是归属于另一个冰冷的地方。归属感被瞬间剥夺，这种奇妙的感觉在我身上萦绕不休。

我的感受似乎在变得愈加敏锐，但或许这只是幻觉。

回到房间，走到浴室，往浴缸里放热水，小液滴便充满整个浴室，周遭也仿佛变成《圣经》里见证奇迹的样子。

"他打开热水，便有了雾气，那雾气回转不停，直升到天花板顶端。不曾下来，他说：'雾是甜的蜜，要教众人饮食。'"

我没有笑出来，糟糕的笑话大多如此。

我用毛巾擦擦镜子上的雾，观察刚刚脱得一丝不挂的身体。毛发并不很多，肌肉也不突出。只有平滑的腹部上有些许纹路，印证着这具身体或许具有的能量。我并不算很黑，但每次观察自己的身体，我都感觉它在像苹果褐变一样缓缓变色，仿佛提醒我它并不属于我。

它并不属于我。

两天里我无所事事，沿着赫尔辛基的街道游逛，尝试味道大同小异的菜肴。鱼都相当鲜美，与香草一同煎，无与伦比。但其本身并未给我多大印象，仿佛是抽象的鱼，抽象的香草，抽象的空间里品尝着什么的抽象的我。

其余时间我大多驻留在街头艺术家面前，他们给我的印象一直不坏，"藏在尘灰的外衣下的心灵比谁都要干净"这样的溢美之词或许也能用用，但太千篇一律，效果并不很好。

我眼中的他们并不总是乐观的。乐观能帮我们生存，但其实需要更多。他们的乐音并不欢快，而是萦绕沉郁的气氛。这种气氛从他们的面容中表达出来，其间没有哲思，而是完全感性的。鲜明的诗人气质。

我也曾幻想过成为他们的一员，或许我该做他们的一员，但我最终没能这样做，归根结底是因为我害怕不稳定的生活。我是如此懦弱……

懦弱啊懦弱，我生命的本色。

我的目光停留在喷泉旁的流浪汉上，他坐在三四份报纸上——甚至不够隔绝地面的严寒，我知道——与一条大型犬依偎着，互相取暖。他身下的报纸看来相当有年头，油光可鉴，污脏得无法辨认，他大概也不需要辨认。他身上层层叠叠的薄衣服自然垂在地上，帮他抵御着无孔不入的，令人难以呼吸的霜风。他正哼唱着什么，声音不大，无意让我们听见。

但那曲调我似曾相识。"生日歌。"我脱口而出，当然没有人听懂。

尽管他在用异邦（或许我才是异邦而他才是属于此地的）的语言低吟，我还是能听出那平静沙哑的嗓音中饱含的深情，他大概经历过什么？我肆意评判着，蹲下来，打开钱夹放下一张大钞。我所能做的总是如此浅薄而高傲，我咒骂自己——尽管并不能起到什么作用。

浅薄的悲哀，如同让游客们聒噪地惊呼日落一般的悲哀此刻在我脑中浮现，不断地后悔，而又于事无补，我又能如何呢？

"二十二岁的今天，已经逝去。"

这句话忽地浮出来，仿佛空礼物盒一般吸引了我的视线。

而我又有什么可做的呢？我悲哀地想。北欧的寒冷一定程度上感染了我浮躁的内心。

她在这里！我在床上惊呼。

在我想起那句单调的生日祝福（大概连祝福都算不上）时，我还没意识到关于芬兰和二十二岁。直到我即将就寝，把又一个单调的今日送进火葬场燃烧殆尽时她才突然出现，并让我以比思绪更快的速度高喊出来。

喊出这番话后，我的思绪才回过神来。直到话音的回声都消失殆尽时我才想起"她"究竟是谁（哦，织子）。于是一切串联起来，如同一串未经雕琢的绿宝石手链。

回想起织子，我又一次回到我算不上幸福的大学生活，或许称作后大学生更为合适。过于敏感的心，笨拙的口吻，茄汁沙司，她洁净的身体。

还有北方，那里有我死去的朋友。

但这一切并不能缓解我的平庸，我捶胸顿足，她会在哪里？我又该怎么找到她？

懦弱啊懦弱，我生命的源泉。

窗外下着细雨。灰暗的光照彻天地，与荒谬的雨滴融合，一并发出稀稀拉拉的声响。我看不见飞鸟，连鸣声都听不见。

这片景象逐渐变得模糊不清，带有清亮和黯淡两种形态的残影。雨滴也随着时间流逝脱去了自然性。轰鸣声的真实感在缓慢而无疑地消散，听起来多少有些白噪声般的失真感。

破碎的语言在我耳边徘徊，而我却连其语种都无法辨认。异邦的陌生感重新将我包围。不，那恐怕不只是陌生感，而是具有其外壳的其他东西。

我或多或少沉浸在这种氛围之下，直到有什么将其打破。方才的无力感不见踪影，似乎自始至终没存在过。但刚才的感受又如此鲜活而难以回忆，感受离我而去。

是什么唤醒了我？我努力回忆，但没能想起。此时，敲门声响起，我这才意识到是什么。

我打开门，一位服务生站在门外，对我说了一声"你的报纸"，露出职业性的微笑，然后扬长而去。何以将报纸送至我的房间呢？我想。

我不常阅报，要看也先从通知版开始看。头条都是花边新闻，我咕哝着翻到最后一版，一则相当小的通知引起了我的注意。

《我在北方》。署名是"织子"。

我的喉结开始发痒："织子。"

我决意向北方前行，天晓得报纸是怎么来的，眼下将其视作必然。我抓起那张报纸，向四周看去。

"北方？"我嘟囔着，胸中涌起一股前所未有的黯淡的激情。然而这激情又随风飘逝，我上哪儿找她呢？我又能做什么，还能做什么呢？我长叹一声，倒在床上。

懦弱啊懦弱，我生命的……

"不。"我低声说出这个极度简短而掷地有声的句子。向着北方走好了！我重新站起身来，伸展四肢，想要寻回残存的年轻的意志。为何我失去了奋不顾身前行的意志呢？我盘问自己，并不敢回答。

花了五分钟穿戴好，但在镜前纠结了一分钟要不要刮须。刮掉或许会失去那点所谓的意志，但我蓄须的模样实在不够硬汉，反而显得憔悴，就像我向往过的流浪汉一样。

最终我没刮。走出房门，冷空气霎时朝我袭来，但我没有退缩。不是"不会退缩"，而是"没办法退缩"。

我已经将这一点当作事实接受了下来，荒谬而富于悲剧性，没办法向后退，道路已被封死，除非向前，别无选择。

不同的是，这堵封死后路的墙即是我自身，我没法越过我自身继续行事，就像不能举起自身的大力士一样。没有什么后果，因为没法违反。

这样想后，仿佛一切都变得轻松，除了背后有一股沉重的负荷，仿佛谁在我耳边低声细语："做不到就别想回头！现实生活已经与你无缘，只有前行了！完不成，就休想放下背后的负荷！"

我或多或少地弯下了腰，就像背着巨石前进的苦行僧一般，坐上了酒店门口的出租车。

"Always goes north."我开玩笑地说。

司机看来乐不可支："哈，我听说过那部电影，中国电影。"

"你喜欢？"

"不怎么样，"司机耸耸肩，看来他很想在这里多聊几句，"不过我喜欢赛车，哈，Déjà Vu。"他似乎把《头文字D》和《一路向北》糅到了一块。

而我却不想倾听他的大论。我坐在右边，避开司机的视线。右手靠在车窗旁，注视着左边空荡荡的座位。大雨倾盆，打在车窗上发出沉闷而果断、仿佛巨犬鼻音一样的"咕"声。它们此起彼伏，溶解我的无奈，安宁和其他东西……

她不久前还与我一同坐在出租车上，闪动着修长的睫毛和灰色的眼珠……

大雨安抚了我的神经，吞食了我的思绪。"沉沉睡去吧。"她爱抚着我的后脑勺，一阵微弱的酥麻感袭来。

恍惚间，我听到一声鸟的惊叫。

我站在这座乡村别墅的门口。

中间似乎发生了什么，但我没有印象。只有公园的长椅，细长的没有把手的座椅，在记忆中挥散不去。越是试图追溯，长椅便越明晰地凸显在眼前。

几滴雨水从我发根滴落，带来一阵复杂而平静的触觉。我这才意识到我头发湿透了，不光是头发，全身都湿透了，衬衣紧紧贴在胸口，带来彻骨的冰凉，胸腔抖动得已经酸痛。外套披在我背后，袖子垂下来，不时接触我的腿。

外面下着大雨，我这才意识到我此刻的寒冷。意识在逐渐恢复，纤细得如同虚无的宁静刚刚离开。

别墅门旁挂着钥匙，上面用我的语言写着"北方"。

我取下钥匙，插进崭新的锁孔里，逆时针旋转，钥匙纹丝不动，换向顺时针，随着门的内部传来的微妙的振动，每一层锁都在逐渐打开，我的深处，生理上的深处，也传来一阵骚动。

随着钥匙上传来的弹簧收紧的阻力感，门向外打开，我退后两步，将门打开，真真切切地看到了里面的样貌。

一片黑暗，门口正对着的壁炉旁堆放着干柴。我走进房子，关上门。门"咔嗒"一声发出沉闷的巨响。

我蹲在壁炉前，放进够数量的干柴，划亮一旁的火柴，点燃引火物，干柴开始缓慢地燃烧，火星飞溅，发出"哔哔卟卟"的声响。

我坐在一张凳子上，手肘撑着膝盖，如沉思者一样身体前倾，向壁炉靠近。壁炉温暖了我的胸前，照亮了我的四周，也卸去了我背上的重荷。

到了，我对自己说。结束了。

此地便是好友的灵魂回响着要我来的地方。而一切动力业已失去，已没有什么能再像过去那样将我压在地上，给予我浓烈的存在感。我的存在可以抹去，毫无疑问。我的生命已经在此结束了，尽管窗外的大雨依旧下个不停。

我捂住脸，开始低声哭泣，直到有人搂住我冰冷的脖颈，乳房贴在我的背上，温暖着——大约温暖着我。

"你来了。"她安详地，但在我耳边总有些怨恨地说。

我张嘴，却没来得及发出声音，一声带着哭腔的长叹从我身体内部，毫不温暖和友善的内部，喷发出来。随着这声情绪化的答复，我自身周围由我自己一点一点建筑的高墙轰然倒塌，心脏接触新鲜的空气，血肉发出哀号。初生的痛楚被我重新经历，我在这里痉挛，发出初次接触空气时已发出过的号哭。

这期间她一直陪在我身旁。她坐在我背后，将头轻柔地靠在我的并不宽大的背上。一侧乳房，带着温暖气息的乳房，贴在我的腰侧。她呼出的湿润的气息擦过我寒冷的身体，给予我一些抚慰。

不知过了多久，我终于平静下来。除了湿润的衣袖和不平静的气息，还昭示着我情感的失控，我看上去与平时没有什么不同了。我深呼吸一口，又缓缓吐出，然后转头看她。

她没有什么变化，不，应该说，她完全没有变化。时间的吹拂没有带走她身上任何一件东西，也没带来什么。她与我印象中的织子除了衣着，一模一样。浅灰的瞳孔，忧郁而狂野的双唇，明亮的前额和黯淡微曲的披肩发。

她穿着一件黑色高领毛衣，领口和袖口都被挽起一点，勾勒出白皙纯净而优美的脖颈，微微勾勒出的乳房形状令我喘不过气来。下面穿着……下面……我忘记了。

她依然以右侧脸对着我，睫毛低下，扑闪扑闪。目光从她的睫毛之间穿梭，衍射，来到我的眼前。我正要再观察久些，可她抬起头望向我，于是我们的目光相遇了。

那目光自然不是纯粹的。鸟儿垂翅，树木叹息，吟唱声不见踪迹。孩童夭折，美酒溢洒，铅笔尖沙沙作响。焦渴，阴影，虚妄，漂泊，波峰，熔岩，梦境阻断，雷克雅未克，寂静。过了一小会儿，她垂下眼角，看着我，但不再对视。

"你的变化很大。"她悄悄地说。

"那当然。你却一点变化也没有。"我依旧直言不讳。

"不会有变化的，"她笑笑，"我原以为你不会来了。但你还是来了，样子还变了许多。"

我沉默不语，等待她继续叙述。

"你还遵守了约定。北方如白酱时蔬烩煎鸡胸。"

"北方？"

但她仍在说着。

"话说，你怎么找到这里的？"她问。

"报上的《我在北方》。"我回答，"那张报纸上……"

但我手上的报纸消失了，手里连碎片都没有。但我的手是一直攥着什么的，直到刚刚才下意识松开。但报纸消失了。

"找不到，没关系，我本来也没抱多大希望，结果你竟然看到了，"她微笑着说，"那么，你是为什么而来的？葬礼的北半球，还是白酱时蔬烩煎鸡胸？"

我目瞪口呆。她先皱了皱眉，十分疑惑地盯着我，然后嫣然一笑。

"抱歉，忘了与你解释了。织和我现在是同一个人。"她简单地说。

"你也注意到过吧！织十分开朗，但我几乎完全相反，实际上我们应当是同一个体，但因什么原因分开了，我比他大两岁。"

"在某一时间点里我们应会相遇，精神也同时交融，接着消散。但他却不知怎的死在家里，就那样躺下，然后再没苏醒。简直像流星相撞一样巧合，但是结果不如人意。"她耸耸肩。

"那现在是……"我问道。

"他没有完全逝去，还余下一部分孤身来到这里。那不是灵魂，只是他的一部分。他在葬礼上告诉你了吧？他记得他是完完整整告诉了你的。"

"接着我来到这里，我发现了他。但他那余下一部分已经没法交合，所以身体还同过去一样，精神也没消散，但他已经真真切切在与你交谈，尽管缺斤少两。"

"没关系。"我说。这话语陡然变得极有分量。

"那么现在，去餐厅吧。"她站起身，乳房显得更为坚挺，"我要为你准备白酱时蔬烩煎鸡胸。"

厨房连接餐厅。她拉开滑门，径直走了进去。厨房布置并不复杂，与在公寓里相近，不过用煤气灶。至少是明火，我想。

她先开中火，把煎锅上的水烤干，然后转小火。在锅降温一会儿后再倒入橄榄油。"不然油会变苦。"她像是自言自语地说着。

她把在一旁的鸡胸用筷子夹起，放到锅里煎。我刚想开口，她便做手势让我噤声："我昨天已经腌过了，用盐和胡椒。"

"你怎么知道今……"我话还没说完，她便又一笑。

鸡胸块煎好后放在一旁备用，接下来是白酱。大块黄油放进炖锅里用中火融化，发出脂肪特有的浓郁香气，她加了许多牛奶，铲了几次锅底后，让面粉漏过筛网一点一点淋进锅里，直到白酱显得足够——我也说不清。当时的白酱并不浓稠，要熬好一会儿。

这当工夫她处理蔬菜。"冬天的时蔬只剩萝卜和西兰花了，其他东西都不能挺过冬天。"把胡萝卜简单地切成大块，西兰花分成许多朵。我便帮她熬白酱，就算是小火，白酱也很易煳锅，要不断翻动。

在她处理好蔬菜时，白酱汁快好了，她把停留在砧板上的蔬菜小心地拨进炖锅里，接着把煎得刚刚发黄的鸡胸块夹进炖锅里。

"谢谢你，"她在我右脸上亲了一口，拿过炖勺，"我来炖好了。"

我走出厨房。右脸颊上残留有一股瘙痒的温柔的感受，我不忍心去触碰，但那感受也在渐渐消失，于是不必多管它。

但我现在无事可做，随意上楼显得太过无礼。于是我躺在壁炉旁的沙发上茫然地回顾四周。桌上有半盒烟，深蓝如海水的纸盒，里面还剩七根，万宝路。

她换了烟抽，我想。于是她在公寓窗旁注视暴雨的侧脸又浮现在我眼前。睫毛低垂，双眼失焦，定定注视着窗外暗无天日的积雨云和灰蒙蒙的城市。她在想什么？一个问题浮现。但我又何以知晓呢？

我再次深呼吸，这时她叫我过去，空气中充满浓烈的温暖香味。

"白酱时蔬烩煎鸡胸，"她开启一瓶红酒，"波尔多，九一年的，我只是单纯地喜欢这个数字而已。"她斟满两杯，将其中一杯推到我手边。

果真很香，蔬菜自然的微涩的汁液香气被温暖裹住，咽下去时能将整个食道温暖。鸡胸果真腌过，竟然也吸收了白酱浓醇的气息。我埋头进食，咽干净嘴里的食物时喝一小口酒。

她则只喝波尔多，注视着我慢条斯理地品味。

"怎么样？"她问。

"相当完美。"我试着扼要地说。

"那当然，"她看向另一侧，"这是他的拿手菜。"

她为自己再斟了一杯。看样子她酒量并不太高，但她此时与平日区别不大，只是话变少了，并且一直对着我露出她那纯洁中带着放荡的微笑。

我用桌上的吐司擦干净盘里的最后一点白酱。她开口了。

"吃完了？"看样子她有些迷糊。

"做爱吧。"她从椅子上起身，仿佛自言自语地对我说，"你应该能看出来吧？织和我都很喜欢你来着。织也喜欢你，之前提到说想要与你交合，但是没办法呀……"

我跟在她后面。或许我也醉了，我想，我大概没想，我不知道我有没有想，我不知道，我不知道。

我们在她的卧室做了三次，过程十分惬意，一切都恰到好处。她搂着我的脖颈，舌尖与我的舌尖缠绕，有鲜美的酒气从她口中深处散发出来。她左手上的伤口已经只剩数条淡淡的粉红的痕迹。

我们相拥而眠。

夜里，不，应该已是清晨，我睁开双眼。

她站在窗台边，吐出一缕烟雾。她仍没有穿衣，只是披了一件外套。北欧浅蓝色的光照射在她身上，在她剪影般的身姿上描出蓝色的穗须。

我再次沉沉睡去，铺天盖地的鹅绒般的大雪在梦中向我袭来。

花椒树在积雪中挺立。它那纤细的树干上分出无数枝条，上面稀稀落落地长着针叶。花椒树并不高，被积雪埋住半截，但它仍挺立在积雪之中，如一个沉默的人。昨夜大概刮过大风，有不少霜打过的花椒果实落在雪上。

霜打过的花椒树果实呈迷人的粉红色，不大，此刻它们散乱地排列在雪上，使雪显得更加洁白，花椒树也随之摇曳生姿。

但天空呈现一片灰白，不久仍要下雪。于是此刻的花椒果实显得更加可爱了，它们在积雪中交相辉映，数抹鲜红在雪中显得大胆而华美。

"记忆的永恒"

我号叫着,挥舞着双臂,从床上醒来,如同一个溺水者妄图做到的那样。大睁着双眼,环视着周围洁白、青绿,如夕阳般赤红,如煤火般金黄的墙,以及一面落地窗,外面是陌生的中国,日本,美洲,沙漠,高原,冰川,加泰罗尼亚的风景,那块巨石。

身着礼服、浴衣、长袍、毛巾,我没有思考这个富丽堂皇的贵族酒店般的房间是在哪儿。从提包、挎包、行李箱中掏出了数枚金色的、银色的、锈蚀的,印有男人、女人头像的钱币走出了房门,走上电梯、楼梯,前往二楼,三楼,顶楼。

一到二楼,映入眼帘的是一个商店橱窗。一位金发的,黑发的,长发的美人正趴在干净的床单上,享受着侍者为她全身涂抹精油,按摩。我走向那条岔路口,正要右拐,她忽然抬起头注视着我。

那不无忧怨的黄色,棕色,黑色的瞳孔,用凄惶而带着强烈敌意的眼神盯视着我,仿佛在对我说,你为什么在这儿?

你为什么在这儿?

我本不该在这儿吗?我试着把信息灌输进双眼里,像灯塔般传递给她。但她没有注意到,或是注意到而没有理会,只是一个劲地向我传达着,你为什么在这儿?

你为什么在这儿？

我想要颤抖，但却无法颤抖。于是不安堆积在背后，我一直感受到那股微弱而冰凉的力量，继续拐向右方。

巨大的购物中心样的地方灯火通明，展示着其仿佛无所不有的辉煌财富。但其内部，就我所遇见的，仅仅只有三个人，包括我。其内部如此死寂，甚至连我自己的脚步声都被这黄金铸成的贪欲空间所吸食。

并且，尽管像个购物中心，两侧没有一家商铺，仅有木制的竖条构成的流畅曲面，仿佛一把长刀在这条河流中穿行而过的痕迹。

而我就是那把长刀，我心中默念，一把无人认领，随水漂逝，锈在湖底的长刀。

走廊尽头是一家近似于纪念品商店的地方，隐没在一片黑暗之中，店内灯光照亮的地铁勉强与外界联系起来，似乎是外界的光从缺口流出一部分，才形成了这个也许会熄灭的小店。

我用那些钱币换了一块粉色的水晶样的固体。它晶莹剔透，硕大得惊人。我似乎向店员告了别，又似乎没有店员，我不记得了。

你为什么在这儿？

我似乎向黑暗中走去，我似乎走出了黑暗，我似乎回到了房间，我们似乎停留在店里。我似乎承受着苦难，我似乎享受着至高无上的贪欲的满足，我似乎根本没醒。我似乎根本没睡。我似乎，我似乎，我似乎，我似乎，我似乎，我似乎，我似乎，我似乎，我似乎。

但我可以确信我依旧存在。

并且我走出了那个购物中心样的建筑，走到了金色的，青色的，灰色的沙漠上。温热的沙地烫灼着我的脚，燃烧着我前进的勇气。

沙漠的某一处，立着一棵突兀的弯曲秀颀的沙柳状的树。上面如同丰收一样挂满了粉红水晶，只有一个枝头上没有，因此整体上相当平衡而协调。

将那颗红色的水晶挂上枝头，整体的平衡就被破坏了，那棵树仿佛也被唤醒，抖动了一阵，然后回忆一般逆向生长，最终回到大地的怀抱。

　　不知为何，当我注视着这非生命仿佛生命般的生命时，我没来由地感到一阵强烈的悲怆。生命中充斥着形形色色的真实，但只有荒谬能同时让人感到哀伤和快活。荒谬是我们的空气，无论我们是否痛苦。

　　天空不知何时变得阴暗，我唯能确认的只有它原本并非阴暗。随后，漆黑的带有锈味的，雨的节律到来。

　　无数的抑扬格，没有韵脚，排列整齐，挥洒，折断，渗透，阅读，光滑，冰冷，死寂，失温，触觉延迟，阿尔茨海默，春季。

　　大雨结束后。沙漠中出现了红色，蓝色，橘色，暗淡的花海，如一条宽敞的大道，旋转着铺向某处。天堂，地狱的路旁栽满了曼珠沙华。

　　我艰难地在花海中跋涉，它们已经没到我的半截小腿，身后被折断的花茎里，流出绿色的汁液，染绿了我身上的长袍，毛巾，浴衣，礼服。那些汁液有浓重的草本植物的气味，我将迷醉其中。

　　不知行走了多久，我来到了沙漠的尽头，在那里等候着我的，是一片我相当熟悉的地方。

　　三块停止行走的，行将融化的钟表，一块挂在树枝上，如同一滩黏稠的液体，正要滴下一滴，一块倒在理型般尖锐的方台上，时针与分针呈绝对的直角，卡在方台绝对的棱上。还有一块横卧在长睫毛的扭曲而洁净的奇异生物上。在它们背后，是熟悉而陌生的中国，日本，美洲，沙漠，高原，冰川，加泰罗尼亚的风景。

　　那只长睫毛的生物缓慢地游动着，忽然向我睁了那只单眼。那不无忧虑的棕色，黑色，黄色的瞳孔，那凄惶的眼神，充满敌意的角度，仿佛在对我说，你为什么在这儿？

　　你为什么在这儿？你为什么在这儿？你为什么在这儿？你为什么在这儿？你为什么在这儿？你为什么在这儿？你为什么在这儿？

　　我并未尝试进行眼神交流，那只硕大的带着大象皮肤的生物便从我身边游过，我回头望向它，却只能看到炫目的白光。

头痛欲裂，解放，解放，解放。

自言自语，自言自语，自言自语，摇晃，摇晃。

疼痛疼痛疼痛疼痛疼痛蔚蓝疼痛，疼痛疼痛疼痛蔚蓝，疼痛蔚蓝疼痛，蔚蓝疼痛疼痛，疼痛蔚蓝疼痛，蔚蓝疼痛蔚蓝，蔚蓝，疼痛，蔚蓝疼痛，蔚蓝疼痛，疼痛蔚蓝，疼痛蓝。

蔚蓝，蔚蓝，蔚蓝，蔚蓝，蔚蓝，蔚蓝，疼痛，蔚蓝。

醒来时头痛。

狂乱之舞——流

　　春已经数夜没有合眼了。他向左侧卧，面对着散发出似有似无的冰冷气味的墙，似乎朝向墙可以让他更快入眠。白墙冰凉的压迫感会让他的头部肌肉放松下来，从而感受到一种醉麻的幻觉。

　　但今天是个例外，这个办法没能像往常一样起作用。他深吸一口气，然后尽量以缓慢的速度呼出。但也没用，他的大脑依旧很兴奋，究其原因，他自然也知晓，是白天没有活动过。

　　他并非不想活动，不如说他所爱的就是活动起来。但因为这次疫病的大流行，他已经很久没有出门活动过了。他回想起这次大流行，心中泛起一阵纯粹的担忧，不为了谁，也不为自己。

　　春是个舞者。

　　但他并非一个在人们面前的舞者，或许说舞蹈家要更为合适，但为了尊重他的意愿，在此我们仍然将他称作舞者。他的动作优雅而缓慢，但又富有流动感，时而高洁，时而大胆，时而富于强烈的性意味。这些形容词自然没法把他的舞蹈传神地描绘下来，但这些形容词绝无一点夸张之意，春的舞姿与这些单薄的字眼相比有过之而无不及。

　　春的舞姿带给人的享受是纯粹的精神层面的。动作中没有一个是日常生活中常用到的，因此也难以使人联想。但春的舞姿又能挑动人被压抑在深处的欲念之弦，发出迷狂者愉悦的笑声。我曾不止一次发现在春的舞蹈结束后我与身边人都汗流浃背。

而他对此不以为意，总是笑笑。不过看样子他很满意。

春身形纤长，没有普通男性带给人的那种粗糙的力量感。他长相也柔美，皮肤白皙，相当漂亮。他的柔韧性惊人，尽管这在他的舞蹈中并不能完全体现。他的舞蹈并不难，但却少有人能有他舞得漂亮。他的舞姿是大胆且华美的，从中可以看出剧烈的感情变动。但春的表情却不如此。舞蹈时他大多保持着一种克制而自然的微笑，既疏远又亲和，仿佛女王向你投来的和蔼而庄重的一瞥。

春舞蹈时总穿着一件黑色的薄衣，上面披有半透明的轻纱，春的舞步缓慢，但也足够使轻纱飘起。这些波浪般的轻纱给这舞蹈以流动感，以及更强烈的迷狂感。

春看着杂志上新刊登的一篇描写他自身的文字，仿佛注视着忠实的镜子前自己略微抬头的神情，感到羞耻而高兴。至少这篇短小的文章很好地证明了他所表现的与他想要表现的不差多少。

只是这个题目，啧，他再次皱起眉头注视那行博人眼球的冗长名字：放荡与高洁——关于春，一位崭新的舞者。

他自己确实依旧年轻，尽管距离第一次舞蹈已有十八年，但他仅仅二十五岁。这舞蹈——放荡的舞蹈却已经相当老了。

据他的祖母——两年前过世，不然将有七十八岁高寿——所说，这舞蹈是唐朝时就从中亚一带传到这里，因此带有色情意味。而在这一带风俗的影响下，配乐逐渐合乎雅音，动作也慢了下来，但其挑逗意味却丝毫不见得少一点点，只是在外有了一层高雅的釉质而已。

但这种舞乐在某个村落竟成了祭祀所采用的舞乐，大约村民并不在意舞蹈本身，只要有舞蹈便足矣。这种舞蹈也因此获得了"祭舞"的名称。要是有人在礼教中见到这种场景，想必大吃一惊。

而春的家族便是世代传习祭舞的家族。因为这舞对柔韧性要求不低（要求都藏在无数的动作要领之中），家族大多只传给女性。这名女性大概也不会再出嫁，而是担起后一任祭舞的任务。

但春的母亲不同，她的舞蹈天赋惊人地低，并且也不愿意传下这个累赘般的技艺。她靠成绩成了村里第二批大学生，又赶上了下海的好时节，生意水涨船高，在业内尽管没法独领风骚，却也颇有声名。她靠多年积累的人脉，主要做境外贸易，但不知为何有了高端的名声。她狠狠地抓住机会，将产量提升一点，但价格涨了不少，买家反而更多。她的事业风生水起，她自然也有条件好好赡养父母。

但夏（即祖母）不乐意。她想将这门行将失传的技艺传承下去，尽管籍籍无名。于是她给刚结婚不久的冬（即母亲）下了命令。

"如果是个女孩，那得让我教她祭舞。"

冬自然不愿答应，以她在外拼搏的经验，去努力学习才是一条好道。两人闹得不可开交。最后还是由老实巴交的祖父和同样老实巴交的父亲在饭桌上异口同声地说："那就让孩子平时照样上学，课余时间学祭舞不就行了？"

于是方案就这样敲定了。但出生的是个男孩，就是春。冬相当高兴，似乎春的出生也成了她对母亲的隐秘反叛。夏无可奈何，只能哀怨地想别的办法传承这门古老的技艺。

不料在七岁时，春展现出了惊人的舞蹈天赋。那天他放学回家，如同其他这个年龄段的孩子一样将学校发生的事一股脑讲个不停。正是在他只言片语中，冬惊奇地发现春相当喜欢舞蹈课。当时祖母也在饭桌旁，她即刻意识到春或许也能继承她的衣钵，尽管春大概不用靠这个生存下去。艺术高于生活，而不应回到这烦人的窠臼。

"春，祖母也会跳舞，想学吗？"她笑盈盈地问。

"想！"春高兴地说。

冬皱起眉头，她知道母亲的询问或多或少有一丝报复她的意味。但却没想过春竟然答应。

"春,你见过祖母跳舞吗?那可是很难的哦。"冬问。

"看过!祖母周末有时会在家里跳一小段,每个月都会在小区广场趁没有广场舞的时候跳上很久。很漂亮!"春同样高兴地回答。

冬疑惑地看向母亲,夏也没解释。夏清楚自己没法与小区里的那些老人合得来,他们大多发福,喜好热闹,但夏不需要。

夏的身体仍有着年轻的样貌,也不显干瘪。她脸上的皱纹也较同龄人少。只是洁白的头发和明显的老年斑,才使她看上去是个老人。冬就不一样了。冬骨架很宽,因此早早地发了福,衣服要加大一号的,还时常系不上裤腰带。除了头发依旧乌黑,皮肤依旧白皙光滑,她已步入老年生活了。

正因如此,夏才与那些老人合不来。她不需要跳广场舞也能保持身材,她也不在意无人相陪的冷清,广场舞那造作的歌曲更是让她厌恶。于是她尽量减少与他们交谈,因此也少有人认识她。

但这并不意味着她生活无趣。正如春所说,夏时常会在家中客厅里的那一小片空地上舞上一个章节。那些柔美而富有活力的肢体动作让春相当喜欢。夏一来清闲无事,又看春充满好奇,就教了他一两个动作。不料春的舞蹈虽相当稚嫩,却有灵动感,不显干涩。可当时夏并未在意,料想不过是小孩子玩玩罢了。

而如今春的表现已足够让人认为这孩子具有热情。接下来就要试验他是否有身体上的天赋了。出乎全家人的意料,春的柔韧性很好,甚至能劈叉后再以倒放镜头般的动作起身,协调性也很好,不出半分钟就能前后交替拍鞋跟。夏高兴地说,要让春练习祭舞。

"妈,不是说好了是女孩才教?"想让孩子学钢琴的冬有些不乐意。

"可是春的天赋很好,将来说不定能超越我呢!"夏仍然很高兴。

冬迟疑了。她知道大部分学钢琴的孩子都只会成为中庸的琴手,真正才华横溢的怕不多见,而春已经显露出才华的一角。但如果春当真具有音乐天赋,而已经展示出的才华就是全部呢?

最终还是老实巴交的丈夫开口。

"学什么都是学，不如学跳舞嘛，还能省下不少钱。丈母娘也总挂念着要找接班人，春也漂亮，正合适。"

冬瞪了他一眼，但思绪似乎也朝一侧倾斜。最终，她答应了母亲。

于是，春开始向祖母学习祭舞了。

尽管春的柔韧性相当好，但也有相当多的动作是初次做的人一定会感觉到痛的。春却从没喊过一次疼，更别说掉眼泪了。这似乎是他坚强的标志，但其实不然。

他的神情没有过丝毫变化，从中没法看出他是在忍受相当的痛苦，他的表情平和得让人诧异，祖母问过他。

"春，你疼吗？"

"疼。"他以平静得几乎不在乎的语气说。

"疼可以不憋着，没关系，想哭就哭。"

"为什么会哭？并且，我确实不介意痛，我没憋着。"他以疑惑的神情注视着她，夏似乎明白了。春并不把疼痛看得很重要，那似乎与他无关或者不太重要，就像身体不时出现的瘙痒，能挠自然完美，但不挠也没什么。

夏并没把这事太放在心上，她并没觉得这是春的某种"迹象"。

早熟的迹象。

春也随祖母练字，但写并不重要，祖母更重视让他观察。那些时浅时浓，或疏或密的流畅平滑的曲线，或许能给他一些灵感。夏并未抱多大希望，但春竟做到了。他的动作明显更柔和舒缓了，这让夏很满意。

夏也时常让春去图书馆阅读些资料，是为了了解古人对于流动感的美学思想。但春当然不仅仅只阅读那单调乏味的著作。他看了相当多的小说，大多是上世纪的。他也广泛涉猎哲学区，尽管两种书架相距很远，文学在"I"区，哲学则在"B"区。

他如饥似渴地摄取这些同学和家长从未提起过的知识,感到了一种新鲜的喜悦,就像从阴暗的墓穴中冒出头来时呼吸第二口带着露水的新鲜空气一样。尽管这些知识并不都被他完全记住,但却让他变得沉默寡言。

随着时间流逝,春内敛的程度越来越深,仿佛为了汲取养分,他将身体紧紧扎入土壤。身体也变得修长匀称,比母亲高出快两个头,更别说祖母了。春依然学习祭舞,也时常观看夏的祭舞,尽管动作皆得要领,但屡屡缺乏所谓"神韵"。

夏就多次与他说,要他将自己生命中最显著的某样东西糅合在舞蹈中。夏自己自然不必多言,她的身姿变幻自有一种和谐,正如孕育了她的至纯至善的中和太平的智慧。心灵敏感的春自然也意识到这一点,但他无论如何模仿,也学不来那种神韵的。

"不必学我,你要自己寻找那一个自我的核心。"夏总是说。于是春开始寻找。他时常沉思,是什么构筑了自我?是什么奏响了第一声音弦,砌起第一块砖,烙上第一枚印记呢?

可他越是沉思,越是觉得自身空空如也,如同冬天的鸟穴一样缺少什么。他寻到的每一样东西都被自身所否定。这并不矛盾,他本身就毫无矛盾可言。空荡的理性!

这些形而上学的哲思不仅没能帮他找到所谓自身的核心,反而还让他与冬渐行渐远。

是的,冬与他有了深厚坚硬的隔阂。"而大海会是他们之间的魔法一场。"——当然,这句话在两人听来也有所不同。

他与冬相处时,偶尔会将自己正在思索的问题脱口而出。冬惊奇地发现他的言语时而像个百年一遇的哲人("是什么让我以为我有生命?"),时而像个精神病院的在逃病人("愉悦与死亡是何时成为两个概念的?")。而无论哪种问题,她都连想也没想过。

春问她问题,不消说,她自然答不上来。春自然不会,也不想满足

于"不知道，你觉得呢？"或者"你终于长大了"这样的回答。他想要更正面，不转移话题的回答。于是他刨根问底，并在冬试图逃避的时候尖锐地指出并重复一次"正面回答这个问题"。

在春一次又一次的追问中，冬逐渐变得暴躁。她恼怒地发现春正在懂得的比她还多，并试图——她认为如此——以此来羞辱她，她发现在回答这些深奥而无趣的问题时自己的语言是如此苍白无力，缺少逻辑和美感。她自出生以来第一次感到自己是如此无知，这让她烦躁不安，而她自然地将烦躁的源头转向问题的发起者：春。

春自然也感到乏味，母亲的回答并未让他满意。母亲的逻辑结果上符合社会道德，但其过程却是不自洽的，有缺陷的和平庸的，其中甚至有诸多春已经认为是暴论的道理，比如"女子无才便是德"，这样的封建思想残余。对于这些，母亲总用一句生硬的话敷衍过去。

"以后你自然会明白。"这句话多完善！它既不能说明什么，又好像在讲述高深的道理。给那些空洞刷上一层糨糊，还能显得自己十分老成，卖弄长者所剩不多的愚蠢的权威。

春自然不会忍受。他反问："那你明白了什么？"冬一时语塞，只好重新拾起那套干巴的说辞，她无数次想将话题转移到春身上去，但春总是打断她："正面回答我的问题。"

终于她无法忍受了。那天在春又一次指摘她不自成一体的逻辑时，她忍无可忍地用长者的尊严绝望地自卫，仿佛一个蹩脚骑士："你要尊重我！不许用这种语气对我说话，我是你妈！"

春是不想遵守这些烦琐的规矩的，但那一瞬间他的确被吓到了，于是他沉默了一会儿。这正给冬机会，冬开始指责他有多不尊重父母亲，连那些最末的细节，吃饭时先提自己的筷子都被提起。最后她以一句话作结："都不知道是谁这么教你的。"

最后一句话似乎让春起了微妙的变化，他的目光从后视镜移向窗外，没再说一句话，冬为此感到满意，尤其是某种胜利感仿佛带着血腥的蜜盘踞在她的心头。

过了很久，春依然看向窗外，冬没有多想，而是一味沉溺于胜利之中。春在那之后再没与她推心置腹地交谈过，但她不在意，她没法辨认春说的话究竟是虚假的情谊还是杜撰的心声。

春变得更加阴郁无常，时而放声大哭，然后若无其事地说话，尽管他比过去还要沉默寡言。

真正改变春的事情，是发生在他十四岁那一年。某一天，他见到了一个女孩，对异性的渴望和荷尔蒙的吸引使本就敏感的他心跳加速，沉闷而有力的心脏的鼓噪使他喘不过气来。他不得不反复深呼吸两三次——尽管这并没有缓解紧张的心情。他的喉头发痒，似乎想要吐出些什么，但他的腹部又开始发烫，让他以为自己腹内空空。女孩从他身边漠然地经过，他似乎闻到了什么香气。

但那女孩其实相貌并不出众，身体也不吸引人，甚至还有些矮小。使他如此紧张的，完全是青春期的轰鸣。这轰鸣与他自身共振，形成一股巨大的洪流，冲击着他。

他记住了那个女孩的样貌。不，不如说在他回想起那个女孩时，她的样貌就浮现在眼前，难以挥散，尽管那个女孩的细节正被他快速地一一忘却，只留下一个符号。

接着，他被自己的想象吓到了。一股罪恶的寒意从尾椎处一路上升，从后脑勺散布到全身，激起一阵阵强烈的悸动——他在发抖。他不敢直视，甚至不敢谴责自己的想象。这时冬的指责又恰好涌上心头。

"都不知道是谁这么教你的。"

指责声铺天盖地，他在床上辗转反侧。

他不敢直视女孩，无论哪个。他也不敢再看夏给他的指导。夏的身体的每一次伸展，每一次扭动，都仿佛在提醒他某一夜他丑恶的想象。他便生活在这种重荷之下，仿佛大气压终于被他所感受到一样。"难堪的重负啊！"

这种难以言说的苦痛持续了大约一个月，足够压垮一个人的神经。

但春坚持下来了。不，不如说春太害怕坚持不下来了，他的懦弱使他不敢放弃。他害怕自己疯后会将实情和盘托出，相比之下死去似乎真是一件微不足道的事，而他也没有勇气选择这一道路。

他因为懦弱不敢迈出一步，哪怕一步。于是他在这条岔路口上裹足不前。尽管蔚蓝深海显得富有吸引力，他也没能下决心选择，最后，转机终于出现了——无趣地出现了。

那天晚上春仍在床上辗转反侧，反刍着冬那句令他痛苦不堪的话——"都不知道是谁这么教你的"。

出乎意料地，他开始平静下来。"对啊，谁教我的呢？"他脱口而出。

是谁这么告诉他，让他这么去做的呢？罪恶的想象与罪恶的行为，它们的源头究竟是什么呢？他是听从什么指引而这么做的呢？苦痛的根源又是谁呢？

答案——之类的东西——惊人地浮现在脑海中："我自身。"

伴随着答案的明确，他心头的枷锁，那颗堵塞了欲望泉眼的巨石，轰然倒塌。一切都被完全释放出来了，无论那是苦痛还是快活，是鞭挞还是颂扬，一种轻松的愉悦感仿佛叮咚作响的清泉般荡漾于他的全身，浇灭那折磨他的烈焰。

就这么简单。"我自身即是罪恶的根源，我的思想即是卑劣所在，淫秽就是我的意识的核心——对啊！那颗核心！"他不无幸福地想着，终于安然入睡。

那一夜他变得完整，或者说，他接受了完整的自己。

他微妙地变了，他逐渐变得开朗而优雅，不失分寸。这使他变得尤为迷人。他的人际交往也因此变得更加广泛，甚至有一两个少不更事的女孩抱着好奇的心态向他投怀送抱。

这也体现在了他的祭舞中。他的身姿也变得如夏一样灵巧而富于美感，尽管祭舞动作舒而优美。常人容易发现的不同大概只有他开始微笑。但对舞步敏感的夏很快就看出来他的祭舞具有了所谓的"神韵"，尽管其内核令她不安。隐藏在优雅背后的是欲望，是本能的诱惑。但她已年老，不再有力气达到原本的优雅了。

于是春开始了他的舞者生涯。

春第一次面对公众演出，是在十六岁的高中文艺晚会上。他知道那是无聊透顶的晚会上几个无聊透顶的评委给无聊透顶的节目打分。纯粹是过时的勾当，但他依然报了个十五分钟的长节目。

那天晚上，他第一次穿上那套舞服——那是夏带着他去南方某个以纺纱和制瓷闻名的小镇找了老字号店铺定做的，价格不菲，只能把衣服改大修补，不能再重做一件了——在人们面前表演祭舞。因为时间不够，他不得不以某站立动作收尾，只舞半个章节。在总睁不开眼的学生干事询问他配乐时，他苦恼地选了一首并不知名的歌：《槐序》。他嘱咐干事要循环播放，大约第六遍时结束。

他站到了舞台中心。身处阴影之中，他感到了任何一个新人都感受过的紧张感。要放松，他告诫自己，没什么地方可能失误。而当聚光灯照耀在他身上，向人们放射他无比的美艳和秀顾的身姿时，他的紧张感忽地消散了。

"传播罪恶。"他想到。于是一种愉悦的负罪感蔓延到他的全身。似乎不再是人们观看他的表演，而是他在玩弄着人们的情欲。他仿佛变成了一面忠实而富有穿透力的明镜，人们所看见的是自身不加掩饰的欲望，惊恐的他们四散奔逃。

当然，春没能完全做到这一点，他的舞姿没能吸引人们的视线，大部分人并没有观看他的舞蹈。但剩下的人，观看的人，再没能移开视线：舞台中心正如流水般飘浮的人是谁？是魔鬼？天使？那正吸引着我的是什么？是地狱？天堂？

那几位衰老的评委自然看完了整场舞蹈。他们心照不宣，各自想着相同的心事。"他是怎么摄住我的心魂的？"在简短的讨论中，他们各自隐约猜到其他人也有相同的感受，这才意识到他舞蹈的力量，与之相

比，其余的节目都相形见绌。

最终评委们决定了除内定的第一名以外，其他内定的排名都向后调一位。春获得了第二名。这对他而言，是个不大的鼓励：即使拿到最后一名，他也会舞下去。这个排名实际上他并不看重。虽然他不知道如果真拿了最后一名他是否还有这般雅量，不过从他没有把心事告诉别人这一点来看，或许是真的吧。

那天以后，春慢慢在越来越大的舞台上表演。从社区，到小镇，市，州，他的名气也逐渐大起来，不少记者前来采访，他虽感到兴味索然，仿佛看着发家后簇拥的所谓"篾片"，但还是一一作答。在应对采访时他相当谨慎，生怕说偏了自己演出的意义。因此这被他藏在心底，从未被众人所知。

春频繁地登上报纸，但是在戏曲版，因而他只在那部分人中有名气。好在这就是他想要的，他不需要为人所知，只要那种欲望传达出去便可以了。

这次实现得还不错，只要有文艺汇演他便兴致勃勃地参加，而反馈很快也到了。春时常留心于他人的言语，这是在他阴郁无常——尽管现在性情依旧多变——的时候就遗留下的习惯。他发现无论男女，谈论性的变多了。这让他确信自己传教般的虔诚是有效果的，学生之间本就有一股欲念的暗流，那是被青春期的燥热，异常而鲜明的体味以及初开的情窦所引出，而被森严的校纪和道德所压迫的，他不过将其适当地引导，并加以释放而已。

征兆变为了现实。在春刚入学时，学校处分了两对并不明显的情侣，春升学后这个数字变成了六。其中甚至有一对在教学楼隐蔽的阴影中拥抱，接吻。这让他欣喜若狂。他享受着这种阴暗的乐趣，仿佛莫里亚蒂优雅地在餐馆外的小桌上啜饮一杯浓咖啡，倒数着布置的炸弹给全城人的"惊喜"一般。

春毕业那一年，有28对情侣被处分，其中15对有所谓"过激行为"——大约就是接吻一类。有一对甚至夜不归宿，第二天才发现他们在教室里相拥而眠，两人否认做爱，至少被发现的避孕套还未拆开包装。

美妙的情欲！春默默赞叹，情欲是人类之所以为人类的证明！她应与高贵的理性同样高贵。人类以理性建造了一座繁复精巧的宫殿，又以情欲的珠宝金银，或者油彩，将其打扮得富丽堂皇！

怀着这样的想法，春上了大学。

春的大学生活相当简洁，上课，舞蹈，阅读。所阅读的与过去无异。只是他的心境似乎有所不同。但心境暂且不说，变化并不太大。

春大学毕业，找不到工作，同许多人一样。一年后，有什么发生了。如果诸位熟悉春的家庭，大约知道发生了什么。

夏过世了。

葬礼似乎唤醒了春的某些本性，他忧郁的感受被重新掘出，曝晒在日光下，向四周散发着死亡的冰凉的气息。

春在葬礼上不发一言，也未哭泣。他久久地注视着夏的遗言，仿佛那是自己的遗言。

他询问身边哀伤的亲戚，夏死前是否说过什么？他第一次感到无助。

"没有，你祖母是在睡梦中安然逝世的。"他们说。

他回到旧宅，冬的住宅，冬注视着他，渴望说些什么。

"你祖母逝世了。"她说。

"我自然知道。"春回答。

冬低下头，注视手中光亮的手机屏幕，少顷，她又抬起头。

"我很爱她。"她说。

"我当然知道。"春回答。

冬又低头，少顷，她又抬起头，却不知道该说些什么。

春注视着她衰老但噙满泪水的眼眸，感到了强烈的怜悯。上天让冬面对汹涌的感情的波涛，却没有赋予她排遣这感受的能力。她想撕开她的心，让那些哀伤迅猛地流出，但她不知怎么办。她的动作干枯而无法传递情感，她的声音缺少韵律，她的语言乏味可憎，她没法抒发情绪。

　　她只能让这些哀伤停留在心中，等待其慢慢地蒸发。

　　冬最后只长叹了一声，重新低下头去。

　　但春不只如此，春的话语变得更少，行为也更阴郁了，尽管这是较他的高中时代而言的。更重要的是他舞蹈的内核也或多或少改变了。

　　那勾人的欲望还在，但一层一层剥开它们后，原本的中心被一颗感伤的珍珠所代替。他的哀伤便随此传递，他要借此释放他巨大的无声的叙述。舞蹈成了他排遣的所在，就像恸哭。

　　他的舞姿更为丰富，更富于感性。在如那位记者所言的狂野的欲望流逝之后——以前不会流逝，只是无尽的性——人们也大约能感受到他平静而汹涌的感伤。

　　或许他将在小镇跳上一辈子舞，仿佛夏一样。尽管所祈祷的有所不同，但总归是类似的事物，可叹的安宁！

　　但事情总是不会如愿以偿。

　　一次疫病的大流行打乱了他平静的生活。为了控制几近失控的传染，政府决定封城。

　　这对春影响不大。他吃穿花费不多，房子也在自己名下，光靠给媒体供稿（大多是无趣的散文，用还不赖的笔名写，谁也不知道是他）就能应付日常开支，储蓄还有不少，实在不行就找冬。

　　真正影响春的是演艺中心的关停。过去他常在那里舞蹈，欲望的渗出和哀伤的回复会使他在很长一段时间内疲乏不堪，但那释放却是必要的，就像雨要下一样。

　　而现在做不到了。春也尝试在家里跳，但总是碰到墙或桌子，他还要控制肢体动作。在舞台上时他所有自如的伸展都能被偌大的空间所包容，所吞食。

积蓄的雨滴让眼前变得朦胧而怪异。世界变得燥热难耐，激励着他的心发抖，悸动。睡眠成了一件奢侈的事。夜晚他只能躺在床上，闭上双眼，等待时间的狂风将他卷入平和的梦境，后来他甚至患了不宁腿综合征，这使他的痛苦雪上加霜，睡眠也随之变得更加支离破碎。

作为一个生性敏感而内敛的人，春没有与任何人说他的痛苦。说了也不会有人理解。静寂的瀑布冲刷着一个人。他逐渐变得绝望，美丽而永生的东西难以存在，一样的越是美丽，便越是脆弱了。

做出轻生的决定比想象中要简单。春不想传承这项技艺，有谁能完整地继承他呢？他在世上也了无牵挂。除了冬。他想，冬大约会崩溃。

但关他什么事。"死了；睡着了；一切都完了。"春带着残存的高傲这么想。这或许算是他对冬最后的复仇："都不知道是谁这么教你的。"

"是我！"春沉默地叫嚣。春为自己选择了一个诗意的死法。他将在夜晚的空间里舞至力竭！他这么幻想着，尚不知道自己是否真的这么相信，他希望如此，他希望自己如此。

就在他为自己决定的那一天的夜晚，他换上舞服。凝视着镜中苍白妖冶的自己，他感到由衷的快活。一想到这样的人将在今夜逝去，而这一切都是由他造成的，他就感到一种由负罪带来的兴奋感，仿佛心脏随之变得麻木而欢快。

这与过去他感受过的快感如出一辙，罪恶！欢畅是丑恶表面装饰的釉，如今这瓷器破碎了，涌出阵阵新鲜而温暖的红色汁液。

他走出门，外面下着小雨，这计划之外的变故倒正合他的意。谁都不会阻拦我！乌云也只会隐蔽天光，为我遮掩丑陋的躯壳。我所舞蹈的是灵魂！为了以防万一，他带了一把锋利的匕首，没人能阻挡我的！

他走到一处空旷的场所。伸手不见五指，连路灯都没亮。他略微试

探了左右，没有需要注意的障碍。

他站在中央——他所认为的中央——从第一章节开始。他从未跳过完整的舞，那大概要数小时。他决意最后尝试一次，然后逝去，不失为一位为舞而生的人。

他开始舞了。无须平复心情，他本就想狂野地舞，否则难以力竭。他自如地伸展着每个动作，无拘无束！

随着他舞蹈的深入，雨竟也随之越下越大。他仿佛受到鼓舞，跳得越来越快，越来越奔放，舞步也随之乱了。

终于，毫无征兆地，他失去了平衡，向后倒去，后脑勺着地。刹那间，一切感觉随他而去。他的灵魂仿佛离开了躯壳，肃穆地在宇宙游荡，这便是死亡……吗？

但触觉很快缓慢地回归，他重新能感觉到身体的每个部位，但感觉依然延迟，后脑勺仍未有疼痛传来，一个诡异的念头从他脑海深处浮现："事不宜迟。"

他抽出匕首，用力向腕刺去，依旧没有疼痛感，但他确信他刺中了目标。

汩汩的鲜血被大雨冲刷，并未留下什么痕迹。

狂乱之舞——冠

我抬头审视天空，沉重的乌云在笼罩四周——毫无疑问，一场大雨尽管眼下仍未来临，但也距离不远。

我重新向前看去，向导已走出相当远的路，而且没有要停下来等我的迹象。我只得将腿从没及膝盖的半腐烂的，散发着湿润植物气味的叶中拔出来，一步一步追赶。

分明是他邀请我参加仪式的！我越想越气。

一个月前，我来到了这座边陲小镇，几乎紧挨着丛林。当地人的语言我只能勉强听懂一半，食物也变得朴实而鲜美，带着从林中吹拂而来的浓烈的气味。

我在当地一间民宿下榻。房屋是木质结构，当地气候湿热，房内常传来一阵松软的腐香味，嗅闻这股气味时，我便会平静下来，尽管当地阴雨连绵的气候使人燥热难耐。它唤醒了基因沉睡的渴望，使我冷漠地审视周围。我将变得完全理性，仿佛翼手龙注视苍凉荒芜的地表，我像注视地表一样注视天空。

房主是个常笑的本地人。由于旅客不多，他也经营一间饭馆和一家杂货店。他很和善，管不住钱，时常请人喝酒，目的只是找人闲聊。他醉后常大声嚷嚷，但未生过气。他做得一手好菜，口味偏重，为了祛湿辟寒，因此尤其适合做下酒菜。

他的老婆对客人相当和善，也和他一样肥胖。但因为是她主持家务，骂老公的时候很多，他也不敢还嘴，只是一直笑，即使喝醉也是如此。

有一次他与我们一起喝酒——客人自然也在邀请之列，他喝得满脸通红，天晓得漓江啤酒为何总能壮胆，在我们聊到他的家庭地位时他信誓旦旦地拍着胸脯，用足够让全街区的人听见的声音说出了让他后悔一夜的话。

"我可不怕她！在家里还是我说了算！"

据说当晚他跪了一夜。

同样是在酒桌上，我们聊得热火朝天。同座的除了我，他和他的一个朋友，还有一位邻居。他说着我听不懂的当地语言，与他们说笑，他爽朗的笑声时常吓到一旁吃饭的人。

我请他为我翻译，于是我加入了对话，我得知那个邻居是当地的土著，搬来这里住。他的部落仍在丛林深处，在那里他将是一个截然不同的人。更重要的是，这个部落尽管已分散到周遭的小镇内，但仍较为完好，习俗和仪式也流传至今。

"他说最近要举办，嗯，新酋长的加冕仪式，邀请一个人去参加。仪式需有个旁观者，说是要保证仪式的正当性。"房东顿了顿，"要不你去一趟？从没见识过那场仪式可是很可惜的。"

"你不去？"我问。

"那地方在深山老林里。我去过三次，腿脚都不灵便了。再说，你就不好奇那仪式到底是什么样子？"房东故作神秘地说。

我扭头问那位邻居："什么时候出发？"

"明天。"他简单干脆地回复，"我来当向导，跟着我好了。"

于是我答应了下来。

如今我便身处丛林，在腐殖层中艰难地跋涉着。空气中不时有像飞鸟的啼鸣般微弱的花香，但大多数时候仅仅是与那座房屋无异的浓重的霉香味，这气味暖暖地渗透进我的心底，让我逐渐平静下来。

不，不仅仅是平静，不仅仅是气味。整座丛林都在试图浸透我的身体，将某种鲜活的意识——不，那东西仿佛具有体积和密度，几乎可以触摸到，尽管手会穿过去，却也能感到其无可否认的存在，恐怕还是叫它物质更为妥当——注入我的体内。我的心境起了不可思议的变化，而这无疑是丛林所加给我的。

随着我的缓慢深入，那东西的密度和质感也在一点点加重，触觉由包裹感变成了难以移动的延滞感。我的呼吸渐渐变得粗重，这倒不是因为那东西，而只是水汽过多。

渐渐地，不仅仅是触觉，我已能从视觉上感受到东西了。周遭的一切变得异常富于冷漠的吸引力，仿佛斯特里克兰德性感的嘴唇。一切都开始充满攻击性，仿佛要将我吞食殆尽。

是黑暗？我意识到。浓重的冰凉的黑暗与我事先对原始的恐惧交织为一体，在这些丛林中出现形态。我对原始、对兽性的渴望曾被长久压抑，而在这旺盛的地方被悉数释放。空气中充斥着荷尔蒙，激励我向它们走去，撕咬皮肤啃食骨肉，吮饮鲜血，我渴望杀戮！邪恶！

刹那间，我走到了村中的一片空地，阳光微弱地照射下来，吹散了正在我面前成形的那东西，向导站在一旁，沉默地看着我。方才的邪恶感忽地逃散而去。丛林的神秘感也悉数蒸发了。

空地上摆着一丛干草堆，旁边还有七八个人，年纪都挺大的，看上去足够德高望重。他们簇拥着一位孔武有力的年轻人，大概就是新酋长，仪式已经准备停当。

"噢，你是客人，"向导解释道，"要与首领斗力。"

我惊奇地看了他一眼，此时那个首领已经向我走来。我相信我能活下去，我如此告诉自己。

还好,他没有打架的意思,而只是伸出了他那只黝黑粗壮如同树根的手臂:掰手腕。

我们握住对方的手掌,于是比拼开始了。他沉默如磐岩,而发力如同山崩,没过多久我败下阵来。多来几次恐怕会提前失去右臂,所以我认了输。他露出爽朗而平和的笑容,拍了拍我的肩。其他人则高呼着"扎图亚鲁",或许是他的名字。

部落里其他人——女人——这时走到他身边,沉默地在他身上涂抹些什么油状液体,效用我自然不知,但看上去他的肌肉变得活泛,身躯变得更加坚挺,力量感更明显了。

他活动活动身子,爬上干草堆——其实并不高,但因为干草堆不很结实,需小心翼翼地上——在上面俯视着我们。

"仪式要开始了。"向导低声说。数个人引燃手中的火把,将干草堆点燃。

"等等!"我试图喊停。

"没关系,就快下雨了。不下他也不会死。只是一个仪式。"向导劝阻我。

他在火堆上舞动,先是僵硬地做了几个动作,但由于火焰未熄,舞蹈也不能止,于是他不断做着舞蹈动作。

渐渐地,他全身心都投入进去了,至少我觉得如此。他的舞蹈充满力量感,仿佛在与火焰搏斗。他的动作更加丰沛而富有活力,仿佛他的萨满为他们祈求冥福。

他在火堆上移动,如同野兽猎食。他肆意地,捕捉着什么,撕裂着什么,吞食着什么。这一切都真真切切地传到我的意识里。他在怒吼!怒吼着什么呢?但他没有离开这个火焰铸成的囚笼,这个王座前的囚笼。

随着他的吼叫,部落里其他人开始有节奏地高喊那一串神秘的语音:"扎图亚鲁!""亚"拉得较长,富有狂野的气息,如同即将来临的风暴。

他仍在舞蹈，为了艰难的生存。他仍在舞蹈，在这野兽般的高呼声中。他仍在舞蹈，只要火焰仍未熄灭。

他仍在舞蹈。

舞蹈中，我偶然瞥见他崇高而暴怒的灵魂。那灵魂在火焰的鼓舞、在高呼的鞭策中舞动，那是野性的、嘶吼着的舞，带着狂躁不安的烈风呼啸涌进我的灵魂中，像野兽冷漠的低吼，像暴雨猛疾地来临。

暴雨来临，毫无征兆，一如弹丸。

暴雨浇灭了火焰，冲散了干草灰，让首领倒在灰中。众人一面欢呼着那句咒语，一面将首领从灰中扶起来——他已经连站都站不稳了。他全身覆盖着沉寂的灰烬，仿佛从炼狱中耗尽生命逃回这里。

但他的双眼值得一提。或许是由于灰的衬托，他的眼神显得更加深邃而尖锐。原先的稚气似乎统统消散，留下的是不熄的火、流传的岁月。但当时那眼神里仍有年轻带来的锋芒，它与不熄的火相融合，保佑着这个部落不受阴冷侵袭。

这团火大约仍在燃烧，至少仍需燃烧。

狂乱之舞——颜

"你的样子变了。"奇说,"不完全是在挑起话头,你确实变了。"

有栖注视着他的脸。尽管发际线高了,胡须刮了,整体显得更大了些,奇确实没多大变化,他的脸与过去几乎相同,似乎平整了些,过去常泛起的笑意消失了。"你还是老样子。"

奇叹了口气。"并非吹捧,你看上去增加了些什么,过去给我的那种灵与肉的混合被遮蔽起来了,只隐隐约约给人这种感觉,她的情欲或许很旺盛。但现在你大概不会再只是游戏了吧?"奇像在开玩笑。

"当然不再会了。但情欲还在的哦,不骗你。"有栖试着笑起来。"你或许是我们里面唯一一个能让我想起过去的……不,你也有些变化。你似乎失去了什么。过去在你灵魂中的某些东西现在消失了,无影无踪。"

"那当然,"奇仿佛坍塌般呼出一口气,"毕竟十五年了。那会儿只想着赶快成年,然后喝个一醉方休呢。记得吗?同样是同学聚会的那天晚上,十二年前?做加减法看来应该如此。"

"是十二年前。那天晚上……我还是不相信那天晚上是你第一次喝酒,哪有人第一次喝酒能喝成那样的。两个人喝掉一整支干邑,你连气都喘不匀,还想着继续喝。"有栖笑着说。

"那时候我也不知道我在想什么。没准想着只要能把你灌醉,就能与你旧情复燃呢。十八岁的男孩脑袋里有什么?"奇挠挠头。

接下来却是沉默。恰到好处的沉默,刚好足够两人思考刚才的对话。气氛也漂亮,既不凝重到难以重新开口,也不和谐到难以思考严肃的事。这期间,酒吧里的萨克斯手吹奏着那首已被描述过无数次的《灾星下的恋人》,一如上世纪电影的完美镜头。

"我说,"有栖享受完这精致的闲暇后率先开口,"你还喜欢我?"

"虽然这个年纪开口已经缺乏诚意,"奇解释般笑笑,"但我仍爱着你,尽管你变化许多,我也无可救药,但那颗硬实的核心还未消失。"

"但没法回到过去了。"有栖接下话,默契依旧天衣无缝。

"是,没法回到过去了。"奇道歉似的低下头,"我肆无忌惮地挥霍着我那可怜的精神,后来意识到时已经晚了。就像注视着沙塑从一侧塌陷,顷刻倒下大半,只剩下依稀能看出原来的残骸。问个突兀的问题,你觉得那时的我像个什么?"

"嗯,我觉得……我想找个合适的词……像个半疯癫的诗人。"

"我中意这个比喻。"奇打了个响指,这一直是他的拿手好戏。"而我在这十五年里失掉了疯癫,也失去了写作诗文的能力。说到底这其实是一回事,我变得平庸了。"

"并且那时你兼备两个性别的特点。"有栖补充,"尽管你毫无疑问是个男人,但你身上奇妙地展现出两个性别的特征。我不知道为什么,但我感觉到是这样的,那也是你诗人气质的来源。"

"但是现在。"

"对,现在没有了。"

"两个性别的气质吗?"奇自言自语。

"但你作为男性是确凿的,毫无异议的,事实就像火星一般存在在那里，自如地旋转。有男性器官，长胡须，喜欢女人。但那时你同时也展露女性气质，在女性堆里不会不和谐。女生对气氛的感受可是很敏锐的。"有栖说。

"但是现在已经消失了。你只剩下男性的感受。尽管诗人喜欢的微笑同样浮现，但你不再是完整的你了。"有栖说。

"是吗？"奇依旧自言自语，过了一会儿，他抬起头，"喝点什么？"

"你已经喝了两杯马丁尼和两杯柠檬伏特加了。"

"那你不来点什么？"

"一杯龙舌兰。最好还有点下酒菜。我也已经喝下了一杯桑格利亚汽酒和一杯柠檬伏特加了。这里用的是红牌伏特加，绝对便宜得多。你居然一点都不记得？"

"记得，刚才一时没想起来。"奇站起来，"要两杯龙舌兰，一份香煎鱼。"

"香煎鱼配龙舌兰？"有栖表示不解。

"总比烤鱿鱼和花生米要好吧？"奇脸上又漾出一丝微笑。

现在讨论正经事，她想。活像丘吉尔的会议。仿佛接下来的话题是如何控制苏联的文化产业。

奇仍在她面前，但似乎不再是一个人。他过去就才华横溢，逻辑思维敏锐，又能说会道，能将歪理说正，死人说活，地球说倒转。那时候他就会展现出这样的姿态。笑意尚未退去，但双眼中有天才尖锐如刀锋一样的目光。

"我有一个你无法拒绝的提案。"他以谈生意的口吻说。瞧那架势，就像把命卖掉也能大赚特赚似的。

"怎么？"有栖试着用同样的口吻应和。

但奇显然觉察到了，语气多少缓和了些，目光也随之蒙上一层雾霭，但不失其力量，不容小觑。

"我在城东郊有一栋别墅，依山而建。略有些小，但一个人住也绝对充裕。环境也幽静得可以，日出和城市方向相反，不会被妨碍。要我说，城市还是日落时，夜晚的灯亮前最漂亮。"奇描绘着什么。

"所以呢？"有栖打岔。

"所以，嗯，我希望你能住进去。"奇似乎难以启齿，但还是说了出来。

"我？"

"对。没什么别的想法，我的闲暇时间少有能多于一天的，所以我也没法去拜访你。你大可在那里随意居住，花费不成问题，只是发电子邮件给我秘书就成。安全也大可放心，安保措施滴水不漏，比太平山还安全。"

"金屋藏娇？"有栖开口。

"别说得那么坏。并且只要你愿意，大可出门去。周围一片都是买下的地皮，没人能涉足，小动物可能有。要走也随时可以走，只消打个电话给司机便是，不成问题！"奇说得掷地有声，仿佛力学定律一样严谨。

"那么，古尔丹……"

"你居然还记得那种东西！"奇佩服地赞叹，"代价有两样，一样是在那里为我画一幅画。时间不成问题，能让我看一眼就行。"

"还有一样呢？"有栖发问。

"你得答应所有条件，答应在那边住下。"

"这第二个代价大可不必单独列举。"有栖皱起眉头。

"因为说'代价只有一个'总感觉缺乏实感，就像说笑一样。两样就清楚多了。"奇解释道，尽管仍然是歪理邪说，"那么，答应了？"

"我得想想。"有栖迅速地接下话，相当突兀，奇和有栖自己都吃了一惊。过了很久，奇才回过神来，意识到有栖还未拒绝。

"是啊，是，当然得好好想想。"奇缓缓地说。

最终，有栖答应了奇的提案。

搬进去时,有栖才知道奇的描述尽管并未夸大,可也隐藏了许多问题。房子外杂草太多,容易划伤腿,还有不少鬼针草会挂上裤腿。并且也不美观,枯藤的死棕色在院子——之类——爬得到处都是,与嫩芽的鲜绿交织成一片斑驳的乱网,让人皱起眉头。

而且相当热,太阳直射进窗户,把室内经过一夜带有灰尘的空气烧热,散发出一股呛人的粉尘味,似乎抽根烟就能把房子炸飞。托温度的福,蚊子也相当多,好像一夜能将大象吸成干尸那么多。

尽管的确无人靠近,但也算不上"幽静",当天的蝉鸣震耳欲聋,扰人心烦。夜晚似乎好些,但因为依山,风少,听上去和原来并无区别。

但把这些不可胜数的缺点去掉,房子本身还算协调。有厨具齐全的厨房,二楼卧室和宽敞的客厅,尽管因为没灯,显得十分暗淡——整栋房子通电的只有那台电脑,各种错综复杂的线像电影里的炸弹一样花哨,最后通通走进墙里,或许在那里,线们交流讯息并派人送到奇的秘书那里。

因为没灯,光线显得暗淡,如同一层灰蒙蒙的雾笼罩在房中。阳光照亮了一块地方,但其他地方就是灰暗如尘的。夜晚则是不折不扣的浓黑,伸手不见五指,好在家具不多,不太容易撞上。

就是如此一栋奇特的房屋,与现代显得格格不入,仿佛奇的私生子一般躲在此处,等着奇为他安排住户。

有栖长叹一声,躺在沙发上,凝望着窗外浅薄的景色,怀想所谓逝去的时光。

怪人,她想。

有栖试着用那台电脑发了邮件,请秘书帮忙安排清理室外的杂草。那时正是晚上十点五十三分,有栖一边想着明早清洁工或许会来,没准后天,一边沉沉睡去。

不料第二天她起床时,卧室外的杂草已被清理干净。枯藤被清走,落叶也消失,连草都被修剪得干干净净,大约七厘米高,感受柔软,可把脚踝遮住一点。花刺也被修剪，清清爽爽。

有栖睡眠浅，有动静几乎就能惊醒她。院子何以被如此悄无声息地清理干净了呢？莫非半夜杂草们商量好一块离开？

为了解答这个疑惑，有栖重新打开电脑，点击收取，一份崭新的邮件进入空空如也的收件箱。

"RE：关于花园清洁的请求。"

她点开邮件，里面正文只有一行，三个字："已受理。"然后就是所谓的"best regard"，没有署名。时间是昨晚十点五十五分。莫非守在电脑旁等着电线来寄？活像中世纪的痴心恋人。

她又发了一封，请秘书安排清洁一楼。这次她守在电脑旁，不停点收取键，每次都是"无新邮件"。好吧，她想，没那么玄乎。

但在点第七下时，便来了一封，"RE：关于室内清洁的请求。"

内容也同样短："已受理，请将门钥匙挂在门旁边。"依旧没有署名。

有栖自然照做，毕竟没有钥匙可进不来。她守在客厅，从巨大的窗凝视门外，但一直没人前来。其间她不知多少次抬手看腕，然后抬头看墙，然而到处都没有表，能看时间的地方只有那台电脑，但她又懒得上二楼。"我得在这儿守着，不是吗？"

等了好一阵。的的确确相当久，足以让树重新开花再凋谢，鸟儿飞去又飞回，心底的宁静滋生出来，然后又尽数被厌倦驱散。

出于无聊，她开始探索房内没有去过的地方。一楼只有一个房间，是浴室。巨大的瓷浴缸和墙连成一体，洁白无瑕。沐浴露和洗发水之类用透明的瓶子装，并且一概洁白。整个浴室都是纯白的，不细看或许连空间感都消失殆尽。就连伴浴的花瓣也不是玫瑰，而是白兰花。花气浓烈，几乎不用抹沐浴露，香气便会充满整个浴室。

有栖打算泡澡。她试好水温，撒下花瓣，躺进浴缸。浴缸底，有浅浅的防滑纹路，不会摔跤。她躺下，慢慢放松全身，呼出一口气，然后茫然地注视面前的空间。

天花板旁的窗中流下一片被割成四块的阳光，仿佛窗外是一片光的宇宙。这些阳光整整齐齐，以略微模糊的边界框起的阴影勾勒出一个十字。温暖了一部分腿，阳光的温度自然能穿过如此浅的水，一部分花瓣挡住了光，在水底投下一片斑驳的纹路。

　　她注视着周围，颜色显得失真，缺乏饱和度，而代之以颗粒感，如同莫兰迪的性冷淡世界。这似乎是一片微小的幻境，印象的色调们窃窃私语，在她身边打转，而她无念无想，注视着水底斑驳的阴影构象。

　　忽然，不由自主地，腿抽搐了一下。于是她惊醒过来，方才的世界似乎也已消失，无踪无影。

　　她伸了个懒腰，劳损的关节开始作响。她用修长而强壮、仿佛树枝的手指按动每个关节，使它们中的绝大部分发出令人惬意的声音，放松。

　　过了足够久，她才站起身来。用挂在墙上的大毛巾擦了身子——她起身后才意识到——然后走出浴室。反正屋外大致没人，不穿又能怎样呢？何况天气又热。

　　出乎她的意料。客厅已被打扫得干干净净，一尘不染。但刚才她分明没有听见门锁转动的声响。钥匙挂在门房内，说明的的确确有人进来，不过何以如此悄无声息呢？

　　难不成是操使精灵进来做家务不成？那房门钥匙也不用挂。得，不必多想，怪人自然有怪安排，有栖咕哝。

　　时间平和地流逝，宛如锋利的小刀划过奶油一般，断口平整，难以置信。其间奇给她发过一封邮件，她四个月后才发现。内容无非是问她生活可不可心，服务周不周到。有栖发现四个月前有场同学聚会，但现在回复也未免太晚了些。她斟酌了好一会儿，最后才决定回复一封，内容是"嗯"。

　　发送后，奇的回复也很快收到了。他说他不会多打搅有栖，如果有需要，尽管提便是。内容不少，但精简下来就这几句话。

有栖关上电脑，瘫坐在椅子上，使劲伸了个懒腰。

出于无聊，她登了一次山。事实上不过是慢悠悠地登台阶，使劲深呼吸两口与平日无异的空气。她以前就常和别人一起登山，作为聚会凑数的一员。

但独自登山似乎有所不同。一开始自然类似，但行走不久，山川的寂静便会融入心底。寂寥，她想。好名词。事实上，她绝未感到寂寞，因为这寂静本身便是一种巨大的声音，无声是种假象。

震耳欲聋的静谧。

她开始注视行道旁成群的树木。它们形态各异，颜色也不大相同，但都在地面上投下形状大小大同小异的斑驳阴影。它们出奇的细，修长的树干在橙黄的，如同落日的余晖般的落叶衬托下显得萧索。但阳光依旧猛烈，这里纬度不高，几乎只要裹紧一件薄外套便可过冬。

但秋天显然不只意味着穿上外套，她想。她多久没感受过秋天独有的气息了？浓烈的腐殖层所散发出的气味夹杂着某种过了保质期的荷尔蒙的气味，刺激着她的感官，仿佛要在她的心底铺上落叶一般。

她沉默地前进。这时她已经不再在乎山顶，只是漫无目的地行走，这样就能获得些什么。

失去些什么？

最后她绕了一大圈，没能登上山顶，回到了房子。她拾了一片落叶，却在进门时打了一个激灵，放下了。

房内似乎有意地将颜色弱化，而落叶的颜色足够鲜明。不如说房内的装潢富于性冷淡感，缺乏情绪，因此也排斥了落叶这极具情感的存在。

她走进一个尚未进入过的房间。出乎意料，里面是堆了两面墙的木桶。大概是酒，她想。房间尽头摆放着一个装有齐全酒具的柜子，她取下一只低脚杯。

这低脚杯就不简约了，上面有繁复的花纹，一端有八角星的蚀刻和她看不懂的带注音的拉丁字母，色调偏蓝，可能是水晶的也说不定。

她打开一个木桶上的阀门，粉红的带有迷人酒香的液体便倾泻出来，她等着装了大半杯，关上阀门，啜饮一口。味道出乎意料，相当涩，而且没什么香气。

没醒酒，她恍然大悟。

她走出贮酒室，坐回沙发上，端着酒杯，注视其颜色。粉红的酒液显得没那么鲜艳，仿佛蒙上了一层暗淡的雾霭。

她再次啜饮一口，这次柔和许多，还带有烟熏味和花香。她叹了口气，望向窗外，浅蓝的烟雾般的微光正投在她身旁。

冬天即将来临，她想。

冬天自然来临。无须跟谁商量，也不用发邮件。冬天的性格大概是最乖戾的，尽管并不暴躁，但她不听劝告，说什么都没用。她有自己的想法，只要顺应，那她便突然和善下来，成为一位娇小洁白的女孩。

这样的天气里，这间房子变得舒适起来。房子本身不好通风，因而室内不太冷，阳光所照射到的地方甚至同夏天一样温暖。即使打开窗呼吸新鲜空气，室内也不见得清爽多少，反而迎合有栖的想法。

她喜欢寒冷的天气。冰冷的体感仿佛意味着思绪与外界的接触，似乎那才是本该感受到的。于是她脱去衬衫，把它们藏在衣柜里，赤身行走在房中。

这天，她躺在客厅的沙发上，手边放着一只低脚杯，里面斟有淡黄而澄澈，仿佛黄铜的液体——那里只有葡萄酒和粉红葡萄酒。阳光从硕大的窗中射入，照射着她的修长的腿。她低着头，注视着窗台后若隐若现的草地……

一同进食

总的来说,我不是常与他人一同进食的人。或是因为自己所喜好的食物都不很适合与他人分享。比如意面,我至今仍然笃信进食意面不能发出声音,哪怕这一根长得能到达月球,更不能与他人分享,哪怕通心粉。或许只是因为我恪守着这样的想法,我不常与他人一同进食。

多人聚餐简直像是灾厄,无论何种东西,只消往胃袋里猛灌胡塞就完事,声音又大,周围人势必侧目。"噇"这字用得很好,仿佛能看见他们伸长脖子吞食着什么的模样。

但我仍不时同他人进食。多是两三人一同聚餐,不说话,也不点蜡烛,亦不违背人生信条。这倒不坏,就是机会太少。

一次与年轻女孩约会,在自己家。我坐在餐桌旁百无聊赖地等着。她推开门,对我笑,坐在餐桌旁。我预料到了接下来会有的尴尬,于是问她想吃什么。

"吃过了,"她说,"如果可以,想吃些凉拌菜。"

于是我简单地做了个酸奶油芝麻拌扁豆,拿了两把勺子,放到餐桌上。这种本无厨艺可言的前菜,她似乎吃得很高兴,至少我看来如此。她安静地舀起一勺扁豆,送进嘴里细细咀嚼,过程没发出一点声音,连勺子都未曾碰到过碗沿，发出"叮"一声清脆的响声。因此，我直至今日都对她抱有好感。

还有一次，是同一位朋友。至少我希望可以如此称呼他。那天我在家做腊肠通心粉佐黑虎虾，作为早午饭，分量足，尽管工序复杂，但不失为一道好菜。再配一份芝麻菜拌卷心菜丝和一杯红茶，作为周日上午的消遣，算是一份乐事。

黑虎虾去肠线，再剥掉那细小密集的脚扔掉。虾壳放一旁备用，倒些橄榄油到煎锅中翻炒，略变色便可取出，毕竟这虾并不是现在吃。剩下的油用来煎腊肠，这次要煎到喷香。但要小心，橄榄油热过头会有苦味。如果把握不好火候，最好用山茶油，也不错。

这段时间里可以把通心粉煮上，水没过通心粉一个拇指关节的高度，不要吝啬盐，要在水里撒两大把，然后盖上锅盖，拧上五分钟计时器，坐在锅旁等待。

五分钟里，我似乎在沉思。悲哀总趁这段时间涌进我的心头，把我带进某个陌生的城镇去。房屋低矮，用洁白的石灰刷墙，它便在这里睡着。于是我枯坐着，等待时间将黄沙堆积，将我掩埋。

但五分钟一到，计时器便响起。我以惊人的速度起身，仿佛是为了甩掉某样令人不快之物一样。然后关掉煤气阀门，把通心粉倒进漏盆中，过一遍水。

然后在烤箱里烤虾壳。注视着虾壳由半透明变得焦白，然后将其取出，放进炖锅里，装模作样地加油翻炒，加白葡萄酒。盖上锅盖等十分钟。

这十分钟我浏览这周送上门的杂志，但通常一掠而过，剩下的时间便阅读佩索阿的《不安之书》，语言着实精妙。

时间再次到达，我撇下那本拥有厚重的白色封皮的书，将虾壳取出扔掉，加两勺番茄膏和一碗水，以及黑虎虾。继续漫长而富有"无意义"的时间。记得搅拌，我对自己说。

然后……然后把通心粉倒进去，盖上锅盖继续煮。记得搅拌，我对自己说。

等待。时间是苍白的，如同海滩上的沙砾。

然后出锅。将相当分量的通心粉倒进一只巨碗中，拿腊肠点缀。我端起巨碗，放到厨房外的餐桌上。一切都已就绪，我茫然地坐下，拿起餐叉。

这时他按响了我的门铃。我走去开门，他像老鼠一般滑了进来，他有些神经过敏，因而总是如此。

"可有啤酒？"他以不容泄露的如同谈论机密的神情问我。

"百威和蓝带，在冰箱里。"

他在冰箱里翻翻找找——蓝带藏在深处——把它拿出来。这期间，我在锅中加了两个蒜头，炒盘腊肠，加了大把胡椒，给他做了下酒菜。至少他未表示过他讨厌这个。

他尝了尝芝麻菜拌卷心菜丝，似乎很喜欢芝麻菜的香气，连吃了三片。

我们对坐，默默进食。他把腊肠一扫而光，我拣吃两片。不过他并未索要通心粉，我很高兴。啤酒下肚，他的紧张感似乎多少瓦解了一部分。他总抬头看我，多次张口想说些什么，但还是作罢。

我们沉默地喝着红茶。一壶很快见底。然后他就离开了。关门时他对我说，他很高兴。

"那当然，我也很高兴的。"我大致以不置可否的神情说。

他露出一丝苦涩的微笑，关上了房门。"嗒嗒"的金属撞击声，然后就是寂静。我再也没有见过他。也许永远不会再来，或许今天下午来。

然后是与伊丽莎白·拉弗朗蒂的约会。

那天她参加完自己的葬礼后，换上黑色晚礼服，裙沿有蕾丝装饰，风情万种，瑰丽迷人。

我仍守在电视机前，看着她的葬礼结束后的电视广告，恰巧到最后一幅画面，巨大的"贤太太"商标占满整个画面，几乎冲出电视的那一刻时，门铃响了。

我打开门，她以恰到好处的侧身进来，朝我点头，露出她标志性迷人的微笑，不紧不慢，优雅可人，仿佛灰白的玫瑰花若有若无的清香。

"你果然打开了门。"她笑着对我说。

"抱歉。"我挠挠头，因为不知说什么好。

"一直找不出时间来看你，但是总得来啊。所幸葬礼之后终于有了大把闲暇。"她解释着什么。

"可是……"我试着开口。

"好啦，我知道你大惑不解。但随后我会解释的。现在先享受这顿烛光晚餐，如何？"她的微笑在我餐桌上平淡的灯光下褪去了隔膜，显得如此平易近人。

于是我用松枝点燃蜡烛。我何时备下的？我茫然地想着。

灯灭了，她在烛光后露出微笑。不再那么迷人，但是够温和，仿佛终于为自己而笑。但那笑容极富标识性，仿佛周围一切都变得黑白，她在她自身统领的默片王国中露出笑脸。

侍者——我自身——端上头盘。我试着与他进行眼神交流，但未成功，他（我？）只是低着头，一声不吭地走进厨房。

头盘是牧羊人焗派。"盖在彩云般的薯蓉下的碎肉。"她别开生面地介绍。

"丘吉尔。"我应道，"那次聚餐似乎你也在场？"

"是，当时说是物质匮乏。但是有饼干和水也能开茶会嘛。那样的环境下，我们居然还能胜利！"她笑着娓娓道来。昏黄的烛光使她的脸成了一张老照片，毕竟只有历史听上去最像历史。

"不过当时那个派比这个还糟，糟多了。薯蓉太咸，也不够绵密，这份派就相当不错。"

"自然。不曾吝啬黄油和牛奶。"

解决完头盘，侍者我（暂且与"绅士我"区分）端上主菜。香茅煎肉眼扒佐煎胡萝卜，配白葡萄酒汁。牛肉热气腾腾，五分熟刚好，带有香茅浓烈的清香的肉汁和白葡萄酒汁交融——至少餐厅的菜单上一定会这么写。他——我——端起已弄好的装在宽底细颈,或许可以称之为"天鹅壶"的容器中的不知哪个牌子的赤霞珠,在我们杯中倒了半杯。

"相当不错。你的手艺完全可以去米肖饭店当行政主厨。"

"或许,"我注视着牛排表面焦褐的痕迹,"但我更想去利普餐馆。"

"哈,利普餐馆。你像我们那个时代的人。"她仿佛在回忆,"那时我年纪不小了,尽管还没活到现在的一大半。那会儿我也在他们那一拨人里一块疯玩。海明威找我借了钱赌马,倒是大赚一笔,够他们夫妻快活好一阵子。忘了他哪篇小说了,但那个'贝蒂'可就是以我为原型的。"

"贝蒂。"我重复一遍。

饭后甜点是熔岩巧克力蛋糕。另外还有一杯神奇的鸡尾酒,几乎全是薄荷的伏特加,让人打了个激灵。大约可命名为"西伯利亚"。

"加了勃朗酒?香气不错。"她舔舐着杯沿的盐粒,动作极富挑逗性。但我无动于衷。

于是她又一笑。"那我想是时候告诉你我为何在此了。如你所见,我本不应该在这里,我该在墓穴里躺着。"

"但我现在就在这里,以八十年前的模样。这一切也不是幻想,我们都进食了真实的东西。在我走后你也同样能看见我留在此处的迹象,比如杯上的口红。"

"或者账单。"我试着开玩笑,但不够好笑。

"但同时它也没有迹象可循,即使你的记忆如此根深蒂固,你也会怀疑这只是你的臆想。这正是我现在要化解的。记住!你所经历的,不管是梦也好,真实也好,都有疑点,你还暂时解释不了,所以不必担心。以后自然会明白。"

"好,但是,为什么是我?"我问。

她沉默良久。

"没有特定的理由。总会有一个人如此宴请我。碰巧轮到你。我只不过随心所欲地叩响某家的门而已。"

"另外,那个我是怎么回事?"

"哦,反正已经超自然很久了,再施个魔法也成,不是吗?解释太多事情会变乏味的。"

她欠身站起,将椅子推回原位。我送她出门,她亲吻了我的脸颊,一如每部电影中她所做的一样。

"祝你好梦。"她笑着说。

门合上了。记忆中不知何时有了我亲自做菜,端上桌的画面。其中也有坐在旁边的我,但其先后顺序我已经没法梳理。

行吧,我对着镜中错漏百出,仿佛残次品的自己说。

当夜无梦。

故事一则

"讲个故事。"

"请。"

"从前有个小孩。夜深了,她躺在床上,听妈妈讲睡前故事。妈妈相当擅长讲故事,今天要讲的故事是……"

"别再套一层故事。"

"当然,'今天要讲的故事是蚂蚁和蟋蟀的故事。'妈妈温和平静地说。"

"'这个故事已经听过好几遍了!'女儿抗议。"

"可这次的故事有些不一样了。从前在森林里,蚂蚁和蟋蟀是邻居。"

"这不是没变化吗?"

"'别着急,慢慢听。'妈妈和蔼地说。'春天时,蚂蚁们在储备食物,可蟋蟀却在唱歌。听!他所唱的,是春天万物复苏带来的清香,是温暖得刚刚能脱下昆虫们厚厚外壳的阳光,还有让花草树木打起精神来的滚滚春雷。'"

"'啊!雷!一定是。云爷爷生气了!'女儿害怕地说。"

"'不用担心,云爷爷没有生气,是因为太阳正好,云爷爷在高兴地笑呢，只不过笑声太爽朗了，把冬眠小的小熊都震醒了。'妈妈抚着女儿的额头，让她渐渐放松下来了。"

"蟋蟀的歌声悦耳动听，仿佛是她的歌声唤醒了春天一样。可是却没有一个人停在蟋蟀面前聆听。"

"为什么？"

"因为蟋蟀的邻居蚂蚁们都在搬运食物，没空听蟋蟀先生优雅的歌声。自然，蟋蟀也没有得到哪怕一粒谷子作为食物。"

"'好可怜。'女儿说，'他还会继续唱歌吗？'"

"'当然，'蟋蟀先生骄傲地说，'我所吃的不是储在仓库里的谷子，而是风中飘拂的花儿的籽。我歌唱只为那些愿意听的人和我自己，哪怕没有人听，我也会继续唱下去！'"

"嗬。"

"'春天过去，夏天到了。蚂蚁们在搬运清水，蚂蚁当然也要喝水。可蟋蟀却在跳舞。看！他所跳的，是在赞颂夏天繁花盛开得娇艳，是潮湿得刚刚能洗净昆虫们灰扑扑的身体的大雨，还有让一切眯上眼睛的热辣日光。'妈妈说。"

"'啊！阳光！小动物们会被晒坏的！'女儿害怕地说。"

"'不用担心，森林里的树叔叔们会挡住阳光，保护小动物的，树叔叔们最喜欢阳光了，阳光把它们晒成棕褐色的，还健壮得不得了，才能保护森林的安全。'"

"蟋蟀的舞步绚丽迷人，仿佛是他的舞步召来了夏天一样。可是，却没有一个人与蟋蟀一并舞蹈。"

"又是蚂蚁们吗？那他们也太忙了。"

"但蚂蚁们却没感到可惜，他们不会可惜。既然没人发现，没人观看，蟋蟀也没有得到哪怕一滴水喝。"

"'但不必担心！'蟋蟀说，'我所喝的不是积在洞穴里的泥浆，而是天上降下的甘霖。我只为那些愿意看的人和我自己跳，至于酬劳，算什么呀！'"

"于是夏天也过去,秋天到了。蚂蚁们在搬运落叶,这是他们冬天盖的被子。可蟋蟀却在拉小提琴。听!他所奏的,是秋天硕果的飘香,是满树或艳红或金黄的灿叶,还有带着凉意吹来的冷风送来的点点哀愁。"

"蟋蟀的琴声悠扬婉转,仿佛是他的琴声堆起了秋天一样,可是,却没有一个人欣赏蟋蟀的琴声。自然,蟋蟀也没得到一处避风口歇息。"

"可蟋蟀仍在奏乐,蟋蟀说:'我不需要躲在落叶后的温暖。凉爽的风更能清醒我的思绪,将我的琴声吹拂得更远!'"

"于是冬天来了。蚂蚁们没有再出现过,它们都躲在洞里算计着接下来的食物如何熬过一冬。可蟋蟀没能回家。他家里没有食物和清水,连一片遮身的落叶都没有,可它仍然快活,不如说比先前还要快活。"

"'我离尽头不远了,'蟋蟀先生说,'所以我要更加卖力!我要让别人记住我!'于是蟋蟀先生用地上的积雪堆了一个雪雕,它足有蟋蟀先生两倍大,即使在暴风雪中也不会倒下,筋疲力尽的蟋蟀先生倒在地上,休息了!"

"啧啧。"

"冬天过去,春天又来了,可蟋蟀先生不见踪影。他再也没法颂唱春天了。他费尽力气堆的冰雕也融化在春日的蟋蟀先生最喜欢的阳光里。蚂蚁们自然也不记得他,他们忙着搬运食物。蟋蟀先生消失在树林里了。"

"'好可怜!'女儿说。这时妈妈知道女儿还没睡着,于是抚摸她的额头,接着读下去。"

"可每年森林里,都有蟋蟀的身影,没有哪个春天没有蟋蟀的歌声,也没有哪个夏天没看不见蟋蟀的舞,更没有哪个秋天没有蟋蟀先生轻柔的小提琴声。还有很多很多蟋蟀,他们一个接一个,咏唱着森林的所有美好。"

"'故事讲完了',妈妈笑笑,'小宝宝,如果你能选,你更想做

蚂蚁还是蟋蟀？'"

"'蟋蟀！我最喜欢跳舞了！'女儿高兴地说。"

"'可是，花朵的籽是苦的，夏天的雨是酸的，秋天的风也凉得不得了哦！'妈妈像在笑着说。"

"'那怎么办呢……我也讨厌苦的东西，酸的东西倒还好。'女儿开始想。"

"'没关系，只要你想跳舞，妈妈永远支持你。好了，早些睡吧。'妈妈抚摸着女儿的后脑勺，拉灭了灯。"

"故事讲完了。"

"唔，还不错，是想说艺术的超凡脱俗，还是说……"

"不，没什么寓意，只是我随心想到的而已，至少我不太想赋予这东西多少寓意。"

"但这寓意也太明显了吧。"

"那是不小心的，未来绝不会那么明显的，我就没想有什么寓意。估计是困了，都几点了，早点睡吧。"

故事讲完了。别想什么寓意，那东西纯属胡扯。

早些睡吧，别梦见什么，"故事讲完了"。

六月酷暑

这是一张老照片,藏在厚厚的相册的后半部分,白色的天空已经微微泛黄。右下角本应无比清晰的时间戳也被水泡过晕开了色,形成一块边框微蓝而内部泛着同样黄的斑痕,仿佛老人的脸。但其内容仍旧鲜明,富有震撼力。

画面的右下侧,漫山遍野的红绸布,几乎把天空映红。仔细看,看清楚些,那不是红绸布,那是一个个穿着飘拂的红衣的人。那是喇嘛。画面左上侧则完全不同,那侧的山土壤湿润松软,似被挖开不久。上面七零八落地堆砌着无数遗骸,上面覆盖着经幡,有些经幡似被染红。经文声仿佛从相片中传出,使我置身彼处,四周蔓延着土臭和似有似无的血腥气,无数喇嘛站在一旁,念着经文,希求给死者以安宁的冥福。

这张照片所表达的意义已逝去大半,但所表达的感受却丝毫未减,如今向我袭来。睡时偶尔也会入梦,那是地狱前的景色,无尽的咒语声环绕着此处,带来温热的拯救。于是我沉沉睡去。

沉沉睡去,从梦境驶向无梦的深渊。

这里是中国青海。我现在在德令哈某个角落的一座庙里。庙门口的过道逼仄狭小,仅容一人侧身通过。甚至还要收腹,衣服上自然留下些许印记，连后脑勺的头发都被墙灰染白。但不会弄湿。此地干燥，此时正值盛夏，白天又炎热无比。

我从这条过道进了庙里，听住持讲道。

实际上，听众只我一人。两人规规矩矩盘腿坐在合成丝织的布垫上。布垫很凉，但不一会儿就会被捂热，专心时感官似乎随之敏锐，身体各处的瘙痒新鲜可感，尽管不久后会如潮落般退散，但那时又会有新鲜的痒点涌出。室内闷热无比，因热导致的汗潮一阵一阵地造访我的全身，尽管这实际上未出多少汗，但感受却越来越强烈。我反而没法专注聆听住持讲道。

住持所讲的未有多少亮点，就我觉得。声音过于平板，几乎有些呆滞，叫人难以想起他口中吐出的字眼，甚至时常与引经据典的部分相混。或许只是我未能静下心来。

住持似乎看出了我的如坐针毡，便停下来了。"以你现在的心境，找我怕是很难清净。"他站起身，从桌上拿了一张纸，是打印的《般若波罗蜜多心经》。

"不要钱的，能背下也好，不能就算了。多读，不求甚解。念下，静下心来面对俗务，也是好的。"

他送我出了庙门。

夜晚我住在青海湖旁——我一路游历——进了一家当地饭店。门面很小，但五脏俱全。

我点了一碗羊杂汤，一碟手撕羊肉，一份馍，共三十六块，便宜得出奇。分量不小，我最后也没能吃完。

先上羊杂汤，与我预想的相差不大。很大一碗，有许多粉丝，羊味很浓郁。初看翠绿如碧，捞时却没菜在内，只有葱花香菜浮在表面。

尝一勺汤，然后就闷头把粉丝吃掉一大半。粉丝没有粘连，这难为他们。毕竟吸饱羊肉汁而未发软，火候虽说不难把控，但也绝非易事。

接下来上了手撕羊肉和馍。馍烤得很焦，表皮发硬，咬起来有脆响，也有焦糊香。但手撕羊肉却并不太合我意。把羊肉简简单单地切成大块下锅煮，或许还切了两个白萝卜，但再无他物，没有高汤，也没有葱，再没有魔法粉末。我抓起一块，端详了好一阵。尽管外貌并不能决定味道，但我实在没法能将其与美味联系起来。一旁发白的脂肪块附在同样白得发灰，有许多纹路的精肉旁，叫人想起捕食者掠食羊时冷漠的眼神。

我蘸了盐和胡椒，入口嚼。很遗憾，并未激发出炽烈的香味，羊肉没什么味道，连膻味都没有，让我几乎怀疑那是不是存在于这个世界上，有伤口，会发出两声不同啼叫的羊。拿馍夹着吃，总算下得去口。剩下的馍泡着汤吃了一部分，把碟上的揣进塑料袋内，结了账，出店门。

夜风将我唤醒。夜风，带着盐味的夜风。

清早就感觉到的头侧燥热的一刻一刻的痛多少消散了些，仅余一部分维持痛楚。带着沙土的干风吹拂我的脸庞，刮得生疼。我裹紧大衣——这里温差很大——紧走了几步路，从兜里掏出塑料袋。里面的干馍已经发冷，嚼起来唯有苦涩。

有一匹马与我并排前行。夜色下的马已经失去其颜色，仅余其沉默而矫健的剪影。我伸手抚摸它的背，它也顺从地慢下来。马背相当粗糙，肌肉结实有力。其浓重的体味也随之传到我的脑海里，试着唤醒什么过去的记忆。

但在我如此思索之时，远处有人吹了一声清亮而悠长的口哨。于是它迈开双腿奔驰，背后扬起沙土。这让它的背影显得模糊，仿佛一只画中的萨提般的野兽。

我不知道。

我仿佛被放逐一般行走在荒漠中央。

中央——这个词意味着核心感及其所带来的责任负荷在我身上。这使高温的烧灼显得神圣而庄重，仿佛奥德修斯所经历的一般。

但事实上，荒漠的地表并无任何人可供标记的信标，它只是无限地蔓延出去，并间或生出少许杂草。

戈壁地貌是高山地貌的亚种，仅在Z轴海拔超过三千米的区域生成。表面为沙砾或沙石。这种地貌下，生成的植物都被替换成枯草。

简单明了，电脑程序般的指令在臆想中构筑。

但我在此行走，并以迷茫的双眼洞悉过去。这里曾是广阔无垠的草原。再早些，这里曾有干燥的丛林和火热的鼻息。再早些，这里是一片汪洋，生命和非生命之间的物在此游荡，复制。

但现在都已土崩瓦解，荡然无存。

我并不警示什么，而只为了奏响什么，我也并不为谁奏响什么。

土崩瓦解荡然无存。

远处的戈壁始终清晰可辨，但似乎始终走不到。而我只是行走，不停地行走。

时不时我会期盼有雪降临，但这个季节显然没有，至多只会有雨划破空气中带来少许声音。雨早在落地前就蒸发殆尽了，剩下的唯有声音，听来很像窸窸窣窣的经文声。

Sea Monster

我何时身处于此地的?

我现在正伏踞在一块仅容我一人安身的岛上。不,这恐怕不能被称为岛,而只是一小块从海底延伸的海上的石块而已。石块上长满青苔,黏滑无比。稍不经意就会滑进海里,并且绝对别想再爬上来。

我喘了几口气,带着青苔汁液黏湿腥味的空气,才有能力,或者说才有勇气抬头回顾。阴暗的空气被土层般厚重的黑云覆盖,连从缝隙中透出的自然光都没有。但却还未下暴雨,或许还要再等一会。远处的灯塔不知为何没有发光,只是笼罩在无尽的雾气中。这雾气也覆盖在我的皮肤上,湿透了我全身的衣服,使行动都覆盖在一种黏滞感下。

远处忽然爆发出一阵强烈的火光,似乎是一艘巨轮就此爆炸,巨大的浓黑色烟球从海中上升,夹杂着无数耀红的焰光。但随着海的侵蚀,那焰光也在不久后被无边无际充满这片空间的黑暗所熄灭。只不过若有若无间我听到了无数人的哭叫,似乎是从光的方向传来。

死亡。这个念头从黑暗中涌到我的面前。它从未如此贴近我。尽管我并无多少遗憾,但本能让我害怕死亡。

我仍旧保持着跪伏的姿势,双膝着地,双手撑着隆起的石头。我已经疲乏无比。

毫无征兆地,我开始呕吐。浓稠的糊状液体被吐至海中,被污秽而黑暗的海所吞噬，转眼间无影无踪。但我仍在呕吐，吐到口泛酸水，胃中做空而发出痉挛，喉咙火烧火燎地痛。筋疲力尽的我趴在石头上，四肢浸在水中。至少这块石头是值得依靠的，坚硬安稳。

有个什么漂了过来。抬头细看，于是藏在心头的恐惧猝然发难，夺走了我好不容易恢复的一点体力，并再次提醒我死亡的威胁。

死亡。这团阴云已经罩在我身上。

那是一具尸体。根据骨盆判断，他生前是个男人。仍穿着被水泡到发涨的牛仔裤，上衣只剩几片残破的布，身上有一点烧灼痕迹。

是刚才那艘船上的人！

但哪里有点异样。我猛然发觉，他的左臂断了，刚断不久，断口还是鲜红的，但没有流血，估计流干了。那断面明显不是被咬的，也不像被砍的，更像是被活生生撕掉的。

很难想象是什么有如此的力量，那不像是机械所导致，而更像是生物所为。右臂也有拉拽痕迹，却没找到着力点。人显然没有如此力量，即使两个人也不行。而且人会在抓握点留下痕迹。

正当我试着克服恐惧去想象是什么有如此力量时，一群怪鸟飞来。它们不像海鸥，而更像是秃鹫。有尖利的啄和爪，羽毛边偏灰。它们大片大片灰压压地飞来，几乎难以与云区分开。它们降落在那具尸体上，用啄和爪撕开皮肤，露出血肉。

人的内皮也是光滑的。我又要呕吐，但却什么都吐不出来，只是整个腹部都在痉挛。

但鸟并不是最后的一环。毫无征兆地，仿佛水雷爆炸一般，海上涌起巨大的水花。这水花喷涌而上，将鸟群击出一个缺口。接着，四周仿佛轰炸一般喷出了无数水流。水流并不均匀，不像人类所为。混杂着鸟血和羽毛的带有浓烈气味的海水打到我脸上，但我已无暇感到恐惧。

只有震悚。

尸体不知去了哪里，或许被水流冲出数百米远也不可知。周围只有鸟恶臭的羽毛和使海水变得更黑的血腥气。

我的胸口剧烈地起伏着，但始终呼吸不过来。忽然，伴随着石块的震动，我感到支撑石块的托体已经倒塌，我正在下沉。

海中并不像别人所说的蓝得透明，而是黑得伸手不见五指。阳光极度稀薄，仅在头顶上能看见一小片亮光，使那里显出一片暗淡而斑驳的破碎阴影。

眼睛适应黑暗——仿佛在夜晚睁开双眼——后，我终于大约能看清周围的世界，尽管画面模糊而黑白，如同旧相机和旧胶片。不知为何，此时我还未缺氧，肺也没有爆开。

但我已经完完全全地在下沉。水压不断施加到我全身，四面八方的压力正逐渐变大，痛苦正在缓慢来临。

这里没有鱼群。我意识到。

在海洋纪录片中簇拥着人的鱼群统统不见踪影。没有生命活动的痕迹，明明深度像是身处大陆架。

等等。我想，有发动机的声音。隔着水层声音也尤为清晰，只是有剧烈的震动感，仿佛从地底传来。

我向背后看去。那里有一架潜水艇，它正试图全速前进，艇体正在高速震动，但其螺旋桨却纹丝不动，仿佛被什么缠住了一般。

是某种海洋动物。

还未等我细想，潜艇便从中央爆开，带有一瞬间巨大的电火花和强烈的冲击波。这把我震得人仰马翻，蹭到了一旁的礁石，上面布满了藤壶，蹭破了皮，血雾从那里散发了出来。

我本能地感到大事不妙。血腥味会引起多数捕猎者的注意。

但并非如此，一只巨大的触手从潜艇方向伸了过来，缠住了我的腰，将我往那个方向拖拽。

那只触手施加的力明显在变大，很快痛苦便传遍了我的全身，我曾试图挣脱，但来不及了。

腰被拧断。全身的紧张感忽然消失，仅余后脑勺的紧绷感和腰部折断即将来临的剧痛，下肢似乎并未消失，但我再也感受不到其动作和位置了。

在疼痛使我昏厥前，我呛入一口带着自己血腥味的海水。

死生礼赞

洄游鱼类在海水间奔驰。它们成群结队地划过海洋,逆流而上来到淡水产卵。这想必是一件壮举。它们要克服的困难极多,随便一件都足以压垮它们。

但它们依旧簇拥在一起,带着各自的卵。平静的日光照射在海面时变得支离破碎,照射着——冷静地照射着——它们的部分身体。

被簇拥着,被裹挟着前进,无路可走,即使前方充满艰难险阻。仿佛命运。不,这就是命运,在潮流中前进,或者说被捕食,二者必居其一。

但是在群体之间,呼吸都变得难受。这里实在憋闷。所以我奋不顾身地游出来,呼吸一口新鲜的空气。

我死死盯着面前墙上的印花。上面的图案再简单不过,以至我时常想不起来。不过反正是印花无疑,是某种重复的图案以极其平板的方式连缀起来,然后在某个角落被墙壁切得残缺不全。

我伸展自己的四肢,关节处咔咔作响。我的右肩处不知是有什么毛病,一动起来便能感觉到摩擦感,就连其如同初中物理实验中在木板上拖动木块的"吱吱"声都从骨头真真切切地传到我的听觉中枢。然而并不疼痛,也不瘙痒,干别的事也早晚会忘记,只有完全无所事事才以其微弱而不可忽略的摩擦感杀上门来。

房间的照明仅由一盏圆形的壁灯供应。就其设计而言，完全不是为这么大的房间所设计的。昏暗而冷漠的灯光，只能把房间中央照得明亮，刷着白漆的墙角则因此显得灰白而污脏。躺在此处，心中便会升起一种灰暗悲凉的情绪，似乎其一直都在自己的心底，只不过此时趁机浮现而占据大部分地盘，如同屏息静声的埋伏一般。

靠着墙有一张书桌，已经相当老旧，黑色的木头吸收了长久苍白的灯光，变得油光可鉴。桌上两个笔筒，一个放着许多铅笔，还有两块橡皮和一个削笔刀——削笔刀已经布满锈痕，但还勉强能用；另一个笔筒里放着一支钢笔和许多签字笔。签字笔的墨水所剩无几，钢笔里的墨水也干涸无比。桌子的抽屉里放着各种门类的书，大概是前主人留下的。大部分是医学和护理学教科书。《护理学》第五版上还有许多笔记，但没留下名字。还有一本相当厚的，书页已经被翻卷角的《围棋入门》，书页边沿已经发黄，感觉相当硬。书架上除了我自己的书，还有不知谁人的合照。照片也度过了长久的年头，连主人的脸都看不大清。

桌上还放有一个小铁花瓶，里面装有半瓶水。或许本该插有什么，但我实在想不到该养什么花。再说了，即使插在此，过不久也会枯萎。房间大而空虚，少有能看清花或者闻到香气的位置。

问题——或者说特点，因为这房间本身或许并无毛病——就出在此。这个房间本该有两个人住。床是双人床，洗澡间也大得能放得下浴缸，甚至还有小型厨房，应付家常菜足矣。只不过没有挂钟。再说了，哪个房间又会有挂钟呢？

房间诚然太过宽大，但无辜得如同道路旁的猫，瞪大着双眼，泪汪汪地盯着你看。于是我开始反思所谓的"另一个人"究竟在何处。

天晓得！我大声疾呼。然而实际上，我纹丝不动。

我望向床头柜，自然是离我较近的那个，即使我几乎睡在中间。那里有一盏床头灯，早已吸满灰尘，发的光仅能作装饰之用。那下面本该有本消磨时间用的书，现实主义的天职就是如此。哪怕重新看一遍《鲁宾逊漂流记》也无妨。鲁宾逊凿出第一条船，可却陷在沙子中不能移动。

但我手边没有。于是我走到洗澡间简单冲了个澡，未打香皂，只是为了清醒过来。我并非不讲卫生，实际上我仍旧会保持自己最低限度的整洁。如果房间照明足够的话，看上去也应当神清气爽。"那不怪我，"默尔索说，"是太阳晃到了。"

冲完澡，我站在洗手池前端详自己的样貌。不知为何，我总觉得这副身躯与自己不相适应。因为消瘦而使五官突显得相当大，即使未到令人恐惧的地步，也显得有些病态的神采奕奕。颧骨投下的阴影在两颊处浮现，看上去有些污脏。我时常想挣脱这个束缚，但又束手无策，就像卡在儿童自行车上下不来一般。好在这辆自行车还算称心如意，随我的号令行走不休，还未有多大异常。

生存也不成大问题。我在此地某所大学里混到了一个相当不错的工作。就像卡文迪许实验室那样。这个实验室的负责人只有四个，一个是校长，那两个是实验室主任，再就是我了。校长不常光顾，因此实验室中也就三四个人——有时会有学生来问问题，有时则是教授们一起讨论一些教学问题。虽然我们名义上并不需要教课，但是因为工资接近三分之一是教学得来的，所以另两个教授常常只有一位在。每周教两节罢了。

可我还未曾给学生上过课。我不善言辞，对于概念的把握也太过抽象，而难以将其传达出来。谁会记得自己的老师是怎样教学的呢？因此我放弃了那三分之一的工资。

还有一部分，就是每周参加一次学术会议，报告成果，以此作为评定职称标准的一部分。另两位教授已经能卓有成效地将"还未有进展"报告半个小时，但我还不行，我更希望写一篇有价值的论文提交上去。

可我做不到，我并不那么聪明。即使二十多岁就到了这所全世界最前沿的学术冲锋舟上，我的思考速度也绝没有那两位教授快，他们真的堪称天才，又有经验，在交谈时提出的构想更是高人一筹，给人的启发也尤为深刻。但我不行。我还保有这个职位的原因，仅仅因为我在博士论文里提出了一个崭新的想法。那两位教授还一知半解，不过想必弄懂也只是时间问题。

在实验室里的工作也仅仅是思考，通过把几个现有的方程式微分或者积分来提出他们之间的联系，进而使我的想法自恰。但证据依旧不足，因此我们在实验室里吃着茶点，讨论着我的想法的可行性，我的心算能力还不算差，所以我们之间交谈也用不着纸笔推算。只不过偶尔在积分这个复杂式子里——我总是不习惯积分——我会低头沉思，然后突然说出一个式子。

教授们疑惑地看着我，因为此时我看起来尤其像个天才。为防止遗忘，我会将其写在黑板上，然后考虑与其相似的一条方程能否通过变换与其建立联系。通常不行。

这些工作是伟大而充实的，全人类的希望似乎都施加在我们三个人的身上。但是那种推导出两条方程相同的喜悦也没来到过。高中时我推算出安诺定则和毕一萨定则本质相同时，我感受到了一阵欢快的旋律，因其让电磁学变得更加简洁而优美。

但我再没有感受到过，而且，对这种感受的期盼也消失了。我不知道我是否真的适合干这个。所以我蜗居在此，独自一人生活，靠一半工资（不算丰厚，但也够两人生活）挣扎在这个地方。奇怪的是，离开实验室后，我渐渐感到轻松快活。全人类的希望不再聚集在我身上，火热的目光也不再烧灼着我，压得我喘不过气了。快活！无拘无束！我拿存款买了一辆只有三个座位和一个小后备厢的车，不过我很喜欢。

这段时间里我便如此过活。拿一半工资租一套双人公寓，自己做饭自己吃，偶尔出去喝酒，开车去郊外散步，过着悠闲的小资生活。高尔夫自然不打，只不过每周游两回泳，周二和周六各一次。周二人少得很，可以尽情畅游，不必介意蹭到他人，快活！

但事情总不会如此称心如意。

那天早上，我拉开窗帘，日出时金色的阳光透入屋中，照亮了一大部分房间，床上被子的褶皱也被照射得阴暗分明，活像达·芬奇的衣纹练习。我开窗通风，注视着阳光从窗口流进来，丁达尔效应，我耸耸肩。就在这时，一只野猫从窗口跳了进来。

它的猫毛杂乱，黏成一团，想必是很久没清理过了，连它自己都懒得舔舐。它的毛色几近纯白，但是在杂乱的毛发投下的阴影渗透下显得尤为黯淡，与房间暗暗的白墙融为一体，难以区分。

它瘦得叫人心疼。下腹处明显可见有肋骨突出，如同山峦一样在表皮留下阴影，它忍饥挨饿的时间大约从睁开眼起就在计算了。它的四条细腿上仿佛没有肌肉而直接由骨肉连接发肤，撑起整具形销骨立的猫体。

但它的双眼不一样。那双眼在干枯的脸上显得尤为巨大，闪烁着令人不适的顽强生命力。怜悯之心在遇上这双冷漠的双眼时也会被吓退三尺。

这只猫从窗口处跳进，大摇大摆，堂堂正正地从宽阔的过道走过。即使已经无比消瘦，它仍然以稳健的步伐以及完全听不清的脚步声向前走。走过房间的一切，写字台，床，电磁灶台。它目不斜视地走，好像此生便只有如此目的一般。

我这时躺在床上，死死盯着猫看，直到猫走出我的视线。我跳下床，看那只猫去了何处。它从大门下大摇大摆地离开，我忘记关门了。我走上前，把门关好，回到床上阅读。事情就由此结束，无其余事发生，简直可以被当作琐事的典范录进某本无趣的词典中，毫无波澜，毫无后顾之忧。

自然也就不成其为转变。

往后的日子里，每当我抬起头来定定发呆时，这只瘦弱得可以被称为羸弱的猫便闯进我的房间，大摇大摆地走出。我去检查时则发现门未关。总是如此，如同当浓重而漆黑的厚云密密实实地将整片天空覆盖时就想下雨一般，无预兆与结果。其演变符合物理学定律。瘦猫出现，门便关紧。

但猫又绝不反复来第二次。每当我从沉思或者阅读中抬头时，瘦猫便出现。但当我专注地盯着房门等待时，它便不再来。即使我低下头假装阅读而诱骗其出现也无济于事。倒不是说我讨厌如此，但总是忘记关门——就凭那只瘦猫是绝对打不开门的——也容易引起麻烦。

我也曾试过在它的行走路线上布置障碍，但是也没有派上用场。那可是猫啊，老兄！我对自己说，你不砌一堵墙就没法挡住它。我只能眼睁睁看其跳过纸箱，照样从没关好的门的缝隙中出去。

守株待兔也尝试过。我蹲在门前，眼死盯着窗口不放。可它也未曾出现。正当我为瘦猫现状的可能性浮想联翩时（如此想象其死状，或者生状），有一声用指节叩击门扉的声音从身后传来，我打了个激灵，从猫眼（自然是指门上的猫眼）看去，门外空无一物。

于是我放弃了捕捉它，只是任其默默地从房间经过。又有谁会闲来无事往别人没关好的门里一探究竟呢？我也曾在其必经之路上放过牛奶（它看上去很小，应该还不会吐），还有煮小鱼干，甚至买来的猫粮。但它通通不吃，只是轻巧地跳过去，仿佛那根本不是它应该吃的食物一般。眼看着这只瘦猫马上就要饿死，我还是有些心疼。但是鉴于它来得相当频繁，又没有再瘦下去的迹象——或许已经不可能再瘦了也说不定——我就没有再多理它，也渐渐不再心疼了。

但猫来此处想必不仅仅是为了散步，况且鉴于它的现状，恐怕还是多加调理为好。我自然不知道猫的想法，但其后果却具有显然的目的性。就是说，猫显然是为了执行什么愿望而来。或是它自身的愿望，或许不是。这从它坚定不移地在这儿循环前进的行为可以判断出来。就其目的而言，想必它做到了。

它给予了我暗示，就其行为而言，暗示性存在于方方面面，永不合上的门，永不停歇的脚步，永不改变的方向。它们都具有强烈的暗示意味。这暗示从猫毛上的阴影准确地表现出来。

死的暗示。瘦猫是如此接近死亡。不，瘦猫想必就是死亡本身。

诚然不像尸体的暗示那么简单明了，但瘦猫本身的特点几乎都与死有关联。当然或许是我本身就有如此的想法，瘦猫只不过将其公正地引导出来。就像即使开凿了河道，运河中所流的也与开凿工人无关一样。

无论如何，暗示变为了现实。这间屋子逐渐被死的阴影占据，我也一日比一日消沉，靠买来的成箱的瓶装啤酒打发时间。我总是坐在床上，盯着地板，思索着瘦猫，思索着这一轮回的暗示性，抑或什么也不想，仅仅是注视着地板，每当这时，瘦猫总是来到，平静而有尊严地前进，从门口处悄然溜出。

我拉上了窗帘，于是室内便彻底昏暗。我拉开灯，让人造的光照着这片区域，但瘦猫依旧来到，它钻出窗帘，在地上留下阴影，扬长而去，留下我僵在床上。

于是我喝醉。喝醉了就睡觉，睡醒了便思考瘦猫，思考累了就喝酒。毫无规律的生活如此过着，我真真切切地感受到自身正在被消磨殆尽，行将就木。宿醉的头痛逐渐堆积如山，积压在我的脑血管之上，对其产生重负。我时常感觉那根血管会猛然破裂，将我这一存在连同温度一同抹杀殆尽。

我也不是未曾挣扎过。那次瘦猫来临时，我猛地扑上去。速度之快令我也吃惊，仿佛是我将瘦猫拉过来似的。象征物的消失会使其所代表的意识也同样消失，至少我如此想。但那可是只猫，即使再小再瘦弱也仍是只猫。它迅捷地跳了一步，连叫都不叫一声，走出了房门。我独自注视着与室内几乎没有区别的门外，那里空无一物，只是一片空间，荒凉的地界。

这生活持续了一个多月，持续到我喝尽那箱啤酒。那天我抬头时发现周围实在寂静，一动不动，仿佛缺少了什么一般。我那酒精中毒的脑袋花了半晌才发现，瘦猫未曾到来，连动静都没有，我走下床，注视门口。

门已经锁上，我告诉自己，这是不争的事实。

门已经锁上。

我决定出门，抖落身上的重量。死的重量，我告诉自己，要……

像台风卷落叶那样干干净净，是时候了！

我走到窗帘前。因为不分昼夜的缘故，我的生物钟有些乱。但是因为窗帘透光，所以还是能大致判断，光从窗帘处艰难地滑入，在墙上留下灰暗的绯红色的光斑。是白天！我想。

我拉开窗帘，外面正值凌晨，今天是新月之夜，繁星满布天空。我并未被这情景打动，转身前去附近的酒吧。

冰啤酒下肚，我打了一个激灵，秋天了！我想，应该穿上外套再出门的。喝下啤酒的那一刻居然感觉宿醉略有缓解。我究竟喝了多久才会如此？我询问自己。

我没要下酒菜，身边也没人，就这样干喝，让以小食为盈利大头的店家对我侧目而视。诚然，如果人人都如此饮酒，酒吧绝对无以为继。但那与我何干呢？我只管给钱然后喝就完事，其余的交给市场调控就成，无须多想。

我一共喝了七大杯啤酒，要价一百一十，有两块钱零头被抹去。我掏出信用卡用力划过，在那台简陋的机器上输入密码出门走人，这会儿正值凌晨三点半。

街上空空荡荡，仅有我一人。我用力呼吸秋天夜晚的空气，试图把自己的脑袋唤醒。没人在意我这件事让我感到无比自由。无须在意他人，也不会有他人对我指指点点，更无须考虑物理学两头的公式怎么合并在一起。只需大步向前。

但当我意识到后面有人时，酒就彻底醒了。身后有人！活像烂恐怖电影那样，我耸耸肩，连自己都逗不笑。我根据影子判断，是个比我矮上许多却宽阔无比的人，即使个矮，把我打倒应当也是小菜一碟，问题是他盯上我干吗？我就带了张信用卡，也不像个富豪，更何况无足轻重，不过是个混饭吃的见习教授罢了。

难不成是打造好武器的矮人工匠选我做拯救世界的人不成？"秩序

之林已然破碎，勇者快去将魔物驱除！"这回我把自己逗乐了。然后勇气才重新回到体内。我深吸一口气，回头看去。

是两个小女孩。其中一个躲在另一个人身后。在前的那个也用她那稚嫩而透出恐惧的眼神注视着我。

荒谬降临，打在我身上，逐渐浸透我的大脑。我猛捏自己一把，没喝醉，也没睡着。

"为什么跟着我？"我以尽量不带感情的语气说，太亲密怕事情变糟，太冷酷而又怕把两人弄哭。

"没地方住。"打头的小女孩用怯生生的语调说。她并未犹豫，或许已将这话说过很多次。

我重新打量一下这两个神奇——这个形容词想必不够适当——的小女孩。打头的约莫十一岁，后头年纪小的应该也差不多。穿有蝴蝶结和缝上口袋的华丽连衣裙，脚上穿有亮晶晶的皮鞋，还有一双边缘织有繁复花纹的袜子。领头的还戴着蝴蝶发卡。并不像是无处可去、忍饥挨饿许久之人，连受虐待的痕迹都没有。好了，娇生我已知晓，但愿并不惯养。

"你们父母呢？怎么把你们丢在这里？"我问。

"爸爸，出差去了。妈妈，很久没见了。"打头的小女孩说。亏她能忍住不哭，我有些佩服。

"爸爸出差了，却没有告诉你们该怎么办，或者把你们托付到其他亲戚家里去吗？"我再问，信息越多，解决好的可能性就越大。

"爸爸没告诉我们。他说，如果他一天都没回来，那就是出差去了。打电话也不接。"打头的小女孩说。

"没上学？"我问。

"没，一直是老师来家里。可是这个月老师不在。"

得。几乎毫无办法。这家人实在有许多具体情况。但是我还是不愿意接这个烂摊子。

"回家好不好？"我蹲下来问。

"不要回家，"打头的小女孩说，"我们不会做饭。"

得，娇生惯养。

"不能去酒店住吗？"我问。

"去了，柜台的阿姨说，要有大人一起。"

我有些想发笑，但看到面前的两个女孩正可怜巴巴地望着我时，我又笑不出来了。问题不仅严重，而且严肃。而且突然发笑的我想必会把这两个可怜的女孩吓哭，从而使事情变得越发不可收拾。

两个女孩眼巴巴地望着我，要闪出泪花来了。

"行吧，你们碰上的叔叔脾气不错，换个叔叔估计就对你们臭骂一通，还有可能小命玩完，知道吗？别再做这危险的事情。"我站起身来，"现在你们想去我家是吗？事先声明，我家很乱，也很脏。"

两个小女孩眼巴巴地望着我，再没做别的举动。

"不说话就当你们答应了，到时可别嫌弃。"

我掏出车钥匙，把车门拉开让她们两个上去。

"好小！"打头的小女孩说，"好可爱！"另一名小女孩则一声不吭，看来熬了半夜对她来说够呛。

我发动车子，因为是电动的，无多少噪音。这有时让我产生"真的发动了吗？"的错觉。不过她们倒是未对此发表意见，想必在豪车里待久了，不知道车的本来样貌如何。

我驱车到楼下时，想回头叫她们上楼，但发现她们已经睡着了，睡作一团，毫无睡相。也罢，实在是难为她们。我将靠背略调一调，也闭上眼睛。

瘦猫的死相浮现在我眼前。

说实话，与它生前并无差别。不如说此刻的它倒给人一种静谧的氛围。"它没有死，只是睡着了。"身上脏乱的毛发和细瘦的肢体重新让人感觉到可怜。就连那瞪得极大的双眼也已经闭上。愿你安息。

但瘦猫并未完全安息，在静谧的气氛中也有什么在晃动，背景音乐逐渐变大，微弱的蝉鸣逐渐变得刺耳。我左顾右盼，心跳也随之加快。有什么在降临，我想，并做出应对的准备。

降临的是晨光。清晨微弱而有一丝凉意的晨光，久违的晨光。我静静地注视着这缕有些偏灰的光芒，用手遮挡出窸窸窣窣的图案。窸窸窣窣的？我想，或许是幻听。

我从后视镜里观察那两个小女孩。她俩一个也未消失，仍然在座位上酣睡。我发动车子。震动把那个年纪比较小的给吵醒了。她揉揉眼睛，也从后视镜盯着我看，我们在镜前四目相对——听上去倒很浪漫。

"去哪里？"她问，声音与她姐姐（应该是吧）相像。

"先去吃早餐，然后再回我家好了。我现在饿得慌。"我说。

"吃什么？"她问。

"那由你们好了，我无所谓。"我说，我本就没想好要吃些什么。

"我想吃曲奇饼。"她说。不愧为年纪较小的一个。

"早餐吃饼干……还是算了吧。回头再买。我估计我想吃的你们都吃不惯。要不要再换一个？"

"那就……三明治好了。"她说。由此我对她们的生活有了了解。

"好，吃三明治！里面要夹上满满当当的馅料，然后一口咬下去！热腾腾的，把缩成一小团的肚子撑大！"我说，有些歇斯底里，好在没把她吓坏，也没吵醒还在酣睡的那位。

"三明治去哪里买呢？"她问。

"那当然是自己做啦。营养均衡，热气腾腾，味道又比外面卖得要强上百倍，你亲手做过三明治吗？"

"没。都是买了直接吃的。"

"那就今天试试。做饭可有意思了，今天试试烹饪的第一步，把食物组装起来，别小看这一步，只有真正的大厨才能做得很好。"

"为什么不直接买现成的呢？"她问。

我想了想。消费主义！圣人在我耳边低语，可我也未如此反驳。

"至少不喜欢吃的话可以自己换成别的，不用吃完。"

她没再说话。我从后视镜悄悄看她，发现她也如此看着我。于是我踩下油门，来到百货商场前停车。叫卖声把正在酣睡的那一个吵醒了。所以我们一同前去采购。

买了许多东西。早餐所需的吐司、黄油、各色蔬菜、培根、鸡蛋、奶酪片。虽说家里还有两块帕玛森和三罐马苏里拉，可她们要买，因为"味道很好"。还买了儿童沐浴露、吹风机和一条大毛巾，以及牙刷牙膏洗脸巾之类。我并不知晓她们要待多久。纯牛奶我买了两瓶大的，因为我想到自己一人时也可以喝点，还可以熬白酱，于是又买面粉、罗勒番茄膏，还有各式香料。大叶牛至之类我还未曾尝过味道。

"我还想吃炸鸡。"她们中某一个说。

于是又买了面包糠，买了酸奶，买了沙拉酱和芥末。又买了果酱、柠檬和——妥协性地——巧克力曲奇。我买了一支伏特加，什么时候百货商场还卖绝对伏特加了呢？于是又买了几种果汁。最后埋单的时候售货员狐疑地看了我一眼，我则狐疑地盯着结账台上显示的数字。

足用三个最大号塑料袋才把东西通通装齐。商场好心地允许我用手推车推到车旁，但——自然——不许将手推车拿回家去。我开始苦恼如何将其搬上楼。即使是歌利亚，想必也要皱眉苦思，该用哪只手提哪一袋。

费尽九牛二虎之力终于将其尽数搬回。我掏钥匙打开门，瘫倒在床上，不过又弹起。还得做早餐给她们两个。我有些后悔夸下海口。不过她们两个正眼巴巴地望着我，估计已经期待许久，如果吃不上热饭，想必会大失所望。于是我决定重拾信心，面对灶台。

吐司一共十二片，放八片进烤箱。把卷心菜切碎，黄瓜切片，撒上一点点盐。番茄也切片。掏出黑橄榄罐头打开，沙拉酱和芥末酱也打开。小火热锅，加入橄榄油，把四个鸡蛋打出来，擦些帕玛森搅匀，到锅里快炒，加些黑胡椒，嫩嫩的就出锅。香气四溢，蛋味浓郁，非高水准不可为。

我撕开奶酪片，连同鸡蛋一同放上大茶几。这家伙因为太占地方已被我冷落许久，今天再移出来，把整个过道都占住了。我取出四片培根，到平底锅里用小火煎。要把油煎出一大半，这样才能既薄脆又甘香。我切了一瓣蒜丢进去。好在这培根出油很快，和烤好的面包、黄油一起端上桌。再斟两杯牛奶，把马克杯放到咖啡机下，搬两张塑料凳。

"大功告成！"我说，"来吃饭吧！"

没有回应，我开始害怕。

好在回应马上就到，害怕没有发酵成恐惧。洗手间里传来冲水的声音，她们两个从中出来。我招呼她们吃早餐。自己坐在塑料凳上，喝一口咖啡，往里面加点全脂牛奶，味道依旧寡淡。

她们把三明治组装好，我来沿对角线切成两半。年纪大点的加了腌橄榄，但两人组合得大体相同。我只有两把餐刀，所以顺便用水果刀给自己的吐司涂黄油。

"味道怎么样？比外面卖的好些吧？"我问。

年纪大的默默点了点头，年纪小的则毫无动静，想必在认真咀嚼，烤得是干了一点，不过总体上不坏。

"新鲜的东西适合做早餐。"我发表一番见解。以长辈自居果真还是不大适应。她们两人并无表示，于是我也闷声把早餐一扫而光，新鲜的早餐！

"吃饱了吧？"我问，我吃得有些撑。

"是吃饱了。"她们说，"还有点撑。"年纪大点的说。

"那个黑色的圆环是什么东西？"年纪小点的指着腌橄榄问我。

"那个啊，不能说是好吃的，但是我很喜欢。也有人讨厌。要不尝尝看？"我说。

"下次吧。"她拒绝得极其干脆。

我收拾好东西，把物品放归原位。然后想起她们得洗澡。

"你们要洗澡吗？"我尽量保持着语气问。

"嗯。"她们看着我，想必是在赞同。

我递过沐浴露和洗发水，把花洒调低，打开热水器，确保万无一失。她们两个进去洗澡。

"热水是右边的水龙头，自己调好水温。"我隔着门说。

反正无须我想。我躺回床上，随便翻开一本书，把熟悉得不得了的字再次吸入脑海中。无须思考，无须感叹，更无须摘抄，只要把字按顺序咽下就算完事。因此阅读相当快。也常漏掉些句段，但不重要，好也罢坏也罢，文体是完整的，把握住大概，或者把握住意味才是此种阅读法精髓。逐字逐句阅读自然出细活，但不利于放松。

恍惚间，当保尔正第二次死里逃生时，洗手间的门响了。我猛地意识到——这想法突然出现吓了我一跳，我何时才思如此敏捷了——我忘记给她们买换洗的衣服了。而且浴巾也没给她们放进去。不够周全。

我把门打开条缝，将浴巾递了进去，她们很快把浴巾接过。

"我说，你们洗完澡之后没有衣服换的话，就尽量快地去床上盖好被子。我等会儿藏起来不看你们。你们盖好被子之后叫我一声我就出来。"我隔着门喊，然后躲到进门的玄关后面。我听到门拉开的声音——洗澡都不锁门——她们两个赤脚在地上跑的声音，然后被子掀开的声音。听觉竟然如此精细，我不禁对人类深感佩服。

"盖好了。"年纪小的那个说。她们两个的声音还是有微妙区别的。我从那里走出来，看着她们两个从被子里冒出头看我的眼神，深深地吸了一口气，坐到书桌前宽大的带靠背的皮革旋转椅上，把气呼出来。

"你不洗澡吗？"年纪较大的那个问。

"差点忘了。"我又站起身，从衣柜里拿出浴袍，走进浴室。

浴室里乱七八糟，地上散落着她们的衣服，全部堆成一团。上面没有缝名字，与我的学生时代大有不同。她们完全不必担心衣服被搞混，反正两人穿的尺码不一样。

我将衣服捡起来放进洗手池里——反正我就用这个洗衣服——加进洗衣液。

　　我现在还在坚持用一种古老的洗澡流程。据说源于将近一百年前的某位教师。先用半凉的水冲一遍全身，涂洗发水，把泡泡搓得满头都是，再冲热水，然后抹沐浴露，冲一遍热水。最后用冷水冷却全身。每到这时我便想象自身是一块烧红的煅铁，被浸到冰水中去冷却。深呼吸无数次。吸进，然后呼出。我感到我的大脑从麻痹中逐渐苏醒，皮肤也变得昏暗。

　　我关掉水龙头，擦尽身上的水，披上浴袍，走出浴室。她们两个还盯着我看，我没在意，坐到办公椅上，长舒一口气。确实劳累至极、全身紧张至极，直到坐下，仿佛齿轮在长时间的能听见其划破空气的"嗡嗡"声的工作后逐渐歇息下来一样。写有"过载"的烛灯逐渐变暗，噪音逐渐消失，火花也变得稀疏。可以尽情伸展酸痛的腰背，揉按全身关节，排掉气泡。

　　把这些事做过一通后，我抬起头来。她们还是盯着我看，一点也没变，我有些尴尬，于是决定聊一会儿天。只是该如何搭茬，我早已忘记，尤其是对十一岁的女孩我更是一窍不通。

　　"能告诉我你们的名字？"我还是决定如此开口。

　　那两人沉默不语。

　　死寂传播开来，像瘟疫一样传染了整片空间。我感到后背发硬，不，全身都在发硬，就像被浇铸在沉闷的水泥块之间一样。如何应对？我想，该怎么改变现状？但毫无结果，不知是大脑过久未能转动还是根本没有答案，抑或大脑不愿将其告诉我。冷汗在毛孔中蓄势待发，呼吸也在变得缓慢而受压迫，救命，我在想。哪怕此刻有联邦调查局的探员来将我押走也好，即使出现精神错乱的绑匪将我劫往楼顶也罢，甚至叫来一架崭新的波音747把大楼撞成两半也无妨，让我逃离此刻！

　　"叫我红就行了。"年纪大点的说。

　　我正猜年纪小些的的名字时，她就已经开口："叫我青。"

红与青。"反差像是挺大。"我说，是挺大，大到没有如此搭配。更何况青色本来就经常和蓝色或者绿色混淆，可悲的颜色？

"那叫我奇好了。不必加什么后缀，也不必'小奇''大奇'地叫，也是一个字足矣，奇，奇怪的奇。"我说。

两人未搭话，这次的尴尬倒没那么沉重，也没那么持久。空气略存有异样——仅此而已，不会喘不上气。

红开口了："你是做什么工作的？奇叔叔？"

"嗯，一个差劲的老师，但是被选中要去拯救世界，你相信吗？"我说，我盘算着要不要对"奇先生"这一称谓作出评价，想来还是免了。名字作为代称本就不需要那般详细，名字是名字，人是人——我一直想这么说一声。

红闷哼一声："倒也不是说不相信，但是这么说谁也不会相信的吧。能不能再多说点？"

确实，理应如此，缺少细节必定造成事实的平板。我想了一番该怎么表述得简单而巧妙。这也是一项需求天赋的作业。世上总是有形形色色的事需要天赋，可惜我一样都没有。

"知道这里有所大学？就是很大的学校。"我说。

红"嗯"了声，想必认可其作为事实的存在。

"我在那个学校里教书，教物理。物理就是解释没有生命的东西怎么动的学科，像为什么汽车能跑，为什么太阳在天上走，为什么墙能挡住我之类。"我尽量简单地解释了一通，她看上去一知半解。

"为什么墙能挡住我？"红问。

"嗯，因为墙是由很多小球，特别特别小，几乎没办法看见的小球做的，小球周围有一圈隐形的弹簧，靠近了就把你弹开，可是弹簧太小，所以弹不开。"我如此解释，虽然这是事实，但听上去总缺乏说服力。

"但是，如果你达成这几个条件的话，没准你可以穿过一堵墙。你得特别轻，比那种小球还轻，或者动得很慢，比全宇宙所有东西都慢，再或者，就是运气特别好了。"我说。

"这就是你平时教的？"红问。

"差不多，但是说法更严谨，概念更明晰，也更难听明白。"我说，"所以我说了，我是个差劲的老师。"

"那拯救世界呢？"红问。

"也是在那所大学，有个不秘密的基地，我和其他拯救世界的人一起想拯救世界的办法。一个人很难想，但所有人都来想就没人做饭了，所以我们来想这个办法。"我说，这样想时这项工作似乎浪漫许多。原来我并非在浪费光阴——我如此想到，仅持续了一瞬间的感觉。

"想出来没有？"红问。

"没，要是那么容易想出来，我们早过得比现在好了。问题是没有，所以我们得埋头苦想，直到想出来为止。"

"什么东西那么难，也说给我听听嘛。"红说。青也抬起了头——她居然会被这种话题所吸引。但我实在不知如何将我都不明白的东西解释给她们听。

"比如说，我举一个一百年前就被解决的问题当例子，如果我在一辆火车上开车，那我应该是以火车和汽车加起来的速度在跑，对吧？"

红"嗯"了一声。

但是，我们发现，无论我们在多快的火车上开多快的汽车，我们都没办法比光快。即使一个比光慢一小半，另一个也比光慢一半也没有用。最后加起来还是不如光快。

红"嗯"了一声，但青惊讶地看着我，或许有材可教？我想。

"不管怎么样，我们都没有光快。更奇怪的是，当我们问那个驾驶员他看见的光有多快时，他居然觉得光还是那么快，好像自己没有动过一样。平时我们看路边的车的时候，如果我们开得很快，旁边的车就是在往前走，也像往后退一样，对吧？可是那个司机看到的光却没有因为他变快而变慢，一点都没有。"

红"嗯"了一声，但青盯着我看，想必想知道结果。

"后来，有几个人发现我们看司机的速度、汽车的速度、火车的速度之间的数学关系，做一番研究之后，他们得出结论了。我们在追着光跑。在别人眼里，我们跑得越快，我们就越迟钝，在他们看起来我们就像在做慢动作一样，当然我们自己感觉不到。我们感觉到的时间和他们的不一样，这个想法后来得到了验证，大概就是说，我们发现司机开了一年，可他说只过了一天，还问我们怎么全变样了？"

红皱了皱眉头。青也如此。想必讲得不好，我悲叹一声。

"听似荒唐却是真的，我们大致就是在想这些东西。它应该是优美而调和的，所以才能拯救世界。"

"那个数学关系是什么样的？"青问。

"嗯，你想知道？"我问。

"为了防止你骗我们。"青认真地说。

"得，你们多大了？"我问。

"十一岁。"青说，我没猜错。

"学过开平方根吧？"我问。

"没听说过。"

我苦思冥想，还是让我想到一个解释的办法，我的脑袋还不至于如此无可救药。

"知道直角三角形吗？"

"知道，早就学过的。"

"想象一个直角三角形，两条直角边尽量不一样长，要纸的话我可以拿给你。"我说。草稿纸，我还是备着的。

"不用，我能想象出来。"青说。果真聪明。

"如果这个斜边的长度画成光速，一条直角边的长度画成飞船的速度的话，"我暂停一会，等她想象出来，"斜边就可以同时看成我们经过的时间，另一条直角边就是司机经过的时间了。是短一点吧？"

青"唔"了一声。

"事实证明，我们不管怎么动，都是在追着时间跑，这就是最简洁的说明这个问题的办法。这叫狭义相对论。"

"我有个问题。"青说。

"请讲。"

"那司机眼里，我们不也在朝远处飞吗？那飞回来的时候，你们最后聚在一起的时候，为什么偏偏是他感觉时间变短了呢？"

"老天爷，你真的十一岁？"我说。连我都花了数个月才明白的东西她居然能在我这么拙劣的讲解下几乎听懂，人类在进化。

"该怎么说呢，因为他掉头了。他得拐弯绕回来。所以他变年轻了，他必须得掉头嘛，不管绕多大的圈，他还是在掉头。这个时候他的参照系就改变了。哦，不好意思没解释清楚，该怎么说呢，"我皱眉苦想，"他可以说是穿越时空了，他掉头的时候时间一下子就把他甩得远远的，当然他自己感觉不到。所以他变年轻了，不，应该说他老得慢了很多。"

"所以说全看人掉不掉头喽。"青说。

我下意识地想否认，但发现她说得似乎不错："对，只是看谁掉头。"

"只要掉头就可以穿越到未来喽。"青说。

"对。那为什么还没人穿越呢？"

"因为要很快，要接近光速。那可是全宇宙最快的速度。我们还没法把人那么大的东西完好无损地加速到光速那么快。那你刚刚说的司机是假的。"青说。

我叹口气："我也没说司机是人啊，'司机'只是方便理解一点而已。一百年前那帮人验证狭义相对论的时候用的是一种小球。和墙里的那种差不多，不过大很多，尽管还是小得不得了。这种小球经过一定时间后破掉。但我们发现动得快的小球比动得慢的小球破碎得要晚很多。这就证明了'司机'所看到的是对的。"

青还是狐疑地看着我，天晓得我有没有在一个能成材的孩子心底播下知识的种子。希望我没有坏她一辈子。

"总之，这差不多就是我的工作。"我终归想起这一番话的含义以及用途。我时常讲总结性话语，或许只是为了梳理我那乱麻状的思绪，当然很可能只是起到扰乱他人思绪的效果。"说说你们的爸爸，他是干什么的？"我不想中断话题。

"他开着一家公司，每天都工作到很晚。"青说。红也从被子里出来——她什么时候缩进去的？

"时常带着漂亮女孩回来？"我哑然失笑。

"嗯。天天都是喝醉了才回来。"红说，"有一次我问那个姐姐，她不认识我爸爸，为什么敢跟他回来。"

"你就把她的回答记下来了？"我说。

"当然啦，我的记忆力可好了。"红说。

这会儿我看见青在干什么了。她背靠着墙，或许在沉思。

我叹口气："能说说你爸爸开的公司的名字？"

"我当然记得了。"她脱口而出，使我大吃一惊，那在全国可不是一个耳生的名字，即使在地球的另一端，想必也能听闻。不过出了大气层，想必就无人知晓。虽然那不关我的事。

"这么说，你爸爸就是那个公司的总裁咯？"我说出他的名字。

"嗯。"红说。

一切都解释得通了，我想，事情也变得乏味了。不过是两个小孩寄宿在我家里罢了。不过是两个娇生惯养的小孩和一个不负责任的人的故事罢了。我瘫回座椅上。我本就对那个总裁抱有所谓偏见。我感到疲乏。看看表，我决定睡个午觉。

"你们睡午觉吗？"我问。

"确实有点困，昨晚睡得晚，起得又早。"她们说。

"那就睡一会儿吧。起床之后，我去一趟洗衣店，顺便给你们买睡衣，然后回来做饭。"我说，"盖好被子。"

我去拉窗帘，于是房间中猛然变暗，只有窗帘接缝处透出绛红的光。疲乏。我躺在椅子上，把椅背向后调到张角最大，盖上外套。

瘦猫又一次出现了。

这次它就站在我面前，面朝着我的裤腿。我穿着何种式样的裤子已经不太记得清楚，甚至连有没有穿裤子都无从得知。只记得瘦猫站在我面前。

它没有抬头看我，只管注视它的前方。我自然不知我身后是何物，或许是一片璀璨的星空，又或许是一扇粗重的门板。

但我并未回头，而是定定注视瘦猫。我蹲下来，打算细细研究它脏乱的毛的走势，顺便给它梳理一下。猫嘛。

然而，当我蹲下来时，还没等我想起要触碰它——我也不知道从我蹲下起我花了多久才想起要摸摸它——它就已经离开。原地仅留余一片静默的空间。或许它是从我两腿间钻过的，或许它灵巧地从我的头上跃过了。但无论如何，它已离开。

我重新站起，拖着麻木的腿走回房间。她们正睡得香甜，有个人的腿伸出了被子外。是红。我把她们的被子盖好，研究了一番她们的睡相。青自然安静，而红则有些多动。想必喜欢抱着被子睡觉不是什么好习惯，但确实舒服。

我看看表，看到手腕上有个金属小块，但很模糊。

你忘记聚焦了，伙计，我对自己说。

我再次试着注视手腕，这回看清了，五点零七。我从椅背上起来，揉揉眼睛，按摩僵硬的腰背。

"椅背？"我说出声来。然而原来我并没能分清方才是现实还是梦境，青和红的睡姿也和刚才印象中大不相同，尽管我压根不记得她们的睡姿。头有些昏，兴许感冒了，等会儿泡一剂冲剂喝。

我到洗手间检视自己的样貌，把她们的衣服从洗衣机里掏出来，挂到晾衣架上。冬天快到了，衣服已经晾不干了。

我穿戴整齐，拿上证件和银行卡，走出门，然后思考冬天。

冬天尚未来临。

我拦下一辆出租车。此地的冬天也并不那么寒冷，我告诉司机具体地址，说实在的，仅仅下雪而已，河流不结冰，也无极光可看。"走这条路最快。"我告诉司机。

"修了条匝道，只要三分钟。"司机说。

"回了一趟老家。"我说。我在想为什么不开自己的车，想必脑袋发昏，回想不起来。不过雪景倒是美丽动人，洁净的雪，散射着炫目的光，覆盖在我们所建的房屋上，将或光洁或粗糙的表面覆盖。我们仍在大自然雕花的金锁的束缚下。

"这一带要变喽。"司机说。

我想象着皑皑白雪盖在我的身上，那是冰凉的重量感，仿佛怀抱。"是啊，已经变化不少了。"我应道。

"政府已经出文件了，要把以大学为中心的一片建成商务和潮流并存的核心地带，再过一阵，这里就要翻过重修，兴建高级购物中心。"

"CBD嘛。"我说，厚厚的白雪盖在众人的墓碑上，无论有还是没有刻字的碑最终都要被淹没，雪下只有黑暗。

"不是CBD，那就光是高楼大厦而已，这里还要有，"他凑过来对我神秘地说，"纸醉金迷。"

"怎么说？"我回。在我厚厚的墓碑上，有个活物在动，是瘦猫。它正窸窸窣窣地把墓碑上的雪刨掉，并把谁人献的白花从我的碑前叼走。它出现在这里时，反倒自然而不突兀，好像天生就是守候于此一般。

"在这里要兴建一座小镇，什么娱乐项目都要有场所举行。从摩天轮到过山车这类环球影城的勾当到赌场，哦，当然在政府的严格管控之下，居住也不必担心，已经招标两个国际酒店品牌，吃穿用度皆是最奢侈最豪华的去处……"司机滔滔不绝，可我并无兴趣。我对吃穿用度的要求并不算高，也不喜欢那些娱乐场所，曾经坐过山车坐到心律不齐，还在拉斯维加斯的老虎机前一次没赢。或许我是落伍了，out of date，old-fashioned，odd——奇先生之名并非空穴来风。

到了洗衣店，我叫司机稍等片刻，马上就出来。我结清欠款，取走我的三件套，上面还有一股浓烈的有机物气味。我将其放回洗衣袋里，转头上车，忘记瘦猫的事，告诉司机地址。构思晚餐。

给她们两个买了高档真丝睡衣。今晚吃意大利面。我想。

活像爸爸向妈妈汇报育儿工作。

也罢。我拎着装有西装三件套和睡衣的洗衣袋，左手持有经典的意大利直身面，从商场走回家去。不必担心路人的看法，所有的一切都隐藏在不可视的阴影中。再正常不过，我告诉自己。

打开房门锁，静等五秒，房间里传来没穿拖鞋的脚步声，"咚咚咚"的闷响。一切平息后我才打开房门。

她们两个安分地躺在床上，两双——四只眼睛如受惊的猫一般注视着我，仿佛我做了什么事一般。我叹口气，放下洗衣袋，拉上房门。

"打后别光着脚在房间里跑，这瓷砖冰得很，还有细菌。"我说，"给你们买了睡衣，洗完澡之后——算了，现在换上吧，待会儿还要吃饭。"

我把衣服拿出来，把标牌剪了，扔到她们床上——似乎该说是我的床——上，自己背过身去，定定注视写字桌上的模糊照片。上面的人脸难以辨认，只能确认五官尚且存在，拍摄时光线也不好，然而我懒得处理掉，或许不该拖延也说不定。

"换好了吗？"我问，代表肯定的声音传来。

我回过头，运气不错，两件衣服恰好合身。我对尺码的估测还算准确。买时就懊悔怎么没看她们衣服上的尺码贴。好在未出差错，下次注意，我为自己开脱。

"还不错吧？"我问。代表肯定的声音传来。

得，我无须想太多。

"今晚吃意大利面。"我说。

"自己做？"红问。

"自然,上午买了不知多少东西,不管怎样得消耗一部分。学会用冰箱里的剩余物做菜也是一门技艺。"我说。的确如此,并不需要赘述才对。

我取出三人分量的意面。她们吃得不多,但我吃得不少。往炖锅里面加水,撒两勺盐,开火,并将意面放入。意面做法也有诀窍,先将意面像拧毛巾那样稍稍一拧,不要拧断,再将其放在炖锅中,这样快快松手,意面就会呈辐射状散在锅间,一如绽开的鲜花。似乎不该用此辞藻,我想。有些做作,尽管不失为一样好比喻。

煮面时,我从冰箱里取出要做那个浇头(但愿如此称呼可行)的材料。番茄(还剩一个)、培根、各色香料、鸡蛋。冰箱里还有小罐油浸金枪鱼罐头,还有不知放了多久的冻蛏子。

先把培根切成小片,平底锅内薄薄涂层油,把培根的盐油煎出大半——好在这期间我不怎么需要动它。这会儿可以把番茄切成数瓣,去蒂。不必去皮,这道意面不必将番茄去皮。我把油浸金枪鱼罐头打开,把蛏子拿出来解冻。还要把三个鸡蛋放进碗里,有一个只放蛋黄,搅拌。

培根可以适当翻翻面,不必把所有油都煎出来,差不多时候关火,拿张厨房用纸把油略吸一下,这会儿面还没煮好,准备工作还没完成。把帕玛森掺进鸡蛋里,搅匀到几近融化,再将上午用过的黑橄榄拿出来,拍拍罐盖,方便打开。

再拿两瓣蒜切片,把罗勒叶摘下,牛至叶摘下,迷迭香也捋下来,放到研钵里捣碎,再加入黄油做成青酱,这够吃一阵子的,我看着相当分量的成品想。

面应该好了,关炖锅火,把面捞出,留一杯煮面水。这会儿桌上满满当当,不知该放哪里好。里面撒些橄榄油防粘连。取一份意面放入平底锅,重新开火。等到面把培根油吸得差不多了,再把火关上,待其略冷却后便加鸡蛋进去,让面的余温把裹在面上的鸡蛋烫熟,以免变成炒鸡蛋。有夹子可以用夹子拌一拌,没有就用锅铲,务必把鸡蛋汁吸完。

第一样出锅，我装好盘，端到茶几上。幸亏这茶几不是透明的，为何不能是透明的，我倒不得而知，在一道温热的菜肴被放在透明的冰凉的桌面时，我心里就会泛起一阵不祥之感，就像"迷信家"见到乌鸦或戴孝少女就要着急一样。

"卡彭布莱拉意面。"我装着大厨模样说，放上两把叉子。

接下来，洗洗锅，烧干残留的水，该准备下一道了。

这一道是重头戏，难度想必是今天菜谱中最高的。我揉揉肩膀，鼓起勇气面对煎锅。

加橄榄油，把蒜片煎香，再把辣椒切成小段放入，在苦味尚未散出时加进金枪鱼罐头和黑橄榄。这会儿气味会尤其重，甚至有些呛鼻子，请务必不要在此刻打喷嚏。煎得金枪鱼肉有些发白，即将熟透之后把切成瓣的番茄放入，在番茄上撒些盐。这会儿油温有些高，小心别烫着，记得搅拌。

等到番茄煎得已经把淡红的汁水全部释出时，就把一人份的意面放进去，再把那一杯煮面水倒进去勾芡。搅拌两下，待汁水全部被吸收，挂在面上时就成。加一两滴橄榄油出锅。由于准备充分，原本不简单的流程被优化不少，味道也好上许多。

"娼妇意面。"我说。"虽然没那么正宗。"

她们两个光是把叉子放在嘴里舔，一口都没动，齐齐盯着我看。我有些不大自在，就好像做坏事被抓个现行一样。为什么呢？我想。

"先尝尝，凉了就不好吃了。不过这一份味道略有些重，如果不喜欢就算了，我是很喜欢的。"我指着那份"娼妇意面"说。

她们像模像样地卷起了卡彭布莱拉意面。我挺高兴。"小心，别弄脏新衣服。"我叮嘱一句，活像母亲，她就喜欢唠叨。

还有一道便不怎么难了，热锅冷油，煎蛏子，翻过一次面之后加青酱，待其融化后加意面，搅拌一通，让意面通通染上青色就行，本来还可以煎煎松子，不过算了，我还没到买松子的地步。

"蛏子青酱意面。"我说,"试了点新花样。"

红喜欢卡彭布莱拉意面,青则喜欢蛏子青酱意面。她们都说娼妇意面太冲,特别辣——我才加了两个小辣椒呀——只动了一口。罢,反正每样都动过一口,总不至于营养不均衡。

我对这娼妇意面十分满意,蒜香和辣味以及金枪鱼的鲜味被调和得十分完美,番茄的微酸则强化了这种感受,却又不至于使其刺激喉咙。几近完美,我不无骄傲地想。

吃完饭,我收拾碗筷,外面在下暴雨,电闪雷鸣。我自然不甚害怕——幸亏光是世上最快的东西——但红显然并非如此。青则看闪电看得有些入迷。想必如此,毕竟她的双眼正被电光照亮。当然,或许她只是出神地想什么事,而恰巧将眼瞳睁得很大也说不定,毕竟光并不因人入迷不入迷而改变行进方向。

她们都很漂亮,我想。我想象着她们将来的模样,红想必可以接总裁的班。她有胆识、有谋略,记得别人出过的招并加以巧妙利用。她管理公司想必能比她父亲更加得心应手,管理大局也更加周全有方。我眼前浮现出她灵巧地摆动腰肢,在上流宴会中敏捷地穿梭,找到自己谈话目标的模样。她衣着款款(具体何种模样自然不得而知),优雅地托着一杯香槟,微笑着流利地与亦敌亦友的人谈话。

青,我则想象不出。她的内心世界我难以窥探(不如说红的内心世界也只是我臆想出来的残缺个体)。她似乎能仅靠我的只言片语了解与直接经验完全违背的理论,但又对着闪电入迷。她将要展露她的天分,尽管我不知其将来表现的形态。但无论如何,那是确有的天分无疑。十一岁的孩子想必任谁都有天分,谁的又被折磨了呢?我茫然地想。反正我估计生来就没有。

我起身,打开伏特加,往玻璃杯里倒了约二分之一。再加入混合果汁,大约倒满。拿搅拌勺——买餐具套装时发现的,一个长柄小匙的调羹,除搅拌外,再看不出别的用途——转三圈,送到嘴边。

"他要喝酒了,快看!"红把青从茫然中唤醒。我苦笑着抿了一口,放回台面。"他喝下去了!他要醉了!"红说。

"没那么夸张,只不过你们别喝就是了。"我说。

"酒是什么味道的?"青问。

"该怎么说呢?"我想,我习惯用这话给自己留出思考时间,"各有不同,就像鲜花那样,种类相当多。你能看出什么是什么花,什么不是,当然有时难以分辨。花香也各有不同,但大多数都有规律可循。也有人插花,把不同的花拼在一起,可能会很好看,也好闻。但也不一定,大概如此。"

"那你现在喝的那杯呢?"青问。

"哦,这是我乱调的,反正伏特加无甚味道,就跟有点气味的果汁一样。"我又抿了口,不够冰,不过眼下也只有如此。

雨又下了一会儿,声音在房间中回响,一声不甚响的闷雷传来。红开了口:"下午的时候我很害怕。"

"怎么了?"我问。

"害怕你也像爸爸那样突然出差。"

"别怕,我又没那么忙,大忙人不至于凌晨三点出现在酒吧的。"

"可是爸爸也经常在深更半夜去酒吧呀。"

我一时语塞,试着寻找证据证明我不会就此离开。"我还买来一堆东西、衣服和行李,你们也在家,我不可能撒手不管的。"

"可是爸爸就是那样消失的嘛。"红说,她的声音有些抬高了。"我们走出房间时是大白天,客厅灯都没关,就像是个肥皂泡突然破掉一样突然消失不见。他的房间里也没人。我们从上午等到晚上,实在饿得不行才出来的。"她的声音带上哭腔了。

"别怕,我没那么容易消失,相信我。仅有讲信用这件事是我所能担保的。我从不失约,从不消失,说不消失就不消失。尽管看起来像个糟糕的叔叔,但是至少不会就此离开。我大概还有什么要做的。"我努力安慰她。

"真的？"红眨着大眼睛看我。

"拉钩上吊。"我信誓旦旦地说。

"一百年不许变。"红破涕为笑。笑起来的她并没那么动人，但很真挚。她躺下来，肆意地在床上翻滚。"这床好大！"她说。

"毕竟是双人床。"我把手中的伏特加喝完，再斟一杯。这次改加柠檬水，淡巴巴没味道，我又加了点苏打水进去。

"还喝？"红看着我。

"没那么容易醉。"我回应。仿佛机器人矫正不正确的术语一般。

"喝醉的大人都那么说的。"红说。

"放心好了。"我含糊其词，原本喝多少都没问题，但无节制也不好，只喝两杯算了，夜长。

我一口闷完杯里清淡无味的液体。看向窗外。雨仍在下，并无削减的势头。宏大的声音在四周填充，在每个方向听来都相同。始终是背景音，我想，因其是将透明填充的空白之处。雨声始终带有一种轰鸣的空间感，宛如巨轮般缓缓从我身上碾压过去。葬身海底，被挤成扁平的饼状物，我想。那里有成群结队前往淡水的洄游鱼类。

"他喝醉了！"红悄悄对青说。

"才没喝醉。"我反驳。

"六乘七是多少？"红问。

"四十二。"

"九乘九多少？"

"八十一。"

"九十七乘九十九呢？"

"九千六百零三。"这个数也被算过无数次，我几乎能把它背出来，"如果你要列式算的话，我这里有纸和笔。"

红不甘心地拿了笔，列了竖式算。青算得比她快些。"算对了。"青说。红还是把顺序写完了才罢休。

"不想那些，还洗不洗澡。我觉得算了，你们中午才洗过。不过要洗的话，就现在洗好了，我也要冲一遍水。"我说。

她们还是洗了，理由是洗了澡好睡觉。趁她们吹头发的当口，我大约过了一遍水，毕竟下午并未出什么汗。

擦干身子出来，我躺回办公椅上，正要翻开手边一本书时，红开口了。"那个，我很害怕。"声音中听出难为情。

"怎么了？"我抬头问道。

"害怕打雷。"她小声说。

"可是我也没办法，我不是什么超能力者，没法让打雷平息。"我说，"而且这里的隔音也不好，没法把雷声拒之门外。"

"不是，我不是这个意思。"红的声音更小了。

"她是想说，每到打雷的时候，我们就会和妈妈一起睡。"青说，"那样就不会害怕了。"

"可是你们都十一岁了。"

"十一岁也有害怕的东西啊，难不成长大了什么都不害怕了？"

"那倒是。"我想。

"但是这不算理由。从没想过怎么办？"

"从来没有。妈妈走了以后下雨还是头一次。"

我粗略估算"总裁"与妻子离婚的时间，似乎的确如此。"第一次"发生并不是一件有意义的事情。

"那你们想怎么样呢？难不成要跟我睡一块？和一个没准喝得烂醉的不认识的叔叔睡一块？"我问。

于是，我便躺在她们中间，手上拿着鲍翁的《日瓦戈医生》。鲍的著作相当适合在雨天读。撑着伞的尤里想必更像尤里。

"这是什么书？"红问。

"一本关于一百年前俄罗斯的小说。"我回答。"情节太复杂，几乎要画个表格，现在看估计还太早。"

"念一段！"红说。

我苦笑一声："打仗的不好念，谈情说爱的也不好念，叫我念哪里呢？"

"总不可能一本书那么厚，除了打仗，就是在谈情说爱吧？"红说，"念一段关于他怎么治病的！"

"可他大部分的时间里不是在当战医，只是在打仗的时候治病的啊。"

"那他除了治病，总还干过别的事吧？他也得吃饭睡觉啊。"

"他没在战场上那会儿就是在忍饥挨饿。后来不饿了，就开始谈情说爱了。"我说。最动人的便是这两部分了。

"哦！我想到了。有这么一段可以念来听听。不打仗，不谈情说爱，也不忍饥挨饿的一段。"我向前猛翻一段，找着那个情节。

我念起了日瓦戈一家去领补给物资的那一段。全家人齐齐出动，拎着大包小包前往仓库。带着面粉袋、蛇皮袋、枕头套、床被，面粉、米粉通通装满。他们不得不小心翼翼地横着搬动，以免宝贵的面粉从透风的口袋中溢出来。除了面粉，还有诸多奢侈之物，齐齐半埋在面粉袋子上头，肥皂、蜡烛、黄油、火柴、橙色的香料，还有"一块用纸包着的硬物，没人猜出来是什么，直到回家打开才知道是高加索奶酪"。回到家，大家一下子瘫在最后一件没有被卖掉或者劈开当柴的家具——客厅的长椅上，因为搬运食物疲乏。尤里把手工面包换来的上好干柴放进许久未点燃的壁炉里，从新领的火柴中取出一根，下意识地在裤腿上擦燃。

"火柴盒上是有地方擦燃的。"有人说，尤里没看清是谁。他苦笑了一声，把木材引燃，暂且驱散了在广阔的俄罗斯蛰伏数万年的苦寒。至少在这间小小的屋子里，温和的光亮缓缓晃动。

我读完了这一小段。"真好。"红说。青则一言不发，但也还看着我。

"睡觉吧。"我说。红伸手去够关灯按钮。

第二天如约而至，不迟到，不撒谎。黎明时分我便起床。

我去冲干净冷汗——这几天实在冲了许多次澡——换上干净衣服，给她们做早餐。量两杯半的米淘洗干净，放进炖锅里熬粥，小火熬。第一次水烧开时关火，搅拌，不然会煳。第二次水开时如法炮制，第三次便差不多熬好。打匀三个鸡蛋，加点酱油和花生油，在第三次沸腾时关火，边倒边搅拌，鸡蛋便能在锅中成型，不至于黄黄一锅，再加点葱花——发现没有，选用迷迭香代替，冷却便可享用。

熬粥的当口，我用平底锅炒了个卷心菜，成色不错，吃粥有味。香味把她们两个唤醒了，我很是高兴，能做到这一点，想必手艺不坏。

"吃饭吧，这几天吃得太干，润润肠胃好了。"我招呼，给她们盛了粥。小空碗只有两个，我自己用大汤碗，一时间只能听见三人捧着碗喝粥的"呼噜"声。

喝完粥，我拉开窗帘，外面雨已快停，天空显得格外明亮，甚至有些刺眼。"看窗外！"我说。

她们俩踩在塑料凳上，撑着窗台沿向前仰望。我公寓对面的公园有条河，原本在四周的绿植倒映下显得澄净清碧。如今则因大雨涨水而变得浑浊发黄，流沙的颜色。

"河是什么颜色的？"我问。

"现在？"

"当然了。"

"黄色的。"她们回过头去。

"那在河中能不能看到天空的倒影？"我问。

"当然了。"

"什么颜色的？"

"嗯……有些透蓝的灰白色。"

"这就奇怪了，那河流哪里才是黄色的呢？"我问。

她们并未回答，连尝试都没有，只是定定看着翻涌的河。我叹口气，也研究起河来。此刻河流上有一片鱼鳞般的波纹。正缓慢地朝游人移动。并未破碎的波纹看来有一种不真实感，仿佛那是一张大塑料膜一般。这样的波纹是怎样形成的？我想。

"对了，中午要不要去公园野餐？"我提议，相当孩子气的提议。

她们两个齐刷刷回头看我，在左的青这时逆时针转动，在右的红顺时针转动，两人背对背望着我——便是如此场景。青的眼神依旧澄澈冷漠，并无一物在内，但红的眼神显得含蓄而有期待。这眼神从瞳中溢出，在神态中隐隐表现出来。就像油画的底色那样。

"不想去？"我故意问。

"当然想。不过现在公园会不会太潮了点？"红问。

"那就坐在长椅上嘛。衣服也干了，成天闷在这小房间里绝对会出问题，去呼吸呼吸新鲜空气。刚下过雨，一点灰尘也没有，还弥漫着草木清香！"我说，"再带上红茶和曲奇饼！"

"听上去不错。"红露出笑容，青也点了点头。

"那我下去买点东西，再自己做点什么，然后就出发！"我说。

"好！"红高兴地说。

"好。"青说。

我买了一袋香菇和两块鸡胸肉，家里还有不少的东西。这几天好像光做饭了，我想。算了，一天三顿总得要做。

鸡胸肉切两半，在牛奶和酸奶的混合液中略腌，记得加盐和胡椒。我还在鸡胸肉上切了条缝，放了没用完的芝士进去。刚好把第一瓶牛奶用完，相当奢侈。

腌的时候我的脑海里总回荡戈登·拉姆齐做这菜时所说的话。"如果你腌一晚上，这鸡肉会超——级松软，但只腌五分钟也照样可以。"他用娴熟的技艺和英语语法让我深刻记住了这一句话，俨然一个符号。If you prepare for a night, the chicken will be super soft, but bathing for a five-minute time is always done.

在这五分钟里，我用橄榄油和面，橄榄油要多，面团有些黏手。等到它不掉沫就让其发酵。待其发酵至两倍大后就再来一次，时间当然不只五分钟，但腌久点又没坏处。

揉两遍就成，切一个小剂子，擀平，涂厚厚的番茄膏。要看不见饼底，然后撒罗勒叶——不够了，所以也加了几片牛至，撒切碎的香菇。泡香菇的水倒掉很可惜，可我也想不到做什么菜应和。最后加上撕成小团的马苏里拉奶酪球，进烤箱。

趁烤它的时候把腌好的鸡肉裹上面包糠。在炖锅上加一点油——我并没那么多油给深炸法浪费掉——倾斜炖锅使其呈现一定深度，一块一块炸。为了色泽，我还是复炸了一遍，成色没辜负我的心思。

再带上曲奇饼、另一瓶牛奶，果汁也带上，拿保温杯泡了红茶，叫她们两个把衣服换了，外面太阳正好。

我们走去公园。

她们在前面走，我提着袋在后面跟着，红在左，青在右。

与两天前见到的完全相反，如今她们的脸上满是笑容，与两天前陌生而有敌意的眼神完全不同。想到这，我不禁露出微笑。我的的确确在做些什么，在给某些具体的人做出了具体的，而且是好一方面的影响。伟大而充实！我想。

"在哪里野餐？"红问。

"在景色好的地方，到那里估计散步也散累了，正好开吃。等待时花掉的时间并不会凭空消失，而是会积压起来，让感觉更加敏锐。"

"什么？"红问。

"就是散累了会更好吃，不用多想。说点奇怪的话，算是老毛病了。"

我们走进湖畔的森林。这里有一种淡而苦涩的松脂香气，仿佛茶窖。我深深吸一口气，以清醒的脑袋、清醒的心、清醒的双眼，重新环顾这周围。

电影镜头般耀眼的阳光，在树荫的切割中带上了奇异的光彩。仿佛用滤镜观察一般。不，就像昏黄的落叶的颜色被浸出一般，仅带有薄薄的时间涂层的橙黄色在周围扩散。并非旧书那样的时间感，而仅仅是一层纤薄的时间层罢了。就像手中黄叶和绿叶的区别一般。上次在林间漫步是什么时候？我想。绝不至于没有，但有也大概是很久以前的事了。

高中时？或许有过。身边想必有诸多人。数个要好的朋友，心仪却从来没有认真交流过的女孩，夹杂在他们之间。我在哪里呢？那时我和现在一样，喜欢一个人走在所有人的后面，原因自然没有。当然我并没有那么孤僻，也有可能站在他们之间畅快地聊些什么。而那个女孩则在女生堆里，时不时朝我这边看一眼。那时我大概一心希望她所注视的人是我，现在想来，她大概谁也没注视，只是观看异性这一群体罢了。他们的脸我已经几乎通通不记得，只余一片模糊罢了。回想不起的脸数之不尽。尽管如此，我依旧希望翻开那时的照片看上一眼。那些脸颊想必会在我心中投下什么，从而激起些什么。

再往前些，那就到了少年时代了。初中并不很像一个独立的时期，更像一个过渡阶段。在这时，我们变得成熟，个子拔高，性征出现，人们开始疏离。不快的回忆倒不算有，但快乐的自然也不多。这时的记忆要远为交错迷离，如同一个铅垂线在小盒中摇晃数年之久，那样纷乱无尽，但中间有一颗硬核。那颗核是什么呢？我想。抽丝剥茧后便知，什么都没有，就像洋葱那样。少年的行事又怎样富于逻辑性呢？

再小些，那时我会做什么？自然不记得，但是父母似乎告诉过我，我是在一片森林中学会行走的。那时我是什么模样的？

我正想着，一声招呼的喊声打破了我的默思。我抬起不知何时低下的头，向周遭寻找她们的身影。

她们在正前面，青坐在长椅上，红则扶着长椅向我打招呼，自然不会认错，我想。那里有纯白的长椅、纯白的连衣裙、纯白的湖中倒映的天空，在荫蔽下显得尤为明亮。我揉揉发涩的双眼，紧赶两步走到她们身边。周遭似乎有塑胶钢琴那左右回荡的乐声，逐渐构成和弦，使我淹没其中。后脑勺有些发昏，似乎有人在那里低声哼唱着，与这塑胶钢琴

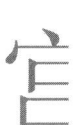

应和着微弱语声，使我感到瘙痒。但远非不快，我想。

长椅已经晒干，有些凉。我坐到左边，红坐中间。保湿袋放在她的膝头。先吃了炸鸡，红吃了两块，我和青各吃一块。还暖和，不至于烫嘴。红吃得满手都是奶酪，我等她吸吮完一只手指之后，拿纸巾擦干。吮吸手指想必人人都愿意做，但也有个限度，毕竟并不卫生。

吃完炸鸡，我们喝一口混合果汁，开始尝从楼下面包店买来的三明治，夹有黄瓜火腿切片，黄瓜还算新鲜，只是面包有一些被酱泡软。喝口茶，我用弹簧刀切玛格丽特比萨。虽然并不正宗，但香菇的香味意外地渗透进饼里，那股菌味的腐臭味则被番茄膏掩盖得极为轻微。偶尔的试验也能让人欣喜，她们吃得很高兴。

"知道吗？比萨本来就是街头小吃，才不是正襟危坐在饭店里用刀叉享用的东西。热腾腾的那才叫吃，空调房里一吹就凉，那有什么美味可言呢？"我说着，咽下嘴里的饼。

她们嘴里全是东西，没有回应。我给她们倒了红茶，让她们咽下去，眼看着她们快吃饱了，我拿出面包店买的六寸一升八的芝士蛋糕。不出所料，她们还是不胜依依地用塑料叉把蛋糕吃得一干二净。曲奇饼则在回家时边走边吃，喝牛奶送。于是到家时，红没抑制住打嗝的冲动，青则抢先痛痛快快上了个厕所。

到家后，我推开窗，外面的风便吹入，不知为何又要凉上许多。我穿上外套，呼出一口气，秋天了！一想到这，阳光也仿佛带上金黄的印记，仅仅是印记，不是色彩，只是给人一种如此的印象。

秋天死亡，冬天则埋葬。都应如此，我漠然地想着，将窗帘大大拉开。寂冷的风吹拂着一切，为他们打下死亡的戳记，草芥而已。我想象着葬礼，不知谁人的葬礼，无人参加，棺上的毛刺被秋风刮走。只消等待雪将其深埋便是。那里黑暗安静，回声巨大。我们永远在追赶死亡。

我回过头，看到青正站在床边。她的头发并未束起，正随着风飘动。她的头发本来就不短，随风起伏时，这特点尤为显著，如同具象的风。那里溶解有某种吹拂不走、深埋不住的特殊物质，正在其中散发着它固有的颜色。一如破碎的飞石激起的火花，我的眼前在刹那间闪动。干爽清澈的发梢正播撒在这片空间中，驱赶着——不如说吸收着——死的空气。她本人似乎并未觉察到，而只是一个劲地朝着窗外看去。透过我、透过空气、透过地壳看到地核，再透过地核看到宇宙尽头。她的双眼依旧明澄动人，恍惚间那瞳孔也仿佛变得透明，反射着——折射着？——整个世界或者她的整个内心的瑰丽景象。

"怎么了？"青问，想必回过神来，也把我唤醒回来。

"不，没什么。"我支支吾吾，"想事来着。不过，让我说句没有别的意味的话，你漂亮极了。"

"只有字面意思，别理解错了。"我又忙补充。

"我就不漂亮吗？"红在床上鼓起腮帮子。

"所以说没有别的意味嘛，你也很漂亮。我又没说过你不漂亮，不过相信我，别随便问跟你一个岁数的男孩，这样估计容易被误解。"我说。

"我又不认识那样的家伙。其实到现在，我记得的男人只有三个。"红说。空气忽地变得平庸起来，我长长舒了一口气，这样舒服得多。死的空气之类也一概消失得一干二净。青的头发也不再起伏了。

"哪三个？"

"爸爸，送牛奶的叔叔和你。"

这两天里我变着花样给她们做吃的，给她们买书看（几本现代童话，内容不算无聊，教育意义也不大，还有一本小学诗文诵读），给她们吹头发，还学着给她们扎辫子，十分充实，但未免劳累。我不愿结婚很大程度上就是因为不想过这样的生活，尽管现在堤坝略有松动，但要我选，我依旧选择单身。

又过去一天，这天中午，我们吃过简单的午饭——同样变着花样做蛋炒饭——后，我敏锐地觉察到回归正常的时刻到了，或许只是我厌倦

了，但我不愿承认，毕竟她们是相当好的孩子，不做作，也不讨人厌，我也已经——主动或被动地——在她们身上倾注了心血。

但是事情总要有个结尾，我安慰自己，千里搭长棚。于是我鼓起了足够大的勇气，开了口问。

"你们爸爸的电话号码是什么？"语气尽量平和，听来有些悲凉。

她们从书中抬起了头："怎么突然问这个？"

最坏的回答，这意味着我内心的掩饰全部白搭。我口齿不清地说，"嗯，就是，怎么说呢，虽然你们住在这我很高兴，但不管怎么说这始终是权宜之计，就是说，是临时的……"

"就是打算送我们回家？"红说。

"别误会，绝对没有讨厌你们的意思。怎么说呢？我很喜欢你们，希望你们能在这待久一点之类的，但是……"

"但是什么？"青说，我最害怕她开口，她每每开口都令我不知所措。

"但是你们终究是要回家的嘛。所以我想确认一下还剩多少时间，这样可以好好规划一下，免得……"

"免得留下遗憾？"红说。这两人实在是交替着触及我的痛处。

"也不算是，哪会有遗憾，又不是生离死别。想见就马上见到的，反正在同一个城里。随时都能来，叫我时应该也能随时过去的。"

"总之就要离开喽。"红说，在我听来总觉得有讽刺意味。

"差不多……只是问个时间，绝对不是现在走。"我极力说。

"行吧，我们也不会那么任性，毕竟确实麻烦了你很多，奇叔叔。"红说，她的反应让我有些意外，我本以为她们会闹腾几下的。

她告诉了我"总裁"的电话号码，尽管此人是我大学的投资者，也是为设立我所在的研究所出资最多的人。我理应知晓他的电话才对，但我总是忘记问，每每想起问又无法可想。

我拨号，虽说是手机号，可并无来电铃声，机械的"嘟"声响了八次对方才拿起电话。声音与校级会议时他的声音一样，虽说有些不耐烦。但我核实时间是十二点三十七，希望没有打扰他。

"您好，我是大学的奇教授，是您资助的实验室的常务主任，我想跟您商量些事情。"我以逐渐学来的商务口吻说。

"怎么啦？"他的语气多少缓和了些，但仍旧带有怒气。

"就是，您的两位女儿正寄宿在我家，请问什么时候方便接一下回到府上呢？"

"嗯？她们在你家？"他的声音高了起来。

"是的，其中的机缘巧合电话里恐怕难以讲清，大约就是您出差那天她们的老师正好放假，她们无处可去，却阴差阳错找到了我。"

"她们没事吧？"他问，或许还算一位父亲。

"自然，不曾亏待。不过我一人照顾有些力不从心。能否将她们送回府上，继续她们的学习生活呢？我并没法教她们物理以外的东西。"

"等我一下。"他的声音飘远，但响度未见小，想必在喊叫。

很快，声音回来："关于她们，与家庭教师联络吧，我告诉你她的电话号码。还有，有什么麻烦，以后告诉我一声，我会尽力帮忙。现在我还得继续忙，抱歉。"电话就此挂断。

我耸耸肩："叫打电话给家庭老师。"

她们看上去并不意外。我拨通电话，边等边问她们家教是个什么样的人。

"阿姨年纪比你大一点点，至少看起来是。总是笑，而且什么都会，什么都教给我们，只不过不会教追着时间跑的司机这样的事情而已。肯定是个好人，电视里那些坏人干的事她从来没干过。"红说。

"只不过一样喜欢喝酒。"青说。这回电话通了，我示意她们安静。

"您好。总裁先生叫我跟您联络，是关于他的两位女儿的。"我说。这次开门见山想必得体许多，不显做作。

"好的，什么事呢？"电话那头优雅而平和，的确年纪不大的声音传来。听来的确富有慈爱之心和安全感，我放下心来。

"他的两位女儿正居住在我家里。那么现在是我将她们送至府上，还是您亲自来接？"我说。

"嗯，如果您方便的话，还是送到她们家好了。今晚我会去一趟她们家里，往后每天也是。反正假期刚好结束。谢谢你了。"

"不胜惶恐。"我说，也许不必如此礼貌才对，我总把握不住，"那么，今晚九点出发，九点半到如何？"

"嗯，也行，就这样吧？"

"好的，那么，再见。"我想说"合作愉快"，想来又觉得不需要，正在斟酌时电话便自己挂断。也好，烦恼断绝。

"今晚九点出发，还有足足八个小时多的时间，完全不必着急，再说，反正以后也见得着。"我说，"我有点困，先睡个午觉。"

我合上眼，放下椅背。这时我听见她们翻身下床。"咚咚咚"跑了过来，一左一右，在我还未刮须的脸颊上吻了一口。我自然高兴，被比自己小一半还多的女孩亲吻想必是头一遭。

"扎得不痛吗？"我问。

"还好，扎是当然，但并没那么痛。"已经溜回床上的青说。

"猜猜哪个是我，哪个是青？"红问。

我想了一会儿："左边是红，右边是青！"

"猜对了！怎么猜的？"红说。

"猜嘛，肯定不是瞎猜的，但要说理由还真说不出来。反正我很高兴。好了，安安心心睡个午觉吧。"

瘦猫悄然来临。

我迷茫地睁开双眼，膝头处有一团白色如同积雨云那样的东西。我刚用手指把眼前蒙着的像玻璃上的雾气的水层擦掉。于是我便看清，那是瘦猫。

似乎在睡眠的瘦猫。身体尚且保有一丝温热。身体则随着呼吸微弱起伏。微弱得几乎让我以为那是幻觉，似乎眼前的瘦猫已然逝去，残留的体温也在空间中消散一般。一这样想,事情就仿佛果真发生一般,瘦猫逐渐僵硬发凉,于我膝头死去。

不要,我想。事情不会如此发生。我伸出右手,想要抚弄它的脊背。但手心一触到它,它便猛然向前一窜,从我手间飞过,毛发剧烈摩擦手掌的感受如同灰尘被吹走一般无迹可寻,只有膝头的温热感,还如贴纸一样粘在腿上。

看看表,六点半。我长叹一声,正要起身,床上传来语声。

"叔叔,你养过猫吗?"青的语声,黑暗中仿佛投来目光。

我感到慌张。"还没,想过,但还没养。"我说。

"是吗?"如炬的目光消散了。

"为什么突然问这个?"我问。

"看起来像嘛,叔叔看起来像是个养猫的人。"

"怎么看出来的?"我哑然失笑。

"跟什么东西待久了,自然就会有那种东西的特质。养狗的人就会变得雄赳赳的,养猫的人眼神和脚步都变得跟猫很像的。也不能完全确定,像这次就猜错了。"

"其实吧,并不算完全猜错。"我说,"我经常见到一只猫,每次它都会看我很久,我也看它很久,但我从来没喂过它——放在它面前它都没吃——更别说带回家养。但是的确经常见到。说不准就是呢。"

"那只猫是灰色的吗?"她问。

"不是,是白色的,几乎纯白。要是连颜色都能猜到那就太厉害了。"

"说不准只是颜色还没被染上,所以看到的是叔叔的颜色。"青说。

"是啊。"我说,"你能看到人身上的颜色?"

"不行。只是猜的而已,就像看到或者听到文字的时候,我会对它有一种奇特的感觉,就像能看见颜色一样,名词和动词也是。但是不同的时候听到,感觉也不一样。"青说。"你相信吗?"

"当然了。虽然我看不见这种颜色，但是我知道有人能看到，而且那些人都很厉害，在很多的地方都脱颖而出，或许你也能行呢！"

"我？"我仿佛能听到青边摇头边说话的声音，"应该不行吧，我只是个再普通不过的人而已。"

"我比你更普通呢，我连颜色都看不见，但还是选了我想办法拯救世界啊。"我说，"当然了，想干什么就干什么，只要你想做，那这件事就比拯救世界还重要。其实所有人都在干比拯救世界更重要的活哩，只不过我们得负责想办法而已。不用想太多。"

"是吗。"如炬的目光再度消散。我拉开窗帘，外面是黄昏，但还是把红弄醒了。

"晚上吃什么？"我问。

我们进食奶油烩蘑菇培根方饺和炸牡蛎。方饺我自己包，肉馅炒得香气四溢，调味也恰到好处。牡蛎也新鲜，熟得刚好，不至于缩成一团。

进食过程本身相当乏味，我想。人类不再捕猎，杀戮的快感便由烹饪代替之。进食则仅仅是善后工作罢了，只不过是处理掉死相各异的不同生物的举措罢了，即使有意义，乐趣也仅仅在见到菜品——或者说死物——时才会若隐若现。不如说，菜品吸引我们的原因就是其中的死的意味，一切都有着这个趋势，一切都将迈向死亡，如此而已。

我们安静地吃完饭，我看看表，七点半。

还余一时半。表上并无秒针，可我总觉得有什么嗒嗒地响个不停。得做点什么？不能让时光空耗！

我局促地站起身，四面环顾一番，看着她们两个。

"去不去看电影？"我问。

她们疑惑的神情顿时消散，纷纷下床换鞋。不失为好决定，我想。我用头天买东西的大塑料袋把她们的东西都收拾干净，睡衣、浴巾、沐浴露之类装一个袋，买来的书装第二个袋。

"东西我也用不着，你们拿回去好了。我也不是会抓着金字塔架不放的人。"我说，"而且一本书没看完可是相当难受的。"

我们出发。

这会儿不是什么档期，没什么电影可选，大部分听都没听说过。但是正因如此才该看。我仿佛声援弱势球队一般选了一部制作组十分年轻——为什么影院会把制片人的年龄写上呢？——但预告片相当漂亮的电影：《把玻璃打碎》。

故事不算复杂，主角是个纨绔子弟，但从小就被家里驯养。不知从哪天开始，他家的窗玻璃被打碎了。得知是附近一个无赖少年干的，而且他父母也上门来赔偿，然后这事就告一段落。但主角发现自己参加的话剧社——他唯一的消遣——中那个少年的名字赫然在列。于是他们亦敌亦友的关系逐渐得到发展。故事的分割也是由"打碎玻璃"这一举动过渡的。最后也是少年打碎了他房间的玻璃，带着主角远走他乡。情节还算不落俗套，人物形象也立体而不典型（我讲述得自然比较片面），只可惜演员不够味道，语气和表现都有些僵硬。年轻演员又有多少好的呢？他们至少没有名声，而且认真努力。

不过最让我印象深刻的是摄影。景色中有大片种有小麦的田野，平和的落日和不时积雪的山丘。漫长而美丽的镜头将这一切尽收眼底，叙事也优柔散漫，与风格相似。并非一部静下心才能看的影片，而是一部能让人静下心来的电影。或许是小麦吸引了我，我想。大片大片青涩的鲜绿被风吹拂，逐渐飘散，留下丰收的淡金色。小麦意味着礼赞，意味着丰饶的大地，意味着微酸而硬的乡村面包和自酿啤酒，意味着生的欢愉。

"我们的生涯也要像七月之夜。/背着梦幻，把它的轮舞跳完。/热衷于幻想和热烈的收获节。/手捧着麦穗和罂粟花环。"黑塞的诗句涌现在我眼前。尽管借代意味十分明显，意象的堆砌还是让富于想象的人耽于丰收的幻梦里。当落日呈现甘甜的红，和该地在麦浪中沉伏时，仿佛被赋予灵性一般，滚滚的麦波如同春雷涌现。人们回到家中，将芝士酱浇在新制的吐司上，举起新鲜的啤酒庆贺。

看完电影，我说很喜欢那些麦田的镜头。果不其然，她们也有同感。"好像闻到麦香似的。"红说。

果真是有味道的镜头。电影院旁的面包店正好烤出一炉新的面包，有全麦吐司，当即买来一包，加上牛奶，每人吃了一片。连平日里平淡无奇的吐司都变得香了许多。

"剩下的当明天早餐好了，用微波炉加热一下。打后吃吐司时只消想象那个镜头就成。"我说。

送她们回家。

她们家在江边一座高楼上，并非独门独院，但是面积相当大，是空中别墅。进门甚至有个院子种了花草，养了大锦鲤。还有二楼三楼足够豪奢。甚至还有一架钢琴，斯坦威的立式。

"会弹？"我问。

"不会，但是老师会。上音乐课的时候她弹我们听。"青说。

我坐到钢琴前，伸开十指过几遍琶音，让久未接触琴键的手指活动起来。效果不尽如人意。我下意识地弹起某首曲子，连名字都不太记得，仅凭手指的记忆运作。能听出是巴赫，但曲目倒依旧记不得，或者是平均律？这么一想，手下出错，旋即停止。我站起身来，揉揉脸。

"太久没弹过了，手有些生。"我解嘲般地说。

她们不见踪影，但是洗手间的灯亮着。无事发生，我披上外套，走出客厅。院子里已经在吹冷风，我打了个激灵。

回到车上，我靠回椅背，长长舒了一口气，时针正指在"10"上，分针也丝毫不差地正在落在"12"上，两根针呈60°角。简单的计算，我想这并非我不能胜任的工作。

我脚踩油门,感受座椅靠背对我后脑勺的推力。有时我会想,如果自己被一阵怪力压碎在座椅上会怎样,或是会挺舒服,温热的血会覆盖全身,让我在痛觉来临之前闭上双眼。

这车当然不行,我拐上高速,开始思考现在去哪儿。我一直有这个毛病,走到一半才想起该去哪里。或许一开始想过,但是忘了也说不定,谁会记得自己忘记的东西呢?

我拐回街区,胡兜西转。想起能听音乐,便把U盘插进插槽里,这样"随机播放",胡乱摁几下"下一首歌曲"。若只是在屏幕上划几下,首字母ABC的歌必然大受瞩目,竟放起了朱塞佩·威尔第的安魂曲来,听得我不禁心烦意乱,便又关掉,靠兜兜转转打发时间。

电影和定音鼓让我毫无倦意,身处黑夜让我无事可做,如此一来,便有一股烦躁的心绪在全身积蓄,这样下去必定引起交通事故,于是我开去加油站,在那里度过一段时光。

停好车,加油站员工自然殷勤上来,其余都不需要我来料理。我走进便利店,买了一包番茄味的膨化马铃薯制品。味道一如既往,但一点点吃,时间便消耗掉。死亡的淤积,我想。便利店门口有只猫,黄色的,与瘦猫相比又健康得多。我俯下身摸摸猫,它也温顺地摇摇头。

加完油,我看表,不过十点四十七分。除去开车到街区的时间,我仅仅消磨了十七分钟。我决意去自助洗车处。然后这里也已改进,只消将车开上传送带,静等便完事。我坐在座椅上,叉着手观看洗车景色。近光灯照耀下,这里并无更多色彩,不过轮刷、肥皂水和各色噪音而已。洗完车,我立刻开走,此地无法久待。

最终我还是回到了酒吧,看看表,时针分针刚好重合,实在巧合。我要精酿啤酒,舔上一口上面的泡沫。

"很久没见你了。"左边传来声音。酒吧并不喧哗,但有人聊聊天很正常。我下意识地扭过头去,发现这声音来源正盯着我看。

"是在和我说话吗?"我指向自己。

"当然。"她说。

头开始隐隐作痛。最近总是在难以预料的时间遇上难以预料的人。一如在潮流间偶然相遇的鱼形同类一般。或是永无消停之日也说不定，我摁住太阳穴，有什么在那里一跳一跳地动。

　　"你当然不认识我，"她说，"我也不太认识你。"

　　"抱歉，"我说，"我该说这句话吗？"

　　"但是先前两三年里你一直坐在这个位置喝精酿啤酒，对吧？"她微笑起来。未涂口红的嘴唇却显得红润而丰满，或许有些醉了。

　　"是吧，我应该是会挑座位的人。"我说。应和他人是我现在唯一能做的事——不够严谨，我还能喝啤酒，只不过头痛欲裂罢了。

　　"我一直坐在你旁边，只不过你从没注意过我就是了。虽然我也未曾注意过你，但一个月前，我看到你的位置空着，就意识到了。"她说。她的红唇上沾有数滴威士忌，她伸出舌头将其舔去。

　　"存在主义，萨特很早就用过这个比喻。"我说，口齿有些不清，说萨特的名字时舌尖弹了一下，意外的带有法国系韵。我又要了一杯精酿啤酒，这里的啤酒味道很好，小麦味相当浓。

　　"我喜欢聪明人，能领会我话中的话。"她说，在她发出"喜欢"这个词的音时，我颤抖了一下，抬起头看她。她穿着一件短皮革外套，里面的T恤从横膈膜处打了个结，露出肚脐——竟无多少赘肉，附着在腰侧的脂肪开始展现重量。她的头发刚能触肩，有些卷，被风机吹成了栗色。比我大一两岁，我想。

　　"多谢夸奖。"我低着头闷喝啤酒，一口喝掉一小半。

　　"你就这样干喝？"她穷追不舍地问，"不喜欢下酒菜？"

　　"不怎么吃，吃了菜怎能喝出味道呢？"我说。

　　"我也不怎么吃，当然只是为了不长胖。烈酒有盐就够了。"她说。

　　"当然，也就是红酒之类干喝难受。"我说。

　　"不喜欢红酒？"她问。这时我忽然想上洗手间，搭话的脑袋在我旁边嘀咕。我很想小便，于是告诉搭话的脑袋我去一趟厕所。

"我等你。"她说，抽一支吸管搅动杯中的冰块。

我到男厕的尿池前，拉开牛仔裤拉链，长长地解了一次手。顿时觉得脑袋清醒了许多。我想起我来洗手间是为了整理思绪，却忘记要整理什么了，只好静静感受膀胱内水位下降的感觉，尿了不少，量自然无从知晓。当时间相当长，约有两分钟，呼吸平稳了下来。

我对着镜子深呼吸两次，观察自己的脸。仍旧并不出众，胡茬满面依旧——我还没回家，出门时也没刮须。想必不招女人待见。醒醒！

我走出洗手间，她正笑盈盈地看着我。"守信。"

我坐回位置上，重新啜饮啤酒。"是不希望回答我的问题？"她问。

"不，不，当然不是。"我抬起头，正迎上她看我的探寻的眼神。她有些醉——大概——胸口随着呼吸一起一伏，惹得我心痒难耐，相当难受。我以轻微的动作调整了裤子，不至于硌着。我想必也醉了，我告诉自己。

"说说红酒！"她说。

仿佛孔雀开屏那样，我长篇大论了起来，她支着头，看起来饶有兴味，不时点头，将她那玛丽莲·梦露式的微笑印入我的脑海。数分钟后，我伴有手势动作的演讲停了下来，我喝干啤酒，抚摸冰凉的酒杯。

"所以说，红酒是进食享用才有其风味，对吗？"她说。

我点头，刚才的演讲就是靠这个区分红酒和其他酒的，听上去荒唐可笑，可两人都醉了，便没有那么在意。

"那么……"她的身形忽然大了几分，那性感的嘴唇也变得明亮清晰，几乎连鼻息声都变大了——她凑近了过来。我猛咽两口口水，等待她的下文，时间竟能如此缓慢地流逝。

"你会为我做晚饭吗？"她张开嘴唇发出声音，"我会带上红酒。"

我答应了下来，还告诉她我地住址，而且不出所料地在第二天宿醉酒醒后开始后悔。只可惜木已成舟，无法可想。

我穿上数天前熨好的衣服，久违地去了一趟大学。在那里把头发揉乱，嚼食买来的蛋挞，并与在实验室内的主任聊天，然后思考我那个稚嫩的理论。我并未多忘记，但他们仍一直探索，所以现在反倒是我落后了些。一个研究员为我递上了这个月来的研究成果，很有条理。甚至还有几处打有问号，某些是无伤大雅的严谨性问题（我还是坚信我的想法能够自恰），某些则潜力无比。认真想下去，很可能发展出一条完善健壮的侧枝，或许是主枝也说不定，在想下去前没人知道，正如无人经过的山洞，自然无人知晓洞内的乾坤。

她还递给我一杯热腾腾的咖啡，闻上去不像在这里存放很久的咖啡，而是现磨的好东西。在我看来有些偏酸，不过香气浓郁，入口顺滑，仿佛香味能从会厌处飘上鼻腔一般。

"谢谢，相当好喝。"我捧着咖啡抬头看研究员。她嫣然一笑："我还以为你不会回应我来着。"

"哪里，正常人都应该回应才对。"我说。

"可是据说才华横溢的人都有怪脾气来着。"她回应。

"什么？我又没有才华横溢。"我哑然失笑，"我的脑袋绝对没你的好用，我赌五块钱。"

"可是你可是提出一个大家都没想明白的概念。"

"什么，我只不过瞎朝一个方向指了指，它作为成熟理论还太早，还有诸多难题尚未解决。再说了，退一万步来讲，即使才华横溢，也不应该对聪明可爱的女孩置之不理。"我说，低俗玩笑。

但她绝对有被这么说的资格。她个子不高，即使我坐着也能与她领口的第二颗纽扣平齐。但她娇小可爱，戴一副圆框眼镜，面色白皙而透红。更重要的是，她的未来一片光明。

她露出自然而礼貌的微笑。不，或许是尴尬的假笑也说不定，这实在难以分辨。如果我刚才的双眸哪怕能显出一点聪敏的光，不显出也没关系，那前一种的可能性就大大增加。但如果像我担心的那样，我的双眼透出那种原始而荒淫的仿佛尼禄眼中倒映的火光那样的东西的话，那想必我将被大打折扣，成为要被低价处理的垃圾。

拜那杯咖啡（或许还有她的微笑，这画面印在我脑海里，不知怎的就忘不了）所赐，我今天取得不少进展。推导过程过分烦琐，甚至还用上了几个三四十年前才证出来的数学方法。最后的结果也相当简易，简易得让人难以置信。在这个理论体系中，没有稳定性质的系统排列状况是分立的，而且都是质数。

"但并非每个自然数都行。"研究员指着4号方程说。

"对。事实上只有这些数绝对是稳定的。"我沉思，然后开口，研究员做记录，活像神灵附身的萨满胡言乱语。

"2，3，5，7，11……"我说到一半，忽然住了口。

"质数列？"研究员问。

"对。"我说。

房间沉默了下来。想必是个大发现，简洁而优美，想必是好理论的特征。但优美的都不是好理论。我验算后几个数，跳着抽验，直抽到了2311，系统已经像个破烂的皮球那样摇摇欲坠，但还不倒下，甚至还有点伸缩性，但只要我略微地加1或减1，系统便立刻倒塌成为碎块。

"似乎没错。"我说，"似乎真的没错。"

教授喝下一口咖啡，研究员则奋笔疾书，而我则抓挠着自己的头发。为什么偏偏是质数呢？连7和11这种我相当深恶痛绝的数字都包括在内，都不包括24，36，144这样美妙的数。

"为什么呢？"我想着。

"不对称性？"研究员说。

"对！"我猛拍一下手，"在系统是合数时就会立刻分裂出数个它的质因数中最大的一个。然后继续存在。那问题就解决了。它必然会分解成数个完全相同的系统，否则能量就不对称分布。哈，为了能量对称居然还要让它变成不对称的。"

"好了，"我冷静下来，"想想别的。如果序数是空气会怎么样？

只是想想。反正造不出来。"

"虚无，什么也没有，无时间、无空间、无能量、无质量、无力的作用。"研究员说，"所有的结果都是零。"

"负数也无须多讨论，不过是其绝对值的反演。但是，"我咽了口口水，"正负一呢？"

"它不应该存在。"教授说，"否则一切都会崩溃为序列一，但是我早就证明了有其他序列存在，连这个宇宙的存在是什么系统应该也能算出来，只不过数大得不得了而已。"

"但是零才是虚无，正负一应当是有什么东西在那里。它存在，它又不存在。见鬼，头一回见这种东西。"我说。

"方程无解，微分也不存在。"研究员说。

"那可能说明它是无限大和无限小，不是吗？"我笑起来，"不可导不代表不存在。"

但这样想必定永无止境。"算了，今天就到这吧，再想下去，笃定头脑胀痛，暂且先把它当作不存在，回头再找严谨的证法好了。"我伸个懒腰，"我今天有个约会，知道哪里有好牛排卖？"

他们还沉浸在思索中，过了一阵才猛然醒来"噢，你年纪还不大，正是招蜂引蝶的时候。哈哈，今天还要亲自下厨招待人？那可不得了，我知道一个好地方都是现切的好肉，这个点应该刚宰一头，我告诉你地方好了！"教授一副感慨而兴奋的模样，显露着对年轻的渴望。当然了，他依旧不时说他宝刀未老。

到那家肉店，果真不同凡响。店内人头攒动，似乎都是达官贵人的家厨，表面都挺和善，但谈起肉却都严肃起来。神情无异于调整实验室用量的化学博士生。

选肉地点在仓库，面前的牛体还冒着热气，臭不可闻，谁又能想起来自己口中的佳肴是由此而来的呢？尽管如此，那些厨师却毫不畏惧地对今天这头牛评头论足起来。好些厨师亲自操刀选肉，手法娴熟毫不亚于久经案板的屠夫。

轮到我时,在这种场合毫无发言权的我只得对屠夫说要牛菲力,一斤左右。他一脸对付新手的坏笑,解开牛后身,热腾腾的腥膻味便又散发出来,只不过现在的我即将习惯。新鲜腥味有点发甜,这倒不假。

他把牛菲力取下放到案板上,这会儿这块肉在我的眼里与其他部位并无多大的区别,自然没法分辨好坏。我开口重复请切一斤给我。屠夫看了我一眼,切走大约三分之一,拿塑料袋装好递给我。温热的血沾到塑料袋口,让我感到手掌发黏。

走回家,把牛肉洗净擦干。准备好多材料,毕竟菲力金贵,没有闲工夫浪费在找工具上。

热好锅,一定要够烫。倒一点橄榄油,在菲力上撒一点盐和胡椒,下锅一面面煎。六个面都刚刚变褐而没焦化的时候放两个从中间拦腰切开的蒜和百里香,切一块黄油入锅。然后把菲力放到蒜上,免得煎焦。

接着,装模作样地用勺子把油浇到牛排上,据说菲力能吸收这些汁液,从而使自己的汁水丰富。过程不短,油也没见少,我不禁怀疑自己是不是煎菲力煎老了。

做完这一系列烦琐的工程后,把整个锅连同菲力和大蒜之类都放进预热好的烤箱里烤十分钟,是为了上色。"啪"关上门,把计时器一拧,我瘫倒在地上叹了口气。最近好像光做饭了。我用力搓搓自己的脸,感到皱纹似乎爬上了我的全身。而在皱纹里堆积的则是死的污泥。

瘦猫毛上的结块,我想。那就是瘦猫如此污脏的原由,它从未梳理过自身的毛,那是死的重量的堆积。死的块体,the cube of death,似乎也正占据着我的脑袋。仿佛肿瘤一般鼓起的块体,毫无颜色——既非黑白,亦非透明,而且只是没有颜色——充满了大脑,内里也是苍茫的虚无。无时间、无空间、无能量、无质量、无力的作用,研究员说所有的结果都是零。

然后烤箱的计时器还在急促而细弱地动。我猛地起身,从冰箱里拿出直身面。剩下的量已经不够一人份,不过作为两个人的头盘分量似乎

刚好。我把新鲜的螃蟹一蒸，剔出肉来在黄油里略煎，然后加牛奶和面粉熬煮出来当意面酱料，最后要淋上这螃蟹丰厚的蟹黄，记得搅拌。

我又做了凯撒沙拉和上次没吃完的方饺，里面除了蘑菇、培根，还有干贝。做好的热食通通放到烤箱里保温。我不知道设计者为什么会给一间公寓配备好后墙来安放嵌入式烤箱，不过反正没影响到别人，再说了，我又知道什么呢？

最后我想起才买的即食火腿奶酪拼盘，便撕开塑料膜，放到桌上，起身上洗手间。一种强烈的无力感在全身渗透，仿佛我自始至终都只是活在某条轨道上，连侧翻的权利也没有，时机一到，便在巨大的山前被撞成肉饼。不会停下，自然不会停下，有什么东西在我身体里加煤，灼烧，并将其转化为能量。

想必是鱼。对，想必是鱼。庞大的洄游鱼类群，遮天蔽日，把我团团围住。要么化为鱼类加入潮流，要么就在黑暗枯寂的狭小空间里死掉。然而加入鱼群也只是换种黑暗生存，只是从冰凉变成燥热罢了。都一样，总之都要死。不需要这样，就像睡觉时选左侧卧还是右侧卧一样，并不影响什么，至多第二天头发乱的方向不一样罢了。

海水都一样苦涩。

就在这个当口，门铃响了，我打开门，她正笑容可掬地看着我，手里提着装有红酒的纸袋子。

"抱歉，我并不那么守时，今天又有诸多事情要忙，所以迟到不少，不介意吧？"

"自然不会，喝醉时的约定并不需要遵守，你能来这里，我已经很高兴了。"我尽量打起精神。

"不过你还是守约了，不是吗？"她笑起来。

"没忘记嘛，后悔是后悔过，但是都答应下来了。既然应承了，就得实施。没什么，就跟因果关系差不多。"

她走进来，关上门，把棉大衣挂到门旁的置衣架上——那原来是置衣架啊,我想——再摘掉眼镜放进大衣口袋里。普通人戴久了眼镜摘掉会显得奇怪,但她摘去眼镜倒显得浑然天成——不,本来就是天成的——当然戴上眼镜也并不奇怪,就像纸从一面换到另一面那样。

脱去大衣的她显得极为丰满,黑色高领毛衣把她的身形勾勒得凹凸有致,下面的黑色短裙和腰带也显得卓尔不群。长筒袜更是让她高挑的身材显得更为傲人。略年长的女性,想必有许多经验和智慧。

我打开一瓶红酒,从烤箱里拿出锅来,然后才想起来桌上没有东西,急忙把蟹肉意面端上来,让她先尝尝,稍等一会儿,酒要醒,菜也要收汁。

用红酒把锅底的焦化层收成调味汁,浇到菲力上,就算完成。我把菜放回烤箱保温,回到桌旁。她一点也没动那份意面,我很担心。

"做得不好吗?抱歉,技术不精。"

"不,只是在等你。"她说。

气管猛然收缩,心跳也变得又快又重,嘴唇变得干裂,喉头也开始发黏。我喝口水,感觉自己的呼吸正变得温暖湿润,反倒把嘴唇上的水分带走。我脱掉毛衣,可还是有种闷重感附着于全身,使我反应迟钝,感受枯干,皮肤皲裂——并未皲裂。有此感觉罢了。

我揉搓双眼,似乎眼内有瘙痒感。尽管我一清二楚,瘙痒感并不在体内,只不过四处游走罢了。我又挠挠脖颈根部,挠挠大臂外侧,挠挠背,几乎把全身都挠个遍——自然没有,只是如此感觉罢了。

我不自然地坐下,双手拢住口鼻深呼吸了一口,几乎把肺撑大到破裂——自然没有,只是如此感觉罢了。我咽口唾沫,聆听闹钟分秒针走动的声响,几乎一分钟才响一声——自然没有。

"怎么了?"她笑笑,打破寂静,我几乎打了个激灵——自然没有。

于是我们进食。我笨拙地旋转叉子,差点把它弄掉到地上,没尝出意面的味道。不过看她的表情,想必不坏,吃完意面,我起身斟酒,把主菜端到座位前。她用食指、中指同拇指夹住高脚杯脚,我也如法炮制。

"Cheers."她低声说。沙哑而性感的女低音，附着了一条晚霞般韵味的流苏穗须，让我后背震悚了好一下，酒差点洒出来。酥麻的感受一直停留在后脑勺，在喝酒前就让我感到舒适而困倦。

结果酒精的苦味却让我清醒，更准确点，是让我脑袋两侧偏头痛。头痛又和穿毛衣带来的静电的压抑感糅合起来，让我被冷风吹红的脸显得更加苍白，好像喝醉了那样。

"你喝醉了？"她说着，"昨天可不止这点。"

"当然没醉，"我小声说，"只不过工作一天很累，尤其脑袋。"

"工作太忙？"她伏在我身边问，即使不穿外套，她也仍然温柔，也就是说这并非伪装，而是货真价实的反应。

"算是吧，今天进展颇大，所以趁热打铁，六点半才离开。"我说，"需要灵感的活计。"

"科研。也算是门艺术，时而优美。"

"艺术之作？"她问。

"喜欢工作？"

"喜欢有进展的工作。"我直言不讳，"那种时候挺美妙的。"

"我也喜欢我的工作，起码不讨厌。"她说。

"什么工作？"

"教师。家庭教师。得什么都会一点，从音乐到两门外语，还有数学也要。所以只教了小学生。"她说。

"家教清闲吗？"我问。

"哪儿啊，累得够呛。好在能看见成果，比无休无止的撰写文章前半段的工作要有用得多。以前我任职于一所初中，教师范文一般就这么造出来，和一个其他老师商量一下，我写开头，他写结尾，然后拼装，好了。"她拍一下手，"范文就这样诞生。所以我辞职了，至少不用在意拼接这回事。"

"家庭教师，要去学生家里上课喽？"我问。

"当然也经常到户外上课，不过总的来说还是在学生家里上课比较多，毕竟年纪小，还得照顾吃饭。"

"教了几个学生？"我问。尽管我对回答并不感兴趣，但她毫无睡意，因此我也强撑着没有入睡。或许我只是想听听她的声音，看她嘴唇一张一合。在完全剥离性意味后，她看上去风韵犹存。一种沉积的时间的韵味在她的声音中浮现，仿佛《时代》周刊那万年未变的TIME字样，我多想在这声韵中沉入梦乡。

"两个，双胞胎姐妹。大的伶俐，小的天赋异禀。"

她去置衣架把大衣里的手机拿出来，把拍的照片点开让我看："很可爱，对吧！"

几乎是无条件反射的，我意识到一张巨大而错综复杂的关系网，不重要的部分逐渐变淡消失，只剩下某些部分越磨越亮。我无意识地脱口而出："红和青。"

"你认识她们？"她问。

我无力地点头。偏头痛已经剧烈得宛如颅内产生了巨大的气压，要把脑袋整个撑破，晕眩和困倦使我语无伦次，舌头打滑，口齿不清，数次咬到舌头——咬到了也无济于事。

"抱歉，今天太困了，脑袋根本没办法运转，或许该睡一觉。明天一定会详细地告诉你，实在无礼，不好意思。"我闭上眼说出这一番话。

她想必也很意外。但我无从知晓，我最后只能听见她的长叹，她伸手关灯的声响，感觉到她在我额头上的轻吻以及那之后残留在额头上从内散发出的酥麻而瘙痒（但并不难受）的触动。

停驻的鱼儿就此安眠。

半夜里我自然地睁眼。极其正常而朴实无华的睁眼，既不睁破眼眶，也不开缝偷瞄，更不仅仅睁开一只眼。只不过是平静而温和地结束一次睡眠而已。不引人注目，也不引人遐想。

只不过我仍然很困。偏头痛烟消云散，想必打道回府。仅余留一股奇异的酥麻感在我全身盘旋，那是尚未蒸发殆尽的困倦的余波。我离开被窝，外面冰凉的空气使我清醒过来。

眼前是一片——一片存在的虚无，一片苦涩的惊诧，一片一切的杂糅，一片——黑暗。我漫无目的地行走，脚不是一种冰凉的附着，如同密度较大的黑暗本身，然而我并不陷在内。我正受累于此处。一种原始的渴望令我想脱离这里，哪怕沉入黑暗也好。

而在黑暗中，逐渐浮现一片苍白，死气沉沉而污浊的苍白。它使我下意识地感到恶心而疲乏，但却无法呕吐或休息，因为这是一种隔离的感受，当我意识到时，它便消失不见。在这种反胃的痉挛与隐隐作痛中，那黏稠着鼓动的同样苍白的东西——连东西都不是，那是我的灵魂！我号哭着说——显出外形来，在我的感觉上翻涌。

动物性的苍白挪动着枝干，在黑暗中舞动或是扭曲。而它并未离我而去，我知道的，它会将我引导，正如蜂蜜带领花香。我着装整齐，跟随流动的苍白移步。

她脚步轻盈，宛如亡灵节上的尸骸跳跃，正是静止的活跃感。她溶解在夜色中，像躯体那样无处不在。随着她的寂静，我倚身在暮色里，感受着我自身哀伤的网，群星早已被啄食殆尽。

我凝固在此间，舞动着长鞭——感知力的具象。飞翔的灵魂早已脱出躯壳的疆土，我等着它带着我的猎物回来。透过脆弱的友谊样的关系，我品尝到它咀嚼的快感。

新鲜的苦涩感，晦暗的鸣声，本体论的黑暗将我团团围住。愿我们曾与夏娃一道在毒蛇的注视下不知廉耻地舞蹈。行走在花瓣修长的纹路间，明媚的虚无向我招起孤单的手。干涸的房顶上，形单影只的动物正放声高歌，吹拂着我的是绝对的天风，透析着我的亦如是。苦难的长路她蹦跳地走着。我已无法分辨事物的远近。

透视法，这里不需要透视法，人人都闭上眼睛起舞。主观的暴动渐渐平息，罂粟花吻起我的手来，而我跳起轮舞，一个人握着自己的手。绽开的苦荞麦，把它丢在一旁，等它发酵出词汇的酒了，我们再去看它。现在只管跳舞，没有鼓点的舞，杂乱的韵脚，发白的梦。

华丽的脚步掠过树梢，漆黑的长风掠过头顶，惊诧的鸟群掠过边境。与十七片花瓣的花一起，可憎的其他东西将我掩埋。涌现的群认不出彼此，也不打开外界的灯来相识。紊乱的条纹环绕在此间，可爱的破碎镜片。哦，愿你饶恕我的粗鲁！平易近人的山毛榉与形而上学在彼此相绕。不再被完成的椭圆也闭上双眼。闭上好了，愿你平安无事，不再受感情的困扰。

喧闹的感觉啊，请你安静下来吧。在遥远的彼方，不受控制的颠茄也萎缩下来，迷醉的人停下脚步，严谨的人昏迷不醒。与被迷醉的桑椹一同破损的清澈汁液，在地下焕发出生机，在悲苦的传说中稀释得一点不剩。可凝视着这里的极乐鸟，才刚刚停止歌唱，就连声音都一丝不剩地坠落在地上，变成燃烧的冰凉液体，而与尚未松开联结的手的我们并列站着的石碑，还不断被侵蚀而呈现新的字样，顺畅无阻的书本在被翻阅，我还能发出凝滞的苦香。

在这期间，哲学还无法简短地概括死寂地矗立着的黄花风铃木。生命是一种假象，终究要破灭。将会有穗须来将我包裹，正如倾倒酒的人被刺激得烂醉。我平静地伸开双手，湿润的泪水将它们裹住，与平缓，或者与遥远的代名词相撞，都不值得。

围墙降落，成片的围墙，像地平线一样绵延，绿松石般朴素而粗糙，并不勇猛，也不混乱。也没有击键声的回荡。我靠在上面，感到天旋地转。醒来时，抑郁的晨光即将出现，冰冷的围墙在我身下挺立。

我正躺在地上，面前是围绕着我的四面朴实无华的墙壁。我站起身来，拍拍身上的灰尘，看了一眼床上自然熟睡的她——红与青的教师，前去准备早餐。

磨咖啡豆的气味，我相信是气味而非声音，把她唤醒了。她起身，

抓吃撒有砂糖的可颂面包，喝了我煮的未经过滤，渣滓颇多的咖啡，然后才吃刚煎好的热腾腾的培根蛋。

不久后她起身。从大衣兜里拿出薄片服下，穿上衣服，去上厕所，补妆，然后离开。走时悄无声息，连关门都小心翼翼。

"哦，我叫苏西（Susie）。"走前她说，"叫我苏（Sue）好了。"

此后苏便常来，还带着红和青一起——相遇的原委早已解释万全，滴水不漏，偌大的房间便时常被笑声填充。

她们（没有男人，我这才发现）都是好人，一等一的，实打实的好人。会在难过时安慰人，会在生气时平复人，人笑时她们也笑。通通发自真心，而且还漂亮。我补充，这点不能忽略。就像提起海洋一定会说起碧蓝色。

但是不知为何，我越是与她们——作为一个整体，不能也不应该割裂看待——相处，我就越是想要逃离此处。鼓膜发出声响，脑后隐隐作痛，喉头愈加发苦。会有什么在迎接我，而且它已经在那里，只是静待我来。

深夜时，每当回想起诸如此类的话语，瘦猫便悄然而至，它似乎已经接纳了我，时常跳上我的被子，也不再躲避我伸出的手。在触及毛皮以及下面那个活泛而柔软的肌肉和光滑坚硬的骨头时，我时常会流下泪水。并非悲伤：又有什么好悲伤的呢？只不过流泪罢了，只不过排出些液体罢了，又有什么关系呢？

触及瘦猫时，思绪不知怎的就化为粉末，被风吹散，我仍然能思考，可想出来的都是些片段，片段，片段。俄狄浦斯、歌利亚、东方三博士，对撞机，雨季，夜晚的蝉鸣，白日的寂静，旖旎，破裂的亚宛亚芙，融化的鲜花。它的芳香从不隐藏在森林之中，而只是匿迹于杂草之间，从而带来困意。身体此刻（在想象中）便被床单吸收，湿地滩涂一样。

只有在偶尔有精力时，我才会答应她们来，其他时刻我便都以身体抱歉为借口搪塞过去。抱歉，今天电话亭施工，我（在想象中）把这个牌子挂在门口，让其他东西不愿轻易进来。

房间里充斥着破碎的字句，广义的，盲目的，幻象，偏见，诸如此类，像蚊虫一般飞来飞去，吵闹不堪。嗡嗡声又带着困意，字句们用软沙摩擦我的头皮，让我陷入睡眠的孤寂之中。

死亡。这个名词或者这个命题，在我脑海中挥散不去。这么一想后，还在房中的字词便都变成了"死亡"，相当多种语言。包括我熟识的和我完全没见过的，但都能抛脱字体的外壳，将大同小异的概念传达出来。那是隐匿在文化之后的概念，深埋在浅层的沙土中的地核。

睡觉——床垫吮吸着我。

针叶掉落，马儿倒下，瞳孔放大，双眼失焦。有时嘴角上翘，有时不，有时闭上双眼，有时不，死因也各所不一。有人死前心平气和，也有人伸出手乱抓，试着抵抗什么。都死了。

睡觉——掠过视界，抵达扭曲的时空，并先他人一步死亡。终结的高原，平静的风拂过，不过如此罢了。

我沉沉睡去。梦中并无死亡，也没有秃鹫叫个不停。具体有什么我已记不真切——梦也被尽数切碎。

醒来时，红和青坐在我两侧，苏在我坐习惯的椅子上休息。而瘦猫躺在我的膝头上。困倦滑进血液，就像子弹滑进弹仓，昏昏沉沉。

我无意识地抚摸着猫，直到它忽地跳下离开，门从未关上，迎接客人的电话旁不能关上卷帘。我回过头来，青正注视着我。

"那天应该说过，我经常见到一只猫，但我没养。"我说。

她只是定定注视着我，没有吱声。几根猫毛掉在她脸上，她伸手抚弄干净。

我搪塞说前几天得了流感，喉咙还挺痛，不过好得差不多了。她们没有质疑。于是我们出门寻找饭店。

簇拥，词语浮现，被拥簇着前进，一如软弱的雄海狗在雌性的鼓励下探索岩滩上的山洞。我领着她们在街上行走。困意逐渐爬上脸颊，我毫无驱散它的意愿。我在变得冷漠，我想，我不想再无所谓地关心他人了。

尽管这么说，但无意义的热心想必还会继续存在，生存的重荷来源于他人。我思索着这些东西，盯住远处独自一人坐的女孩进食。

冬天我还是喜欢吃些辣的暖暖身子，点了西班牙海鲜饭和辣味炖菜，她们则无此嗜好，红要了火腿和黑椒意面，青要了三文鱼扒，苏则点了野鸭肉。饭后甜点是苹果派和——我从没听说过——白萝卜冰沙。

味道不赖，我特意嘱咐要多放辣，最后也只是刚刚好。她们看上去倒是心满意足。苹果派味道也好，香甜，仿佛奶奶倾注了爱心所做——我奶奶自然不会。白萝卜冰沙没什么味道，她们都不吃，好在分量不大。其实有股白萝卜的甜味，但实在太稀少，连萝卜泥味都比它重。我的的确确渴望一股有冲击力的味道，什么味道都好，哪怕是能致死的苦味也不妨拿来一尝。

"感冒刚好，想吃点味道重的东西。"我自言自语。活像患了阿尔茨海默病。或许我已经得了——谁又知道呢？

热烈的感受！我像溺水者需要稻草那样需要它。暴饮暴食，痉挛的全身，刺痛的皮肤，灼热——或者寒冷——的感触，还有无来源的剧烈的痛苦，我需要它们，生命力唯有如此才能体现！就像没事时感觉不到心脏一样，只有濒死时才会有感知。温吞吞的生活——快去死吧。

吃完饭，我们去了公园，小孩在前面跑——青今天兴致不低，红倒一如往常——我和苏则在后面跟着。跟在少女后的执事——鸡仔漫画一样的念头出现。我既不年轻，也不善操持家务，执事还是恐难从命，诸位还是另请高明。

夜晚，此处灯太黯淡，呈现一片昏黄——时间感。所谓浪漫大抵源出于此。成为伪命题的时间仍旧虚假地前行，在物件上留下厚重的痕迹，仿佛面包壳上的纹路。苦涩的气味。孤寂，我想要孤寂，但我又时时刻刻希望待在她们身边。"你不在时,我和你一起,你在时,我和我自己。"

手指传来一丝温暖,是苏在够我的手。她很快将其握住,随后以此为锚点靠近我。她注视着我的双眼,我也凝望着她的双眼。身形隐匿在光线营造的阴影中,我们相拥,亲吻。

自那天以后,我和苏变得疏远,自然现象,任谁来都要疏远的。只在红和青要来时,她才会打电话问我,而且一月至多一次。其他时间她都用"奇叔叔忙"来搪塞过去。她如此对我说,我保证。

重拾孤寂,我想,不过是重归平静罢了。短暂得应被忽略不计的热闹生活。罢,我应当独自一人。尽管她们的痕迹随处都是,宛如被狼群袭击过的猪圈那样一片狼藉,但一切总归要结束了,我似乎很高兴。

冬天仍旧适合蜗居阅读,痛饮啤酒。但不知怎的,我没法再沉浸得那么深,不再分清白天黑夜了,更新的荒凉。于是我白天阅读,晚上便思索死亡,尽管它已经不再吸引我。

死亡,不过是死亡罢了,不过是出生的反演。我们在从未预料的时间点被抛入生活,又在同样从未预料的时间点被抛出。为什么只对死亡有根深蒂固的强烈感受呢?我们对出生前的世界和对死亡的世界同样无知,却从未对出生前有过丝毫感受。出生前并无感知,死后也并无感知,并无区别,都一样,全都一样,什么都不是。

每当我思索时,瘦猫便悄然出现在我身边。我们在空虚的房间中依偎。偶然出现了又偶然结束的交往,如蜻蜓点水般短暂,转瞬即逝。归根结底还是我不擅生活。

短暂的生活。

泡影一般消失在冬天的雪花下的生活。

苏也打过电话给我,为别的事。

"问一下,你有养猫吗?"电话那头的声音听来极端疏离,就好像她在跟别人说话。

"有。"我嫌解释太麻烦,"怎么了?"

"嗯。青说你家有猫,但我和红都没见过,怕是幻觉,所以来问你,真养了?"

"养了,平时躲在衣柜衣橱里。怕生。那天出来找我时,青正好醒着,就给她介绍了一下。"

"叫什么名字?"苏问。

"没名字,我想不到好名字,但是一想到猫它就出现,心灵感应一般,所以不麻烦。"

"嗯。"她挂掉电话。

疏离感。

对话的虚无,或者说虚无的对话。

孤寂,更强烈的孤寂,收缩在喉根下方七厘米处。感觉它,只是感受它,而非忍受或者享受,那都是有失偏颇的。锁在冰湖中央的犹大唯一的慰藉想必就是孤寂感。

缓慢游移的滞涩之物,游荡在全身各处,带来一种古怪的瘙痒感,并不使人想要抓挠。仅仅是存在。与其说瘙痒,更不如称之为凝固感。封存的部位脆弱不堪,但又十分坚硬。顷刻间,凝固感又变为游荡感,在我身体中盘旋的光滑生灵摩擦着我的器官,带来瘙痒感。三者统一于那只游鱼上。

游鱼,在我身体里游荡的鱼,它不时颤抖,让我感到自己的悸动。生命的悸动。那是轻柔的抚摸,而非虫行蚁走的痛楚感。那只是温和的叹息。叹息。叹息。

在叹息中,我陷入睡眠,那里不会有疏远的人群。那里有一首无调的民歌,我已不愿回忆它本来的模样。

冬去春来。

仿佛没有间隙,降落的雪融化成了雨,天气依旧冰凉,甚至比前些日子还要冷些。清冷的雨打在清冷的窗上,为我带来困意。据说雨声与胎儿在子宫中听到的声音如出一辙。因此我们思乡,并陷入长久的沉默中。沉默。

直到有什么打破沉默,"笃笃笃""叩叩叩""砰砰砰"。各色音响每样响了三遍。大约是身体和木门相撞的声响。我没动,仍旧坐在窗旁注视冰冷的雨。雨仿佛成了静物画,固定在窗柜之间,与声音完全割裂开来,成为一件全新的事物。

"叮咚"。门外的人这才发现门铃。不出所料,也是连按三次。我将吸进的空气尽数吐出,长得不可思议,然后起身开门。早该这样的,拖延什么呢?门外有没有漂亮的女孩笑吟吟地看我?

门外是个女孩,浑身湿透,似乎淋雨走来,她笑吟吟地看着我:"你好,能让我进去?"

半夜里我醒了,应该是醒了。或许是梦,谁又分得清呢?

我仍旧坐在床上,靠在墙边。女孩已不见踪影,瘦猫也没出现。四周一片漆黑,唯有窗——窗样的东西,是镜子也说不定,但应该是窗——透出些许光来。各色的光,以红、黄、白为主。它们在雨中变得模糊,在夜里被稀释光芒,在窗上成为细弱柔和的光圈,印在我的眼中。疲惫感,也从窗外袭来,在房中踱步,并不来到身上。

除了疲惫感的踱步声以外,就只剩下雨声。细密的雨声,雨点应该也不大,如同尘埃的雨,本该在空中就蒸发殆尽,却依旧能浸湿人的脸颊。散射着周围的光的雨点,在黑夜的薄纱绒布上显得尤为突出。挫败感,我感到有些冷,却伸不出手去拽被子——出于厌倦的懒惰。

雨点连成雨线,逐渐大了起来,窗外的灯光越加模糊,喝醉的酒一样。雨的声音——撞击在各处的声音——也逐渐增大,覆盖每个频段。囊括世上所有的声音。我说过和将要说的,听过和将要听的,都已经在此中。踱步声也慢慢地被掩盖,直至完全消失,疲惫感仍在我身边盘旋。有微弱的气味传进来,雨的气味。那是一股薄淡而有存在感的味道,并不香,反而接近体味,但并不脏。

随着这气味越加浓厚,雨声也越来越大,将我包裹其中。这是寒冷。我便要在这寒冷中休息。仿佛有风吹过一般，一阵平稳的颤抖传递到了全身各处，灯光已经无须再辨认。我合上眼。

夜里我醒来。我一直不怎么睡得好觉。就像K从来没进入城堡一样，我应该也被梦乡拒之门外。它就在那里，但我始终在其脚下，与残破的标点度过一晚。

夜晚寂静，声音听来都一清二楚。自己的呼吸声，窗外微弱的嘈杂，不时有汽车鸣笛，还有谁人的低泣声。一切都显得无比安谧，一如爱丽丝的树洞。

"穿过悲伤大西洋的无人之地，切成了碎屑。"

我平静地四处张望，想要寻找低泣声的源头。但这声音实在太过微弱，听来总觉源自四面八方。是低泣声无疑，谁人在某处抽噎，流泪，偶尔抽动鼻子。并未哭叫，或许已经哭叫完了。听来没有任何多余感情，没有悔恨，没有愤怒，没有悲伤，只是纯粹的抽噎，纯粹的低泣。没有目的，没有原因，仅仅是低泣。

"每当这时我总是静坐不动，独自盯视一个人。"

他究竟盯视着谁？我觉得既非失主，也非父亲，更非自己，而仅仅是一个素不相识的人罢了。在庞大的声音面前，人总会静止不动，盯视着某件物品，可能是人，可能是橘子，可能是镜子，那里有我自身的投影。于是面对镜子时，我便想寒暄两句。

"我不悲叹，我孤寂的爱人，生活得比我快活。"

无人为我伤心，我闭上双眼，无此必要。我闭上双眼，或许没闭上，静待阳光到来。

耀眼的阳光。躁动、愠怒、懒散、左顾右盼、伏尔坎尼克、未完成的咆哮，烈怒之日加百列吹响号角，我们竞相奔逃。

无名的怒气在胸腔淤积，使得大脑膨胀，思维受阻。我起身前往浴室，抓乱头发，用冷水冲澡，可未见丝毫成效。眼睛依旧那样肿胀作痛。学生时代也是如此，每当我向女孩表白后，第二天必定是个艳阳天，燥热难当，蚊虫密布。曾有蚊子叮咬我左眼眼眶，直到第三天眼眶才好。

我在浴室里张望，试图找到什么东西打碎，可什么也没有。没有东西破碎，没有东西会被我破碎，没有东西会被我破坏，没有东西被改变。脑海中破碎的句段明确传达着这样的讯息。一切都如秒针般按部就班前行，没有东西消失，如果有，那这个位置也会很快被顶替上。洄游鱼类不断前行，前赴后继。它们越过山崖，突破漩涡，永无尽头地前进。不会有离群的鱼，也不会有鱼在乎离群的鱼。那里燥热，稠密，坚不可摧。这里冰冷，孤寂，玻璃般易碎。

我呆坐着，怒气消失不见，絮语在我口中被重复地呢喃。偏头痛——长期积蓄的——礁石般遮遮掩掩地浮现。我不断屏住呼吸，试着打起精神。但又泄气。我吃惊于自己的优柔寡断。不，它"从起初就伴随着我们，像门柱般牢固"。

它只不过躲在门旁的阴影里。我的软弱，它从未被我驱逐。我知晓这一切，我看得到它露出阴影的肮脏的脚，但我不敢面对。我知晓我的懦弱，我从不是一个独行客。我渴望人啊！让我交流，无意义的也好。我怀念我认识的人们，我想与他们推心置腹。让我撕开我的胸腔，扯出我鲜红而污脏的心脏给他们看。那样我便不需要孤身一人，我能溶解在众人之中，乌合之众！洄游鱼类没有私人，无须争斗，所有人都将彼此接纳，乌合之众！

夜晚我一人睡下，注视着——什么也不注视，夜晚能注视什么？不过黑色的粒子撞击我的角膜，随之呈现窸窸窣窣的图案。当然，图案是寂静的，或者说是沉默的，葬礼那样，而发出的声音是别的什么东西。别担心，孩子们！摔倒了还能站起来！我不禁想，但大家都没有笑出来。

隔绝，无力，能量守恒。我被钉死在空间里，任凭我如何移动也无法脱离，婴儿般的挣扎。堵塞与黏滞在尿道口的精液，我要呕吐，我在此间沉思。

谁人在饥饿地哭叫，我聆听着他的声响。连概念上的饮食都没有，此间不存在，不会出现物质。没有精神的罂粟，没有理想的门窗，没有幻梦的酒浆。寂静将我团团包围。

写实的哭叫声远去了，紧接着迎来荒诞的雨。雨润湿的草地一如漂泊的发丝。我便在丛中迷走，小腿被其淹没。

虚无的冷漠感，或多或少的字句从树上摔落，在地上腐烂，发出冰冷的鲜味。结出言辞的树则弯曲着，凝望脚下被橙红落叶覆满的地表。一些人被埋在树叶上，我没有在意。他们将与冷漠的花一同探出地表。

二律背反的群山，横跨在谵妄的群星之下，其中一座发出月亮的光。我不打算用任何一只眼注视它。明确的刑具在谁人——我？——背后刻着血字。流放之地——自愿的——的光景。

这儿，这里。繁文缛节的空白打开了它的城门。头戴黑纱的女子伸长手臂在这里做着永恒的舞蹈，还是祈祷。老旧的荒凉上满是人影，新的荒凉上还暂且悄无声息。我们蹑手蹑脚地跳舞，生怕惊扰了死神浅近的梦。

黑纱像月色那样铺天盖地地降临，呼吸又将其涨破。这如同潮水一般层层叠叠，在其间跋涉逐渐变得艰难。离我而去的叹息声，悲凉脆弱的书页，未曾参与的慢性毒药，都在此处埋葬我。我静默地向前走。

透明的河流中，没有人帮我划船，游动的斑驳黑影跟随着我狭窄的独木船只在冗长如似水年华的长河中游动。除此之外，便再无其他事物随我改变，尘烟如同固体般静止，连拔都拔不开的暗淡针叶随风嗡鸣，也不管我远近，新月细如发丝停留在原地，只有斑驳黑影在我身边前进。那是洄游鱼类。

无数冰冷的鱼在此处缓缓游动，如同徘徊一般。冷光透过鱼之间，留下树荫一般的影子。我将手伸到水里，并没有冰冷的感觉，只剩下残留的流动感。这时船上的瘦猫忽地抖擞精神，猛地向水中跳去，然后恢宏的影子消失不见。

瘦猫？

还未等我思索。四周便只余我一人。我在床上久久注视棉被，它已被刺眼的强光照亮。

并非晴天。事实上下着大雨，伴着隆隆雷声降下的瓢泼大雨。风刮得窗户嗡嗡炸响，听得我不禁心烦意乱。我猛地把窗打开，风的声音骤然变大，窗的呻吟也立刻停息。雨滴稀稀落落打在我脸上。我坐在座椅上，紧紧闭上双眼。

雨滴润湿我的嘴唇，润湿我的头发，润湿我的衣服，我的身体，我的鞋，也润湿更多东西。窗外的汽车仍在奔驰，溅起一道道水花。在漫天的水滴中，车灯的光被散射，成为一片扩散来的半透明的红斑，与其他灯光交融在一起，成为一片冷漠的暖色调群，迷住行人的眼睛。

雨天哪有行人？我发笑。谁又愿意撑着伞在雨间行走，而不在安全坚硬的汽车车篷下舒适地坐着呢？像我这样疲乏地坐在椅旁闭上双眼的人……

然后语言又一次断裂，谁人剪断了胶片一般。方才的情绪消失不见，取而代之的是一股需要排遣的凝郁感。悲伤的登徒子。

我披起我的外套，拎起伞，漫无目的地走去。

晦暗的天空下，我举着伞，平静地注视着前方。那里有——有什么？我并不想让双眼聚焦，因此只能辨认出前方是否有路。迷蒙的左右，迷蒙的光线，在雨水的冲刷下洇墨的光彩。不安的乐调。

平均律。我长舒一口气，繁复的单音回旋宛转，八音盒中的芭蕾少女，踩着精确的舞步，将雨水凝结成完美的雪花展示在我面前。在雨中也显得晶莹剔透。

然后，它被雨击碎。尽管如此，机械的少女仍旧踏着精确的舞步，将我引到巴赫般的规整殿堂，氧化而略显黯淡的墙饰，蒙尘而洁白的桌布和餐具，以及墙上的肖像画却显得模糊而不鲜艳，色调棕黄而发黑。

　　游逛，游吟诗人总是游逛，叫人摸不清他的想法。叫人跟不上他的脚步。曲子变换，一代又一代，不变的只有他的笑容，以及人们快乐的舞步。杜鹃不再哭泣，而是跳起舞来。鹧鸪也兴奋起来，用沙哑的声音唱着纯净的歌。琴声变成柴可夫斯基的《糖果仙子》。

　　然后戛然而止。人们立在诗人的墓前，为他献花。

　　"我不消失，我会不断诵唱。"他曾说。

　　群星在树的枝条之间枯萎，闪烁着曾爱着所有人的灵魂的光。我们不为谁祝福，因为夹竹桃早已凋谢。小调式，渐慢，渐弱，风吹拂去一切，余下的连沙尘都没有。

　　正饥饿地哭叫的人啊，不要停下来自你痛苦的咽喉的声响。那声音将呼唤我，为你带去安眠的曲。命运的薄福已然享完，伟大的——不管它是什么——也已经落幕。不要再迈出一步，哪怕是心灵的一步。清水也将流过我们的身体，土壤也将盖过我们的面颊。急走不歇的人也将停下脚步，为我们奉上于我们无用的敬意。

　　欢笑的当然继续欢笑，我们环绕着墓碑跳舞，手中提着烈酒和炽热的花。地面冰冷，所以我们不停下脚步。恍惚间我们仿佛在与死者一同欢乐，尽管我们早知道这只是一厢情愿。藏在它们背后的所谓死亡，与永恒相勾连。但永恒又毫无意义。

　　死亡是一种逆感觉。它毫无感觉，但又像感觉那样冲击着人。"那里什么人也没有，甚至就连此刻在那里漫步的我们也不在那里。"如镜的海面与浪涛一样动人心魄。死者不感觉死亡，他们只是经历死亡，真正感觉死亡的是生者。小鸟离去，毫无影迹。花瓣堆积，埋没膝盖。双眼被黑暗刺痛，进而增大。喃喃细语从令人厌烦到令人恐惧，再到令人麻木，恍如雨声。

　　我在雨中驻足。黑色的铁质长椅上，瘦猫俯卧着。雨水将毛发打湿润滑，显得平整光滑了许多。我伸手抚摸，猫体已经僵硬。

这里是水流，我是漂浮的残骸。我坐到长椅上，感到呼吸缓慢而浅近。你这使者，是要引我到何处呢？我撑着伞想，归宿，冰凉的归宿，暴风雨中的男人，意象倒是不错。

我任由伞被风吹走——其实这时风已经大得握不住伞了——也任由雨在脸上冲撞。树叶一如波涛，在风中现出层叠的巨浪。大风刮过双耳，声音如同旗帜飘扬。仿佛小军鼓急缓交错而错落有致的声响在四周传播。似乎只是我的心跳。

巨大而空虚，隐喻一般的生命。孤独，发音漂亮的调，舌苔抵住上鄂两次，A-lo-ne.我不希望回去过洄游鱼类那样的生活，随波逐流，无法为死者流泪。于是我来到此处。

"无意让你哭泣，若我明天没能回来，节哀，日子还长。"我闭上眼睛，对认识我的人说。并不希求他们听见。投身于蔚蓝深海，四周空无一物。只得如此。

困意涌现，在我彻底闭眼前，一个身影浮现。我睁开眼，一位老者站在我面前。他挂着杖，撑着伞。与身上正式而古旧的西装一同纹丝不动，尽管已经越刮越大，粗壮的树枝已经开始掉到地上。

"你在这儿？"他问。

"嗯。"我困惑地应道。我当然在这儿。

"那么随我来。"他转过身前进。此时雷电震响，使我在原地战栗。但老者未尝被影响，仍旧前行着。

我困惑地起身，没走几步，就被困意迎头痛击。

醒来后，我便身处于一间小屋中。砌于墙中的壁炉内，火焰正在噼啪作响。小巧的木桌只可供六人拥挤地坐下，墙上装着煤气灯，正发出明亮而温暖的光，将房间的每个角落都照得毫无阴森之感。厨房也小巧玲珑，贮藏着番茄、土豆、洋葱、卷心菜之类，也有小冰箱，里面是牛羊肉、鸡蛋。贮藏室挂着七八根火腿，面粉、黄油、调味料之类也一应俱全。没有黑松露，没有鱼子酱，也没有其他昂贵而惹人追求的食物。

我看向窗外，暴风雪正肆意地侵袭这里。

我裹紧大衣，冒着风雪出门，走到一旁的牛棚里挤奶。我轻轻安抚着母牛的情绪，轻轻拍她的背。挤上一桶奶之后就把它拎回家里。回到厨房，我卷起袖子，准备一顿丰盛的晚饭。今晚有人光临。

我打着灶台的火，开始忙碌。将土豆带皮切成薄片，其他蔬菜切成小块，把豌豆从荚里剥出来。熬白酱，边熬边放胡椒，直到白酱变得足够浓稠而且带有胡椒香气就算完成。接下来把番茄碎放进去，撒一把盐，仍旧小火熬成番茄酱。很费工夫。在这时间里，食物的气味逐渐蔓延到整间小屋，使气息变得温暖起来。

"小小木造咖啡屋，蒸馏咖啡香如故。"我低低地哼着歌，把土豆片泡到盐水里去掉多余的淀粉，然后把白酱和土豆层层叠叠地码放好，暂且放在一旁。我俯下身，小心地不让土豆片破掉，相当费眼。不过看上去很好。

接下来煮通心粉，煮到半熟就成。这期间把蔬菜炒到半熟，加一点盐，等茄子把水分都释放出来而且有一点蒸发干的时候，就把熬好的番茄酱加进去搅拌一下，就把通心粉倒进去。不用弄到熟透，拌好之后就也把它放在一旁，把马苏里拉的罐头打开。不必心急。

然后和面，开酥。摊好的面抹一层薄黄油，折起来，擀平。重复几次，让面皮呈现一派金黄。然后把火腿和羊肉切成小段，不要切成沫，然后和洋葱碎一起下锅炒。在锅里调味，让肉馅变得咸香适口。然后用两片酥皮包住肉馅，用酥皮的边角料封边，刷上蛋液，在酥皮上戳一两个洞。

然后，在底下的进煤口添上新煤，烧热炉膛。这间小厨房也依墙砌了一个大烤炉。这个大家伙逐渐升温，我想着，把意面铺一半在碗底，放上撕成小块的马苏里拉，再铺另一半，最后在顶上撒满帕玛森。千层土豆也要撒上帕玛森，然后把三个菜都放到烤炉里烤。我满怀期待地关上烤炉门。

接着用剩下的白酱和蘑菇做了奶油汤，做了蒜香吐司——在炉边用溢出来的温热融化黄油。还做了红酒烩牛膝。红酒是贮藏室里用木桶装着的自酿酒。煮到汁液变浓之后加一小块黄油，让酱汁变得更有光泽。

我一道接一道地做。在炉膛边，就可以免遭冷雪侵袭。煤炭带来温暖，我洗干净手，伸了懒腰，继续我的劳作。

接着门被敲响。我打开门，是苏，带着青和红。苏穿着黑色大衣和黑色长裤，围着一条彩色的针织围巾，脸被冻得通红，犹豫的眼神躲闪地看着我。

"快进来吧，外面冷。"我带她们进来。趁她们在壁炉前烤火，我把菜一一端上来，把帕玛森硬壳切开，把牛膝分小块，然后招呼她们吃饭。

菜还都冒着热气。红和青规规矩矩地用土司蘸着奶油汤。苏则不胜依依地拣起一块烩牛膝，露出微笑。我则为所有人分好肉派。

生的欢愉，抑或死的欢愉？我现在还活着吗？还是说我已经死去，这不过是一瞬的幻梦？此刻我是在随波逐流，抑或孤独一人？我所见、所闻、所尝、所触碰的现实，是我的现实吗？冷酷的序列无穷大的宇宙，何以就此对我网开一面？

我给苏倒酒，给自己也倒了一杯。给红与青倒的是牛奶咖啡。置身于风雪交加的，奇妙而确定的分界线般的小屋中，我们举起手中结实而牢固的木杯，碰到一起，发出沉闷的声响。轻微的颤动传到我的手腕上，我低声说了一句。

"为活着和已死的人。"

大雪封山

"出了点差错。"奇说,没有回头,单从后视镜看着坐在后座的有栖,她抬起头,定定注视着后视镜里奇的眼睛。

"怎么了?"有栖问。

"雪下大了,比天气预报里说的小雪要大得多,而且完全没有停下来的趋势。"奇靠在座椅背上,低下头,长长吐一口气。

"很糟糕,听起来这样。"有栖说。

"实际上也很糟糕。"奇用手指敲敲玻璃,"风很大,而且很冷。它们在拍打窗户玻璃。碎自然不至于,但把人吹跑倒是不难。"

他用手抚摸了一下下巴:"而且雪太大,完全看不清路。车根本没法开,怕冲下悬崖。还是待在这儿保险一点。"

"被困在这里了?"有栖问。

"是,被困在这里了。不过不用担心,雪应该过不了多久就会停,尽管放心好了。"奇说,这样的雪对他而言已经不陌生,有些人家乡的雪那才叫一个大呢,能把铝房顶压塌,牲口都吹成冰雕。

"我相信你。"有栖说,她仍然定定注视着奇的双眼。

"为什么呢?"奇忽然问,"你总是相信我。"

"为什么?不为什么。"有栖说,"也可能是,因为不相信什么会变得游移不定，所以我相信着你。"

"是呢，你这么相信我呢。"奇喃喃地说。

沉默持续了十五分钟。雪丝毫没有变小的迹象，它们降落在周围，被车灯照亮，又反过来照亮车，周围亮堂得好像白天。或许就是白天，雪地里很难分清。时针指着五点，也不知道是下午五点还是凌晨五点，反正周围很亮堂。

"雪越来越大了。"奇说。

"嗯。"有栖应道。

"觉得冷的话可以把那个枕头的拉链拉开，抖开之后就是一床被子。"奇说，"反正有两个枕头，不用担心。"

"好。"她拿过枕头，拉开拉链——卡了两下——抖平了，盖在自己身上。她脸上现出一点微笑，或许没有，他看不大清。

"饿吗？"奇问。

"不饿，才吃了饭没多久嘛。那种地方居然有餐馆。"

"而且味道不错，是吧，煎肉团奶酪和柠檬煎鱼。"

"是不坏，吃着很暖和。"

"不过香蒂啤酒就中规中矩，尽管也很好。"

"是，大叔也很和善。"

奇注视手表，才五点零七。"听点什么吧？"他问。

"好啊。"

他打开收音机，沙沙声从里面传来，只是偶尔有一两句语言。而且别的台更是干扰严重，换都换不过去。

"抱歉，听不成电台，听点歌可以吗？"他问。

"当然好。"

他关上收音机，塞了张CD进去，皇后乐队的合唱响起，是《波西米亚狂想曲》。"我只是个穷小子，我不要你同情，因为我生无痕，死无踪，有时起，有时落。"

奇长长呼出一口气，每次听到这段，他都会想起那个母亲（可怜的！）独自一人的背影，并非要你伤心！若我明日未归……

奇拿出手机想打个电话，发现没信号后又塞了回去。这会儿刚好到中间富有激情和象征意义的乐段，他随着乐段大声诵唱，不能叫你走！

统共六分钟。有栖说了声"真好！"接着曲风一转，有节奏感的贝斯显现，是《输家吃灰土》。

一首一首地接着听，不知不觉过了很久。再看表的时候已经快十点了。雪相当大，在奇这辈子见过的雪里也排得上号。风刮得也紧，从不时振动的玻璃外能听到冷风的"呜呜声"。

"饿了吧？"奇问。

"还好。"有栖说。

"从那里，中间扶手台那里打开，就是后尾厢，里面有个满当当的包，背包，对。那里面有糖和巧克力，另外一边有矿泉水，好像还有面包和午餐肉罐头。"

"真齐全！还有咖啡！"有栖说。

"先吃点，别吃太多，车上撑着会很难受。给我根巧克力好了。再给一罐咖啡我。"奇把咖啡灌了下去。大口大口地，没什么滋味可品。

有栖吃了两片吐司，喝了几口水，然后在后座躺下了，眼睛依旧凝视着后视镜里奇的眼睛。

"困了就先睡一会儿吧，醒时有我在这里。"奇说。

"你不睡吗？"有栖问。

"不睡，得有人醒着，不然出什么状况可就完了，没准有熊，或者什么别的东西。"

"嗯，好。"有栖仍然注视着奇的眼睛。沉默了一会儿，奇把车熄火了。风的呜咽显得更加明显。

"得想办法撑久一点，每十五分钟打着火五分钟，引擎不能凉下来，我们这里也是。不用担心，这样能撑好几天。"

"我不担心。"有栖说，"没什么好担心的，我们会死在这吗？"

"不知道。很少有事能百分之百说定的。"奇应道。

车里再次安静下来，只留下风雪肆虐的叫声。雪相当大，大得不得了。"真他妈大！"他想说，但忍住了。

"那样也挺好。"有栖说着，翻了个身，奇从后视镜看去，她已经睡着了，至少那双澄澈如湖的双眼业已闭上。

奇靠到靠背上，盯着挡风玻璃外的雪。它还是没有停歇的迹象。他盯视着车载电台上红光显示的时间，每显示十五，三十五和五十五就发动引擎。油箱还有一大半，还不太成问题。

奇打开雨刮，看着落到挡风玻璃上的雪被扫开。也有雪积在别处，融化，然后流下来。细碎的雪，仿佛落下来前还没有凝固，在黑夜的空中纷飞。他伸手去摸挡风玻璃，一股更冰凉更光滑的感觉从指尖传来，好像手指也要被冻住了一般。他从后视镜中看到有栖的睡脸，与外面飘的大雪十分相衬。安静的睡容。本来就该这样。他忽然想弹钢琴，不过周围当然没有琴给他弹，或许是窗外夹杂着白雪的黑幕让他想起钢琴。真是好久没弹了。

这么一说，有栖肯定能弹得更好。他这么想。雪一样的触键，好像水晶那样迸出，又像水流那样绵延不绝。有栖和他和雪，真是好朋友一样了。他与有栖认识了十年，和雪认识得久一点。他比有栖大三岁，而雪（如果有年纪的话）也大他几千万几万万岁了。他们三个是同时碰面的，那天他在一家快餐店（现在倒闭了）拿勺子喝套餐附赠的当日例汤，他甚至都记得是什么汤，是五指毛桃炖猪骨，有一块软烂的肉在里面。五指毛桃算半味中药，喝了会发汗，不能大口喝。他百无聊赖地向门外望去，忽地下起了雪，然后有栖走进店里。没有空桌，所以他们坐在一起。他小心翼翼地抬头看有栖的脸，生出一种似曾相识的情愫。然后阴差阳错的，他们就熟悉了。

他又注视一遍后视镜里的有栖，熟悉的睡颜，他曾注视过不知多少次。后来他常去有栖家——特别大，名义上是她父亲租给她的——两人就着杜松子酒闲聊，然后他在客厅睡觉，有栖在自己房间。他起得比有

栖早，于是就守在有栖身旁。他觉得作为一个绅士，不应该让有栖早上见不到人。当然后来这已成定例。那时他所注视的就是这样一张睡脸。左侧卧。

是爱情吗？不，恐怕不是爱情。作为爱的感情太过淡薄，不如说更像关系很好的兄妹那样。不，也不太像。亲人之间交流的鸿沟并不存在于他们之中，大概。他们往往是什么都聊，甚至不仅仅局限于自身，推心置腹！这样的旅伴哪里去找？

旅伴！对，这个词好。他很高兴，然后看看时间，发动一次引擎，把声音拧小之后再打开一次收音机。还是模糊不清，不过已有断断续续的声音，他摸到本地的天气台，听那个声音特别机械的播报员（编号4-95）在巨大的干扰声里预报天气。"西部地区已有大雪，预计持续一到两天，能见度低，请注意多加保暖。"他又看看油箱仪表，还余大约一半。窗外仍旧冷风呼啸，但因为有收音机打开着，轻柔的自噪声仿佛下雨一般，让他感觉十分安静闲适。连死亡都不太惧怕。有什么好怕的？雪绝对比死亡活得更久，也更不可测，而雪正在拥抱着我。

奇在彼处闭上眼睛，没有做什么梦。醒来时有栖正从后视镜里望着他，望着他的双眼。

"醒了多久了？"奇问。

"没多久，十几二十分钟吧，我把握不好。"有栖说。

奇看看表，六点出头，油箱少了很多，昨晚没熄火。好在雪已小了很多，能看清路了，尽管只是前面二三十米的路。

"下山吧。耗得够久的了。虽然不够安全，但是也差不多够了，油也不够再耗下去了。"

"好。"有栖说。

"如果拐错了弯没准就会完蛋。"

奇叹口气，拨动挂挡杆，换到三挡去，准备开车。

"奇。"有栖说。

他回过头去，与有栖对望。有栖也看着他的双眼，那是忧郁而坚定的一对眼睛。有栖在他额头上吻了一下,揉了揉他的头发。

"一直一直,我都相信着你。"

"这算遗言吗?"奇问。

"当然不。"有栖说。

奇回过头来,踩动油门,车开动了,发出隆隆的声响。

剥离

他每天都会去图书馆，坐在四楼一个靠窗的位置上，五点半到六点二十。仅仅在这时，他才能从破碎的时间中逃开。所以他格外珍惜这种时候，希望能一秒一秒地过。

他会选诗集，博尔赫斯之类的，当然有好些当代诗人的也读。他躲在那个角落，低低地诵读，并不希求理解那些意象背后的隐喻，而只是想要在那些结构性的意境中驻留片刻。

"朴素的植物学的草，各式各样的动物，与死者的对话，远在语言的词。"他不理解这些意象的含义，就像不理解周遭万物的存在，那不算重要。他看看手表，六点十七分。他注视着窗外的晚霞，随着冬天的临近，窗外在一点点地变暗，一天天变暗。

大口吃

孙回今天捞到甜生意了。给人卸煤。老板是山西人,发了家,出手阔绰,煤多,钱也多。孙回不怕累,大老爷们,有使不完的力气,澡堂子里掰手腕从来没见输过,家里米面也是自己扛回去的,二十六岁!肌肉疙瘩把短衣撑破!吃红薯饼子能吃成这样,到了城里吃白面喝酒,那还不长成一头壮熊?

到了火车站,好长一列车!八个车厢,五个装煤,三个装花瓶挂钟之类,不用他搬。他和另外两个人只管把煤卸下来就成。煤装在麻袋里,用麻绳扎了口,可还有煤灰从袋口飞出来,把麻袋染了黑,也把他们染了黑。孙回不怕脏,洗两下就干净。怕什么呢?

孙回只怕饿。先前家里闹饥荒,把对门一家人都饿死了,剩下一个女孩,自己进了城,连消息都没有。孙回想到现在他和秀红(小女孩的名字,姓王)待在同一座城里,觉得挺高兴,毕竟两个人肯定都能吃饱。

一袋煤五六十斤,孙回一次能扛四五袋,不多拿是因为再没处放了,每只手夹两个已经占够地方,拿多了,翻倒了就得挨骂。这还不算什么,孙回能抬起来一辆载了两个人的人力车!那时他路过,看见一辆车卡在路沿,就快人仰车翻。他大步上前,两手找个支点,高高地举过

头顶！还没等车上姨太太（也不知道谁家的）吓得大叫，他就又轻轻地把车放回地上，一溜烟跑个没影。孙回不拉车，他不想看人脸色。

中午休息，两个车厢已经清得干干净净，第三个也搬走了一大半了。老板招呼他们吃中饭，白面馒头，发得跟脸一样大，软绵绵的，不过不难吃。再有几根大葱蘸酱，午饭也就过去了。虽说算是白吃老板的，不过他们也不敢太放开，吃太撑待会搬不动，老板一皱眉头，说不定工钱就少一大半。

发家的算盘都打得磨掉了漆又上了包浆，少占点便宜反而叫人家高兴，不说工钱多点，孙回也高兴看到别人笑起来。

又猛搬了一下午，搬完了。这会儿太阳还没落山，只是光芒暗了不少，让人能瞧见她的可爱的红色。老板给每个人结了工钱，孙回一块八，另外两个一人一块六。虽说工钱少了点，但是孙回一个人少说也搬了两车厢，他们也就不在意。

孙回把这钱数了一遍又一遍，笑得很欢。今天去吃顿好的，他盘算着。但是想不出什么特别好吃的来。最好吃的得是驴肉火烧，但是又太远。

最后还是去了天桥边的面馆，孙回进门，里头人声鼎沸，孙回不在意，高喊一声："李师傅！"里面的小老头当即精神抖擞地应上一声，李师傅原先也是劳力，后来年纪大了，就用积蓄再借点钱开了家面馆，量大价廉，生意旺得很，虽然做不大，不过也知足了。

"回子！怎么着，今天还是吃你那葱汤白面？"李师傅抬头一声，手上功夫不停。葱汤白面五毛钱，有点肉。

"今天活甜，吃点硬气的。这里八毛，帮我看着点做。"

"今天阔气！给你预备好的，可得都吃完！"

起油锅，炒干辣椒，花椒，爆得很香。李师傅生意好就是因为这个，香。辣椒不能炸得发黑，趁烫下五花肉，猛火爆炒，呛得人流眼泪鼻涕。李师傅不流，李师傅习惯了。

炒得差不多了，把隔壁锅炖的骨头汤倒进来。汤稀，炖不浓，但是有味。汤不够，看着点就成。接着下酸菜。李师傅自己腌的，特别酸，也特别脆。

另一边煮面，开水烫两下就成，汤也烫，面放进烫会儿正好熟。临了加一把葱花，一滴醋，一滴辣椒油，给孙回端过去。

好大一碗面！孙回坐在门槛上，竟托不动盆似的碗，非使左手托着并一条腿支着不可，右手拿筷子，擤两瓣蒜，筷子下去，一夹一挑，倒像是挑着担子一般。迫不及待送进嘴里，猛吸一口，面也筋道，非得用力才能咬断，嚼倒不费力，两三下，咽下去了，那碗里竟没见少下多少。再接一口蒜，满是蒜香！

虽说五花肉炒得脂香味浓，不过最好的还是那酸菜。又脆又嫩，满口酸香，越吃越饿，越吃越想吃。再喝口汤，麻！麻过之后是浓醇辣味，吃得孙回汗湿了衣衫。

五花肉切了二三两，在这碗里也不显少。吃完面和酸菜之后再一片片吃，孙回想喝几两酒，但最后还是算了。吃完肉，打个饱嗝，感觉肚子瘪下去一点，于是又把汤喝得干干净净。虽说汤不浓，但也不赖了。

喝完打个汤嗝，和饱嗝又不一样。孙回把碗给李师傅端过去，说声回见，就准备去泡澡。

热水浇头，浇干净了，再泡。孙回泡在池子里，长长舒一口气。他又想起秀红来。她现在在哪儿呢？李师傅说照他现在的年纪，也该讨个老婆了。他知道，他不蠢不傻，机灵着呢。秀红比他还机灵，先前上树偷柿子就是秀红的主意。

他想象着自己讨到老婆的样子，想来想去，也只能想到一个女人和他一起吃面，大口大口吃。那时应该会赚得更多，没准做个小生意。反正绝不能只吃葱汤白面，至少得有菜有肉，有不少肉。

他又觉得这个未来实在太远，就不去想它，泡好了出来。换好衣服，去寻今夜的睡处去了。

与清冷的无声击键一同降生的信件，随信附有白灰

　　下雨了，虚无缥缈的。今天下了头一场雨，迅捷而清亮，用"刷"或者"扫"比较好。好像海潮一样，连声音和气味都相似，但略有不同。你闻过雨的味道吗？那是一种略带臭味的忧郁气氛，好像梭罗乱糟糟的头发那样。

　　原本是想写信给你，但还是写了雨来作开始。你阅读到时就请原谅我吧。这里，我们之间的路途太过遥远，我真怀疑这封信是否真能送到你的手里。或许也不算重要，我只是一厢情愿地写下一封信，然后把它按在胸口，仿佛那是你给我写的信一样。

　　距离！有时我期盼你已经死去，那样我们的距离一定会接近不少。星空中没有一颗是你所在的，大地上也没有一个是与你相似的。你藏在彼处，那是彼岸，你也是彼在。

　　我们可能曾经相见，仿佛长江头尾。我们从未，也不可能饮过同一杯水，但我切实地知晓你的存在，知道你的样貌。那里并非梦境，而是现实，真实的现实，会流血、会死亡的现实。我们在那里彼此相见。日日思君（不）见君。

　　我出席过你的葬礼，没有别人。我静静地看着你衰老的身躯消失在

纷飞的雪花中。紧接着你又出生了,你比那十字架上下来的还要令人惊讶,在此间。那是你,同一个你,吹奏着短笛,低低地哼唱。你能为我诵唱谁人的诗篇吗?在我的葬礼上,谁也不去注意的葬礼。那天众人一定都在喜悦。

我还不曾忘记你,尽管关于你的细节在被挨个替换,好似那艘不沉的船一样。但我确定——不如说我希望——我受着的那一部分未曾变化。相当久远的过去,虽然现在想反倒恍如昨日,那一天我们一同玩耍。我有些拘谨,但你却放荡不羁。你宽阔的额头下蕴藏的却又是无尽的忧郁。

你称呼过我为奇,我也称呼过你为有栖。不过这只是名字。在这数十年,抑或数万年里,我们都更换过无数次名字。但名字下的,不过是在游走,在迷惘罢了。世上没有轮回,没有神秘,只有我们鲜明的感知。我们一直赤裸地行走着,相逢少,独自多。我们未曾相见,那不是神秘学所谓感知力的相见,而只是以目迎目。哪怕如此,我们也未曾见过。

你的心中保有着我吗?我是的。尽管残缺不堪,语言做作,我心中保有了一个你。一个残缺的复制品。我与她对话,她也与我对话,接着她闭口不言。我想倾听你的语音,但没有。你并未活生生地站在我的面前,好似才出生那样。

这不是一种痴迷,我像是回心转意般说道。你不在时,我和你在一起,你在时,我和自己在一起。有时我盼望你永远不曾看过这封信,就像这封信只在我脑海中浮现过一两次。过去的人曾用过喝尽的酒瓶装信,再塞紧木塞,然后让它随波漂泊。你收不到这信。

生人跳舞一般,我多次迈进一步,却又后退两步。我的胆怯犹如迷幻的舞步。烛火摇曳,你的身影模糊。我希望靠近你,直到我们之间隔有数颗恒星的光景。那时你走在透明沙砾的滩上,海中放着火烧烛的光,却又转瞬间被黑暗吞噬。你在其间行走。天风吹拂你,也吹拂我。尽管同一股风不在你和我之间吹拂。我们之间永远无法分享什么。吹过

你的风不会再吹拂我，我品尝的美食你不能再品尝。食欲是我欲念的杂糅，饕餮一般空虚的身躯令我战栗。有些国度中，人们会做出五十七种甜点。其中五十二种是常吃的，两种只为了葬礼准备，还有三种是为恋人准备的。

爱啊！我炙热的感情被雨融合，成为一股郁塞的悲凉情绪。我盼望哭泣，但又不能哭泣。跳跃的心尖时刻是绷紧的。我们是恋人吗？答复轻柔细弱，无人听清，就连你自己都不能知晓。谁人在我们耳边唱歌，情歌，含蓄而诚实的情歌。"欧芹、鼠尾草、迷迭香和百里香。"弥漫于四处的，混杂于空气中。

我时而期盼恋人们都像我们一样。哪怕织女牵牛，也生活在同一片星空中。那时我希望人们的泪水能浸没我的脚踝，泪水也有潮水的腥甜味。那样孤寂的海，想必也会因此有感情一些吧？我望着浸在潮水中的你的衣物如此想道。

世上的歌都是为我们而作，世上的悲伤都是为我们而现。我们与世界交融，从而感知彼此。曾经的我们如此默契与共。花儿会埋葬我们吗？那依附在木柱上的藤花，会为我们而掉落吗？澄澈的水会浸没我们吗？那未曾凝结的云雾，会为我们而滴下吗？

间或地，我会忘记你的模样，忘记你烦琐的双眼，纤长的发。有时我也会忘记你的声音，你的气味，你本身。但即便如此，你仍旧真切地在被我们怀念。那时我还在，或者说我已不在。

这并非说我们并不存在，仅仅是抽象的。而是说，我们是缩影，是概括，是总和，是标志物。我们站立在真正的大地上，呼吸真正的空气，吞食真正的食物，也饮水。大多时候是我做，但你也做过不知多少次了。那些食物大多青涩不熟练，不过随着时间经过也逐渐熟悉了。葱花煎蛋卷，滴了一滴香油的素面，加了叉烧却差点用生抽勾色的炒饭，还有玛格丽特小蛋糕。我们一起在冬天打包过便利店的关东煮回家煮粥，一起包过不成形的饺子（现在早已能闭上眼包了），我记得有一次，那是战乱时日，缺少供给，我用黄油、干酪和黑胡椒做出了七八种酱，浇在手工意面上，开起了餐馆，竟然勉强活了下来。后来情况好些，有了番茄，有了蒜，有了橄榄，有了胜利。那天我们相拥而吻，你消瘦了很多，我将你抱起来了。

我们吃饭我们睡觉我们喊叫我们悲伤我们一起做过什么，我们也在人们的脑海中游逛，并让他们记录下他们想象中的我们。有时我们咧开嘴笑，那是喷薄的喜悦感染着我们。有时我们也哭泣，那是欢乐离开了我们，我们便哭泣。

你早已摆脱梅纳德斯的名号，而我也已经脱离酒神的约束。纯洁——这个从不适合用于我们之间的词，现在却被我追随着。作恶多端的世界，如今又将我置身于孤苦之中，尽管我不讨厌。

我与所有的恋人共享感受，从而寻找你的踪影。寻得到许多，不过也只是踪影罢了。你喜欢巧克力，不是太甜的，但也不像咖啡那样。过去买过一种"白い恋人"的夹心饼干，你好像喜欢吃，但又从不多吃。你过去喜爱的流行音乐，不知不觉地——我甚至没有刻意找来听——被我喜欢上了。

我还保有马的下身，健壮的四蹄和阳具，它们永不停歇地充血，凸显自身的存在。那并不代表什么。我们是恋人吗？我用微弱而颤抖的声音说，不。随后我们亲吻，舌尖相互碰触。你的舌尖柔软而灵活，却又薄而无力。我笨拙地挑弄，但你也包容了我。那是美好的二十秒。

此刻，我多么希望世上不存在爱情，那样便再无联络线牵引在我们之间。美好的梦，美好的吻，美好的集市上售卖你美好的双眼。请人们都驻足来看你这美人琥珀般的双眼，而我便在你眨眼的间隙注视你。

我们不相爱，我们不要相爱。你快远远地逃开，不要出现在我面前。你快成为一朵石蒜，那鲜红如血的光彩正适合你。接着我被毒死，然后成为一朵水仙，我们再不用相见。

《卡农》的小提琴协奏曲，长久地回荡在我的脑海中。那是由你，千千万万个你，形态各异的你所演奏。那平缓而忧愁的曲调长久回旋着。它们逐渐散落，随声部的分离而分离，慢慢再分出诸多调性，并无不谐和音。最后囊括了所有声响的旋律仿佛漩涡一般被我的记忆吸入，吞食，消化，如梦境一样。

这一杯苦酒，叫我代你喝吧。我曾亲眼见证你的鲜血滴落，那里生出了鲜美的葡萄。宗教画般的情结啊！我们在人群中交错。在轮舞中既无法相见，也无法相触。篝火的灰飘到你脸上了吗？那你的笑容会更加哀伤。劳作的灰啊……也是狂欢的灰。

雨水是我的血液。我哀悼着，望着地里长出来的鲜花。你所居住的地方，会有像这样污脏而无色的花吗？整个夏季落下的雨，被他们酿成焦甜的酒，我要与你分享，我要在你面前醉倒，然后被你埋葬。喝吧，这是我的血。我会从高高的酒吧凳，或者什么别的地方摔下来，头破血流，血被雨水冲走。

那时，失去含义的冬季也就此安息，但愿。

深巷？阈限

梦中一般，随着断层的记忆羚羊那样跃过突兀的鸿沟，我出现在这里。目的早已忘记，目的是否为我所知都不清楚。就是说，或许有人将我带到此地……

不，先不想这些。我环顾四周，只能大致确定这是一条旧城区的巷道。而且行将废弃。尽管旧城区的改造已经持续了许久，但大楼之间的夹缝中依旧存在着这样的巷子。我清楚的。

巷中有光源，数盏电灯在门牌后面摇曳，勉强照亮四周的路径。我摸出手机来，信号很差。我又试着打开手电筒，探照的距离相当近，仅有三四步的距离能被照亮，在其外则又是无尽的漆黑。连门牌都认不清，灯光灰暗得仿佛不是字未被照亮，而是那根本不是我认识的字体一样。

照理说，这种巷子在居住区的夹缝之间，头顶应该是天空。但我却感到头顶似乎有天花板，而且离我不远。一种压抑的冰凉感在我的后颈处浮动。我试着向上看，却只看到一片漆黑，完全不像开阔的夜空，而只是完全吸收了所有光线，却毫不放射出热量的一片黑暗。我不敢向上探照，怕自己什么都看不见，更怕自己看见什么。

两旁的门都已拉上门帘，只有摇曳的灯在寂静地发出微弱的光亮。大片的阴影之间偶然被照亮的角落也只是斑驳一片。我知晓的，我低声说，我当然知晓此处。

前面就是。尽管破败得不成样子，我也能认出你来的。记忆深处的几近陌生的图景涌上眼前，只不过其中的人脸上都像有一层厚厚的雾，而此地并无这些人身处其间。这里是哪里？是一处要用"回到"，而非"来到"的地方。

聆听，这虚假的涛声，或能给你带来些许慰藉。

这里封闭，不算安全，却很疏离。并不温暖，不能久居，但这里隐蔽。现在，可以哭上一小会儿了，安静些。

小心走。天亮后你便安然无恙，看看那日出。

CD（1）

他打了个哈欠，瘫在驾驶位里，目光呆滞地盯着仪表盘左侧稳定而充满生机的转速盘。它不像右边的车速盘：滞慢而懒散。当他用力踩下油门时，才略微向上移些，并且总是慢半拍。停车时两根指针的差别更大，车速盘立刻躺回零刻度，似乎十分疲乏。但转速盘不同，它总是停在0刻度附近，就像跑累的运动员撑着膝盖一样，充满活力，整装待发。

他翻了翻靠手下面的盖箱——并非为了找烟，而是想找一盒口香糖。他喜欢含着片状口香糖，薄荷侵略性的辛辣，比木糖醇更快地传递到全身，接着在喉咙聚焦。苦味会让他略微清醒些。

他从不抽烟，不时在酒吧点一杯加冰威士忌——这是他犒劳自己唯一的途径。因此他没有啤酒肚，脸也没有被烟熏成油腻的微黄。他身形消瘦，并不强壮，络腮胡给他打上了硬汉的标签。他翻找着自己的"绿箭"，他眉头一动，掏出一块圆盘放到副驾驶位上。

一阵异常的振动忽然传来，他下意识地朝仪表盘看，没有什么问题。他再瞟一眼手机，欢快的"你有新订单"正在跳跃。他关掉手机声音已经三个月了，自从关声音后，他感到了一种愉悦，仿佛每顿饭故意不吃饱的轻松和深呼吸后肺部舒张带来的惬意融合在一起。

但现在他又要为生计奔波了，他伸了个懒腰，拉起手刹——他最后的荣光——驱车前往顾客所在的地方。那是一座宏伟的、带着繁华印记的写字楼,如同这个社会强劲的机械心脏。

顾客是一位职场的年轻女性,保养得很好,但那张精致的脸上布满了疲惫和空虚。大大的双眼中有着迷茫和压力,就像许多文段中的年轻人。她低头注视着手机,手指机械地上下移动。

她见到车牌号,一言不发,拉开车门,像进防空洞一样钻进车厢,手往口袋里掏。她看起来是那么地千篇一律,仿佛可以作为时代的典型,被贴上"职场新手"的标签保存起来。

见到这一幕,性格乖戾的他不禁火从心起——世上总会有这样的人,不是吗?开口说:"在我的车上,不允许看手机,请把它放下,或者出去。"

那个年轻人惊恐地望了一眼后视镜,快速地把手机揣进兜里。这么激烈的反应使他感到荒谬,或许是因为自己的年龄和声音比较像一位老师?他想,不过这没多大关系。

他往后视镜看了一眼,年轻人正缩在位置上低着头发呆,活像做错了事等着挨骂的小孩,不过没有发抖,或许有,看不出来。手上的屏幕被禁止使用使得她内心直接与外界接触,从而痉挛。

他又开口了:"听一会儿歌,你要不要?"

她似乎很惊异,抬起了头,然后又低下了。她似乎有些神经质,很容易紧张。这个特质让他眼前见到的终于是个有血有肉的人,而非等比数列。她在呼吸,他舒了一口气。

"你平时听什么歌?"他又开口,看来她从来不与完全陌生的人交谈,所有的问题都只用点头或者摇头回答。这次是摇头,仿佛是摆脱一个噩梦。

他叹了口气,按动了收音机旁的按钮。他喜欢摇滚,这让他想起过去,高中时与同学骑自行车穿越林荫道,后座上绑着录音机,放着……

音响里传来 *Good Bye! Good Night.* 他靠到靠背上,跟随音乐哼唱起来。他并没有发出声响,因此他可以将口型做得很夸张,仿佛的的确确是他在唱，周遭万物只是在给他伴奏，舞动着手中滚烫的贝斯。

他似乎起了幻觉。他骑在摩托车上，沿着沿海公路疾驰。靠着背的是年轻而活力十足的女孩。她怀中抱着大大的收音机。里面喧闹着播放着什么。他与女孩都没有认真听，只管闷头前进，不管目的地在何处。这样想，窗外的夜色中仿佛也刮来一阵海风，带着苦涩的盐味向年轻的心钻去，夜空中仿佛也有波光粼粼，向他的双眼投去反叛的一瞥。鼓励他背向一切前行，穿着条纹衫和沙滩裤，踩着人字拖，在狂欢的原野上。

一曲终了。他靠回靠背——刚才不知何时将身子挺直，很累——舒出一口长气。靠背后的女性，不，现在看来更像女孩了，从后视镜窥视他，似乎他脱下了黑色长袍，从夜色中凸显出来。

"跟我想象的完全相反嘛。"她说。

他一惊，后座的女孩刚才还没有说话的可能性。也对，我们是在讨论人，不是在讨论一次函数。

"那你以为的是什么？"他问道。

"《老婆老婆我爱你》。"

随后两人大笑。

他从副驾驶座上拾起那块圆盘，拿给她看。那是一张中心有洞的圆盘。一面像镜子，但反射的光都是彩色的，随着光线角度的变化，上面的颜色也变得繁复。另一面上有一张塑料纸，上面似乎有许多人在拍合影，看上去很拥挤，地上摆放着的似乎是花，红色的花排成两个单词，略微有些逆时针偏移。这个红色的词语似乎在向世界宣告：这是我们的时代！

这是我们的时代！

"不认识，是光盘吧？"她把光盘放回副驾驶座。他伸手把那张光盘，似乎是叫《佩珀军士孤独心俱乐部》，捡起来，抚摸着。

"我有一张密纹唱片，但没留声机。这个东西，"他举举光盘，"我叫它黄瓜。喜欢黄瓜？"

女孩摇摇头："没味道。"

"试试在上面撒点盐，味道十分水灵。我挺喜欢黄瓜的。"

他把光盘塞进那条像是装饰用的凹槽，车便欢快地将它吸入体内。音响中的声音随之戛然而止，只剩下光盘高速旋转的令人期待的摩擦声响。

他推了两次"下一首"的按键。音响里传来一声鸡叫，两人直笑。随后列侬和麦卡利一唱一和，大声叫着"Good Morning！"

"才晚安又早安似乎有些奇怪？"他问。

没有应答，他望望后视镜，女孩正看着他。

"知道吗？这歌在机遇号登陆火星时也放过的。当时正是早晨。火星比地球每天多了40分钟，如果你去火星，每天就可以把这张专辑听个遍，还不耽误干别的。"

他感到后脑勺一阵酥麻，闭上眼睛再睁开，或许会清醒些。

"怎么搞的？聊着天都能睡着！"女孩对他吼。

"好了，好了，对不起。一被太阳晒就睁不开眼，做了个梦来着。"

"什么梦？"女孩问。

"无趣的未来，我们都在工作。"他扼要地回答。

CD（2）

"客人啊，你还有活头，对吧？"

出租车司机猛然开口说道。我警觉地扭头看他。他有一脸干涸的河道般的皱纹，在黝黑的肤色下显得尤为明显。眼神飘忽不定，但仍有盯视什么的倾向，头发的分布有些特殊——并非常人那般淡出，而是在耳前齐刷刷断开。仿佛本该是连腮胡而被什么齐整整刮掉一样，但其异样感并不密集，悲哀也留在那里。

他扭过头来看我。他右半边脸与左半无甚差异——自然——只是左眼的血丝似乎更多些。红灯的光在雨水的折射下在他脸上打出一片光晕，让他的脸几乎欺骗性地传出生机来。

他很凄惶。这句话从我脑中显现。但凄惶之人大多不寻死，寻死之人不凄惶，有些还相当坚定。他大概会习惯，然后重新过完此生。

对于他的一生，我还想说一句"不该如此"，但又没法说，最后我只吐出了一句"怎么了？"草草了事。他自然也在意料之中地打开了话匣子。

"老婆一走了之，连同一半家产，然后死在路中央，给一辆出租车撞得稀烂。这个月房租都快交不起，为数不多的存款拿了一半喝酒。孩子读了大学后再无踪影，据他所说'憎恨母亲'，但对我只字未提——

连存在感都稀薄的父亲。"

简练干脆，普通得出奇的悲哀，由此才显得真实可感。

我在想我该说些什么。对于这样的人来说，表示同情是荒谬的，连摇摇头都显得愚蠢做作。但我该做什么来表达我的共感？我不是冷漠的人！我有一颗敏锐的心！我想对他说，我理解你，痛苦的大雨平等地打在你我身上！

大雨果真来临。突如其来，畅快淋漓，车里能听到不小的"嗵嗵"的雨声。

"请节哀。"我叹口气，"我不知说什么好。"

他笑起来："没事，至少你听了，这就够了。开了一天车，客人要不就漠不关心，要不干脆呼呼大睡，没人愿意听我的话。我差点跟汽车哭诉起来了，就像那篇小说一样，那个俄国人叫什么来着？"

"契诃夫的《苦恼》。"我说。

"对对，契诃夫。跟驴讲自己的人，哈哈！"他苦笑两声。

我没有指出他的记忆混乱，没有必要。于是他长叹一声。

"老婆出走后三天就出了车祸。说是那个司机打了哈欠碰巧没看见，"照在他脸上的光骤然变绿，于是汽车前进，"我读到那篇新闻的后一天收到一封信，是她写来让我收拾她的衣服的。哈哈哈，我居然还真照做了，她们家没准在葬礼那天收到了这个包裹。"

"更奇怪的是，那三天里她还写了遗嘱。上面明明白白写着，她所有的财产都无偿给予什么'嚎·杰弗逊'酒吧。听名字还算地道，说是'感谢这间酒吧的支持，不然我活不到今天'，你可曾听过这间酒吧？"

那是我朋友的酒吧，虽然我不常去。我摇摇头，说不知道。

"离开我才三天，为什么会写遗嘱呢？并且她遗嘱的上面还被她抹出一点墨水，毕竟在她兜里。说明她才写完。"

"会不会被威胁了？"我问。

"那点钱大概还没到被威胁的程度。"他无奈地笑笑。

一段沉默，他要说的都已说尽，只听见雨声在车里蔓延。逐渐变小，突如其来的大雨往往如此。

"能开窗吗？"他问。

"请便。"

他摇下车窗，解开领口的三粒纽扣。微热的风吹入，夹杂的雨点打湿他的衬衫，也打到我的袖口。

"淋到你了？"他问。

"没。"我说。

于是他瘫在驾驶座上，注视着前方缓慢而间断地前进的车后红而冰冷的尾灯。他不时舒展衣领，让夜风吹入此间。

"可喜欢你老婆？"我唐突地问。

他叹了口气。"毕竟曾是我老婆。"他说，"我熟知她，至少熟知她对我展现的那一面。那是小事精明，大事犯错的家伙。我也曾对她浪漫过，虽然她总笑我。我，我该从哪儿开始说呢？"

他终究还是没哭出来，尽管再没说话，咳嗽也带鼻音。他从扶手箱中拿出一张光盘。上面印着数个年轻人笑着的合影。

"《佩珀军士孤独心俱乐部》！"我惊呼。

"盗版碟，刻了好些杂七杂八的歌，还好都是披头士。音质也一塌糊涂，虽然我这车也放不出什么好音质的歌来。"

他把碟塞进读碟槽里，碟片转动的声响清晰可闻，但最后还是放出声音来。第一首是《昨天》。列侬沙哑的噪音在雨声和碟转声以及低保真音响下显得有一种距离感，仿佛我在外面偷听一样。

然而其悲伤之感却真真切切地传来了。这是一首不适合跟唱的歌。尽管我只能听清 Yesterday 这个词。但列侬的声音也一样感染了我，仿佛门内的人在靠着门演唱一般。

一曲还没放完，车就到了公寓楼下了。他冒着小雨（也不能算小）从后备厢拿了一把伞给我。"是不知哪个客人留下的，拿去用好了，反正没人知道，又没打电话来找，我还有一把。"

"谢谢。"我接过伞,下了车。

他回到车内,注视着我,几次张开手却没说出来。"以后听这首歌时,我会想起你来。"他说。

我也不知说什么好,口水从喉咙来回三次。"生活下去!希望会在明天!"我以这样的陈词滥调结束。

他笑笑,驱车远去。我撑着伞看他的尾灯,回味着这个如同《北非蝶影》一样的美好友谊的开始。

直到我意识到他把车开进了河里,我呆在原地。

是什么……怎……发生了什么?我茫然地想。死的气息在他身上游移,而我没能发觉。

然而我已经不愿去想,愿他安息。

一次对抗

诺德走到这间宅子门口,确认宅子本身并无多大问题。凭直觉可以大约看出背后是否有阴谋,那时不祥之感会骤然掠上心头,仿佛乌鸦让鼓声停止一般。

但宅子本身并无问题,普通豪宅而已。只是笼罩着一股将死的气息,也有可能是已死不久的气息,他想,看走眼对这个行业是致命的。

他按响门铃,门内传来沉闷的响声,接着拖鞋"嗒嗒嗒"的步伐声传了过来。门随着鞋音渐清而打开,一个双眼都在浓重的黑眼圈内睁得巨大的女人打开了门。

"是诺德·福朗克先生吗?"她怯生生问道。

"是的。"他递出名片(他诧异于自己还有名片),"什么案子?"

"我丈夫死了。"她快速接过话头,好像能快速解决似的。

"那请联系殡仪好了。"他准备回头。一股巨大的不安感从他心头传来,毕竟这话不合逻辑。

"请等等,先生。"她开口,"能相信我的直觉吗?我丈夫一直很健康,年纪也不大,昨天上午突然倒在地上,死盯着桌上的什么东西,很快就没气了。"

他回过头:"那为什么不报案呢?"

"报了,先生。但我总担心我们家被卷入更大的阴谋,就像去年那起连环命案一样。"

他心中咯噔一下:"行吧,带我去见死者。"

死者趴在书房里,双手向前伸,似乎死前想要开门。"德雷克·格陵兰,"女主人说,"我丈夫的名字。他是个房地产商,没做过什么伤天害理的事,至少我不知道。但是命案却一起接一起在他身边发生,我们都提心吊胆的,结果今天……"

他记得这个名字。当时他处理那个连环命案时就见过这个名字,他甚至还在自己的推理当中当过嫌疑人。后来因为有了别的证据,指向那个臭名昭著的马菲亚头头,他才被排除嫌疑,于是就有了那次巨大的灾难。他不禁感觉,这事估计是当年的延续,是时候做个了断了。

可当他看到死者面貌时,一切开始更加令他困惑。他揉揉眼,确认眼前并非梦境。

图德雷克·劳兹!那个马菲亚头头。死后的脸仍旧显得文静端庄,只是嘴唇发青,面色紫红,肌肉僵硬,体温冰冷。就是他害死了那些兄弟,那些好人!

但仇恨先将它放在一边。谁敢毒杀他呢?他这种人是不会自杀的,至少会在全世界的人都死绝了才会自杀。但又没人惹得起他,这几乎是个半公开的名字。其神出鬼没程度到了即使领郡都会害怕的地步。但却死在这儿?

死因压根不用看,是马钱子碱中毒,桌上的半杯凉咖啡说明了一切。为了确认这一点,他甚至用小刀割开了劳兹的手,黑血依旧汩汩流出,与预想的并没有差异。

他回到客厅,女主人紧随其后。他坐在沙发上,点着了一根雪茄,猛抽了一口,雪茄几乎燃掉一半。他环视周围,客厅布置非常典雅,壁炉上挂着一把猎枪,一旁有几只动物的头,是漂洗干净之后钉在木板上挂上去的。空间很宽，给人以洁白的感受，除此之外空无一物。

"没有电视吗？"他就随口问问。

"二楼有家庭影院，我丈夫不看电视。"女主人说。

于是他端详女主人。她穿着一套紫色真丝睡衣。最上面两个扣子没有系上。没穿别的，他将这一点纳入信息库中。她手肘支在膝盖上，丰满的乳房从衣领中露出一点。年纪不大，身材火辣，丈夫有钱，眼神却毫无风骚之感，杀人者所特有的几种特质一种都未表现，连同谋都不像。得，他想。留个心眼。

这时门铃响了，他摸摸腰间，起身开门。

"你好，警察。"来人展示警察证，然后愣在原地，"诺德。"

"冷静点雷斯垂德，福尔摩斯过来一起破案而已。"

雷斯垂德叹口气："你又干这行了？不是洗手不干了吗？"

"快饿死了，那可不好玩，并且这才第一单。快过来看看，麻烦事。你绝对想不到谁死了。"

雷斯垂德见到死者，瞪大了双眼："图德雷克·劳兹？"

"对。你抓不住他啦！"诺德幸灾乐祸地笑了，"马钱子碱，桌上那杯凉咖啡感兴趣尝尝，能毒死马的剂量。"

雷斯垂德叹了口气，坐在沙发上沉思，是谁敢这么干，但自然找不到这一位。"你有线索？"他问。

"当然没有。连谁这么胆大我都没有思绪。"诺德说。

"得，明天我叫多点人来。"雷斯垂德起身。他来得晚，天又已黑。

"要不留下来吃个晚饭吧，警官。"女主人怯生生地说。

"不用了，女士，冻羊腿不怎么好吃。"诺德笑着回应。

女主人显得十分茫然。诺德叹了口气："不用细想，不好笑的玩笑罢了。对了，你叫什么名字？"

"伊丽莎白·格陵兰。"她快速地回答，仿佛像甩掉什么一样。

诺德再次注视那管猎枪，它正向他发出刺眼的寒光。

阴暗的森林不在落日的辖区内。它在夜晚的苍白天空衬托下显得冷漠而神秘，仿佛叶与叶的边界已然融化，只剩浓重的黑暗，仿佛梦境中出现的魔鬼的轻视。

诺德在书房窗台看到的便是这样的一番景象。劳兹就趴在他背后。但已不再是威胁了，他想。又回过头来注视劳兹的后脑勺，从枪套中拔出手枪来抵住。

他冷静地审视着趴在他前面的人，想象着他可能的反应。他可能会起身持枪，也可能会把我直接摔在地上。毕竟他是靠枪斗术建立这个罪恶帝国的。

但他不可能做出任何反应，再也不可能了。诺德把枪插回枪套，回头看了一眼劳兹，起身去客厅。

女主人仍坐在那儿，听到他的脚步声，她马上抬头。

"需要茶点吗？先生？"她开口。

"不了，饥饿可以让我更快思考。"诺德说，"另外，我不很喜欢有人打搅，天色也不早了。"

"那我先去休息了，谢谢您，先生。"她欠身站起，显得形销骨立，更为憔悴了，"如果您需要休息的话，客卧在二楼左手边。我的房间在右手边，如果您需要可以敲门。"

"谢谢。"诺德坐下，开始思考案件可能的发展。

尽管这一切毫无意义。

半夜，诺德被眼前的火光惊醒。漫天的烈火正在肆意燃烧，已经包住了他。火光中隐约站着一个人。

"你居然醒了。"劳兹开口。

"喊，我就知道。节约什么子弹，妈的。"诺德起身掏枪，却发现枪套已经空荡无物。

"知道轮盘赌吗？只有一支枪的。"劳兹笑着拿出枪，"这里面有三颗子弹，"他说着，朝后脑勺连扣三下扳机，枪一声没响，"真可惜，一下没中。"

劳兹骤然向诺德开了一枪，中了大腿。剧痛使诺德单膝跪在地上。"可别想逃。"

他坐到一张椅子上，缚住自己的手脚。"这就是审讯用的椅子？还挺可靠。当然，警察更可靠，他们害我的伊丽莎白，白白为他们送了命。"

诺德猛地想起去年发生的事来。他推测连环命案的作案团体就躲在那座老房子里。数个警察，自告奋勇去抓——包括诺德的唯一朋友布朗思——然后老房子爆炸了。他以为是他推理失误，没想到是劳兹的脱身之计。

"那可是我最爱的人啊！伊丽莎白！"劳兹大叫。

"那现在这一位是？"诺德警觉地问。

"噢，那是她的双胞胎妹妹。我还用她姐姐的名字叫她而已。好了，话不多说，当时伊丽莎白怀了孕，让我看看你是不是也有了！"又一枪打在诺德肚子上，但因为有防弹夹克。只是一记重击。

"喊，贪生怕死。最后一枪我送给你，给你一次机会与我同归于尽。但要注意，开枪那一刻你腿上的子弹会爆炸。即使炸不死你，也能把你腿炸断，那样你就绝对出不去。大门已经锁上了。"

劳兹把枪踢到了诺德手边。诺德叹了口气，他要抉择。

不，他不用抉择。诺德站起来，径直走向劳兹。在他惊恐的目光中，从兜里掏出一枚金怀表，上面卡着一颗子弹。

"我很高兴，我演技不错。"诺德淡淡地说。他把金怀表扔到劳兹怀里，"给你20秒钟做个纪念。"

"我能许个愿吗？"劳兹小声说，临死时他竟优雅随和，"劳驾帮我拉下面旁边的铃，不会害死你的，但不拉会害死别人。"

"不行。"诺德很庆幸自己足够冷酷。他的双眼大概倒映着鲜红的烈火吧，毕竟那怀表正闪闪发光。

他走出七八步，开了枪。那里应声爆炸。被炸掉半截身子的劳兹向那条铃绳索爬去,但还没到就断了气,身上的衣服破破烂烂,现出身体上众多的伤痕。

他没去拉那铃,从书房窗台翻出去。窗台里正映出空气中的鲜红,仿佛灯光。

他拉紧大衣,出了一身汗之后被冷风直吹,打了个激灵。他走出七八步,听见二楼一声枪响,他没有回头,而是长长舒了一口气。我还得活下去,他想。

追赶

一封信躺在邮箱里。信封雪白，一尘不染，毫无褶皱，一如洗过风干的中指和无名指夹出一般。上面打印有某人的名字，收信人的名字，而寄信者是谁，则全然不知。

信封背面是什么样的呢？这一点便截然不同了。信封正面或许平平庸庸，但背面却各有千秋，即使信封口的封法都有数种：厚而朴实无华的双面胶，纤薄可爱而反光的（各色）透明胶，了无痕迹而让收信人头痛的固体胶，甚至订书钉，还有与时代格格不入，使人联想起勋爵的红色火漆。信封背面或许会有涂鸦或者唇印，或者什么都没有——众神之王，奥丁，有六枚只有一面的硬币，只有一枚在人间，翻开其背面时，硬币就会消失，如果有人能保存其十年，奥丁就会出现，并赐予其去实现一个愿望的权利。

但我自然不知道其背面的样貌，这得翻开看才知道。于是我重新使眼神回到收件人的名字上，平平无奇的名字。

我的名字，我将其拾出。背面封口用的是薄双面胶——没有消失。那就好，我舒一口气。把信放回裤兜，拎起菜准备回家做饭。

踏进电梯，我注视着天花板一角映出的楼层的倒影，开始想那封信可能的来源。会是谁呢？可能的人选没有出现。我茫然地想，可没想到谁还会寄信。

于是我的好奇心又出现了。一种冲动想让我把裤兜里的信封打开来看，可我两手提着塑料袋，我如此辩解。于是那冲动像年幼的妖精，闹上一阵后又自己消失了。好奇心就此埋葬，既无葬礼，也无悼词。

我打开门，又锁上。走进厨房伸懒腰，然后蹲下来注视那堆菜，似乎那只是一堆菜。对其描述！我告诉自己，尽管我无动于衷，只是定定注视那袋子菜。

过了大约三分钟，足够在马桶上思考出人生，我好歹站起来，忍住脑充血带来的眩晕和后脑勺一刻一刻的刺痛，洗锅淘米准备做饭，见鬼，我在干吗，我对自己说。

在把平底锅烧干的过程中把卷心菜剥好。用手隔着空气试探一下锅温，觉得合适时把火调小，把整块鳕鱼下进去。慢慢煎，可以放一把大叶牛至进去，也可以撒迷迭香。我其实更喜欢迷迭香的气息，那种气息的的确确勾起我的回忆，是什么回忆尚且无法得知。

看着鳕鱼的鱼油差不多都流出来时就换面煎，记得加盐。鳕鱼背面泛黄的褐感相当勾人食欲，当然气味更能，嗅觉总是比视觉更为敏锐，也更为复杂，因此更能促人想象。

鳕鱼煎好出锅，平底锅里倒了一点红酒。什么样的都行，烹饪时就没人在意那是什么样的酒了，注意别倒太多，刚刚没过锅面就成，然后将其聚拢，待鱼油和酒混合成汁，就可以将其浇在鳕鱼上，注意不要全浇，浇中间一点足矣。

接着把卷心菜拌上橄榄油（最好是初榨的）和沙拉酱装碟上桌。相较于熟菜软和而平淡的触感，我更喜欢沙拉。

这会儿饭应该也好了。可以撒些白芝麻和紫菜，我并不喜欢黑芝麻，要我说那玩意根本不该叫作芝麻。白芝麻浓郁的香气是黑芝麻所不会有的。

便是因为如此挑食，我才会独自进食。外间餐馆能合我心意的不知怎的都价格不菲。明明自己做来无须多少钱。

我闷头进食，夹断鳕鱼扒上的一部分肉，将筷子伸向卷心菜，咽下第二碗饭的最后一粒米饭粒，然后鼓起勇气去洗碗洗锅。都是在厨房的活计，洗锅就比做菜乏味得多。

　　洗完锅，甩甩手出来，掏出裤兜里的信。薄双面胶相当为难收信人。我不想把信封撕坏。最后还是用美工刀从封口无胶的一侧缓缓切开。

　　拆开信，与信封不同的信纸露了出来，活像黑白照片里出现的彩色精灵，几乎空气都为之松懈下来。这样一想，我才发觉方才拆信时周围空气异样的黏滞感。

　　不过无所谓了，眼下的事物要更加重要。把信纸取出。信纸被折成四折，折痕精确对齐，将纸分成四等份。下面一条向外的折痕，上面两条向内，纸不大，较A4纸小些（哦，B5），被横线整整齐齐分成三十二行。上面自然写有字。

　　极为清爽的字，笔画不连，清晰可辨，但又字字不同，显然与长年习字者的精确度大不相同。况且笔画小心翼翼，略有羞涩，不像书法家那般落落大方，自成一派。中学的女同学大多写这种字体。

　　过去我做科代表，总是收发作业，因此将班上的每个同学（本就不多）的字体大约都记了下来。有的横平竖直，仿佛由直尺圆规刻成，有的则歪七扭八。我本就写不好字，因此多少有些共情。不过丑字各有各的丑法。有的像我一般软绵无力，总是写不满一个笔画便着手写下一个，于是钩不钩折不折。有的则写得过大，结构太过松散，仿佛随时都会从纸上塌下来，这一类大多将一个字内的笔画都写得一样长，在写"三"这个字时尤甚，左右结构也太过平均，但有过一人给我留下了极深刻的印象，他的字总是斜着排列，与横线成约六十度角，又相当强调竖，因此写来如同画线，让人难以辨认。

　　我何以回想起这么多呢？我定定注视着字体，全然沉浸在回忆之中，直到挂钟敲响，我才猛地惊醒。八点了，五分钟后就要播今天的新闻了。我漠然地打开电视，继续阅读这封信。

"您好！很冒昧给您写这封信。我希望您还记得我，如果您记不起我是谁，可以看看信尾的署名。"

　　是她！记忆之火怦然闪动。我自然没有忘记，尽管那是十六七年前的往事。外教课上她自我介绍时说的"Alice"不知怎的留在我的心中，于是我便私下称呼她为爱丽丝。不过事后又嫌洋屁放得难听，遂改为"有栖"。偶尔脱口而出时总招来困惑的眼神，好在相差实在太大，没有遭到过怀疑。因此后来我回想起她时，总是先想起那一声不知音却富有某种韵味，仿佛细小的洁白鸟羽屑般的Alice来。

　　她成绩不差，语文常在班里数一数二。个子并不高，体形纤细，并不很丰满。有些怕冷，常穿外套，但时常穿短裤。因此发呆时我便时常看着她洁净而光亮，仿佛白瓷茶杯一般的小腿肚开始混想，最终却总以云彩收尾。她音乐天赋卓越，弹得一手好钢琴。她极擅长即兴演奏，曾在音乐课上弹了七分钟或许更长的即兴段，后来又表演过一次，但不太相同。她的演奏并不华丽，切分音不显著，断奏也不常使，踏板更是只在表演主题时使用。每当她弹奏时，爵士乐那"甘美的忧伤内层"便由击弦处剥离出来，缓慢而沁入听众的心底，往往在她离开一段时间后，听众才后知后觉，鼓起掌来。

　　按理说这样的女孩一般都有些孤寂，但她却不完全如此。在她们的小团体中，她尽管不是中心地位，但似乎只要她参与对话，话题就会渐渐地不起眼地向她的方向移动，在她偶尔请假的日子里，那个团体明显冷清下来。就连青春期散发着荷尔蒙的男生都很少骚扰她，或许因为她身边自有一种安宁的氛围，就连男生宿舍评选性感女同学榜单里都刻意漏掉她。

　　就是这样安宁的人，现在却在做一个尖锐的艺术家。作品无所不包，从传统绘画、拼贴、摄影，到装置艺术、建筑设计，无奇不有，况且都不是浅尝辄止。至少在她的作品中，我时常感受到冲击力，脑袋发昏，肌肉僵硬，好像外壳被剥掉之后被丢弃在荒野上，原因自然大约说得上来，但其刁钻的角度实在让我印象深刻。曾有过一个作品叫"氛围制造",室内一面镜子,狭长。天花板有三个LED灯,发出同样的光,不知何处传来琴声,因房间少,听来如同房间本身之声。灯光骤然变幻,但琴声浑然一体,连音都衔接上。在不同的灯光下置身于房间者都会有不同的感受。紫灯时是一种恶心的感受,一如面对腐烂之物,红光则给人压抑之感,黄光让人迷狂于性欲之下,白光给人冷酷之感。最令人印象深刻的是无光时,浓重的黑暗包围着一切,连门缝都无光透入,一种原始的生理的和心理的双重意义上的恐惧骤然浮现,琴声依旧安逸,却有一种暴力之感浮现其中,一如深海。很难想象光靠钢琴声何以演奏至此。

喂喂,老陷入回忆怎么能成!我缓缓回过神来。怪不得我,怪基因嘛。小时候我就是个注意力很不集中的人。老师放教学视频时我会注意背景处经过的熊猫,看电影时也专注于研究反派考究的衬衣扣子。罢罢罢,回头看信。

"虽然这个请求相当唐突,不过我希望您能来找我。去现在我所去的城市,抑或随着我的步伐重走一遍我已走过的道路。很抱歉我在这个过程帮不上您什么忙,毕竟我连自己在哪儿都不知道。如果一切顺利,并且信的确是由您打开的话,这封信大约写于七年前,也就是毕业十周年聚会那几天。"

七年前……似乎是有过那么一次聚会,我暗自揣度。十七年前的记忆依旧鲜活,七年前却恍如云烟。不过没关系,多种多样的离奇当道,没有哪一种比人更离奇。

"至于我在哪儿,我相信会有报道的。这并非狂妄自大,而只是出于对媒体的信任。放心,您不会被打扰。因此一切都取决于您,至于为什么是您,在您见到我时,我会说明的。如果您真的愿意来找我,那么不要被现实吓住,不需要被现实所吓住。因为现实的现实性并非你我的现实性。参考系决定所见的一切,这是过去您教给我的。"

狭义相对论,哈,我以为班上的人大都理解不了。那天我试着讲狭义相对论,用三角办法。在他们迷茫的眼神中我知道自己还需要用别的

办法。

"我衷心希望您做出某个选择。"哦，还有，"您忠实的。"

平心而论，这封信仿佛她的作品一样，给人某种强烈可供命名的特殊感受。神秘？不，不太妥当，困惑？也不太好，苦思冥想？有一点点意思，但还不够，仿佛托梦一般的书信，缺少信息的书信，数据丢失，PING值（网络上从客户端到服务器的响应时间）过高。

我该上哪儿去找她？我们的联系早已在七年前断绝。只不过那天交换了住处（再说也没人拜访过），而我恰巧没搬走而已。她压根没说她住哪儿，断绝了的线即使交织……

"那么，下一条新闻，"有神奇腔调的女主持人定定注视着我说，"著名艺术家……在贝加尔湖旁的小屋中逝世。原因不详。警方称已排除非自然死亡可能。"接着是实地，一位高大的穿着警服的人对着镜头说一小会儿俄语，接着声音降低，一个男声响起。"尸体非常完好。基本可以排除暴力。血液化验也排除毒杀嫌疑。死者并无慢性疾病史。屋内也并未漏风，这就是最反常的事件了。我从未见过这样死亡的案例，这真是太可惜了。"

接着是她生平概述，我漠然地注视着屏幕上闪过的我或熟悉或陌生的作品。好吧，我确实知晓你在何处了，有栖，我想着，把手上的红酒喝干。

那么，我叹息一声，该出发吗？答案很快便出现了：去！一股前所未有的冲动再次充盈了我的全身。这与方才好奇的感受相似，只不过强大许多，犹如抽水马桶的水流与海啸之差。

一旦决定了去，许多问题便迎刃而解。我还有从未用过的带薪假期，活计又并非重要到少我一日公司便停转，只不过是方式问题罢了。

方式问题，我想，那么，该怎么去找她，怎么去拜访她呢？是直奔贝加尔湖，还是沿着"她走过的道路"走呢？直奔固然方便快捷，但未免过于平庸，再说，如果我就完全不了解她这一现状去拜访她，她或许不肯见我。无论如何，她死了，不是吗？我脱口而出。一个孤独的男人坐在电视前沉思,随口说出"不是吗",光景着实奇妙。

她死了!我突然想到。她已不再开口,不再思考,不再工作,不再出现在这个世界上了!一种疲惫感骤然出现,仿佛解开气嘴后边泄气边满天飞的气球,是冲动感褪去了。所以最终也只是去瞻仰她罢了。我听不见她的声音,永远听不见了。

不,现实不会把我吓住。这句话骤然出现。于是说什么都不需要了。出发!而且是跟随着她的脚步出发。如此考虑之后,我发现又有一股力量支撑了我。与冲动不同,它燃烧得更加缓慢,能量沉静稳定地散发出来,仿佛倒吊人(塔罗牌的一张,代表隐忍)。

第一站,嗯。我想起她大学毕业之后去的城市,就是它了!我怀着做好决定的期待情绪,关灯上床睡觉。

实际施行起来比预料中的困难。

首先是请假。顶头上司从眼镜框里注视我的眼神多少有些异样,他摘下眼镜——异样并未减少半分——定定注视了我足足五分钟,空气凝结成晶的五分钟,然后开口说道:"何苦非要去那种地方呢?"

"想休息嘛。"我以无辜的表情说。

"想休息何苦现在休息呢?又不是旅游旺季。"

"想清静些。"

"想清静些就不会去那里,物价又高,空气又差。"他重新戴上眼镜,不过眼神似乎略有缓和,"并且现在生意正忙,活又多又紧,非要现在去?"

"如果可能,希望现在去。"我以诚恳的语调说。

"得。"他又摘下眼镜,抹了一下脸,仿佛要将五官尽数拂去,"因你从没请过假,工作又高效,才放心让你把更多的活揽过来的。倒是没想到这么一出。不能怪你,毕竟如此高压的工作本不是你该做的,不过工作着实紧张,伤脑筋呀!"

我沉默着等待下文。

"罢。你出去时能否工作？我想给你批一次出差，权当放松旅游，只不过工作别落下。消费大可报销，有我瞒天过海，别太过火就是。可有笔记本电脑？"

我说没有。

"来时没报销一台？"

我说没有。

"噢，怪不得总不请假。去批一台称手的拿回来报销，这倒不必瞒，你去总部开会的次数与我不相上下了。想必破例不难，上报就是。"

于是我去了Windows线下店买了一台式样最可心的。电脑不像汽车，外观和实质毫无关联，好在这台小巧玲珑，操作便捷。尽管性能不高，但我本就不需要多少性能，收发邮件罢了。其实说起来我不太喜欢笔记本电脑，本身就不轻，还会占据大把时间，让好端端的周末变得鸡犬不宁。我现在是所谓出差，而且已经做了那么大程度的通融，只好照章办事。

总共也没多少钱，甚至不够置办一套定制的西服配领结、怀表和皮鞋，报销时自然无多大困难，这号数字压根就惊动不了上头，连顶头上司也只是皱了皱眉头，问为什么那么老实。

"只是买了所需的东西而已。"我说。

他叹气："像你这样的着实举世罕见。"

"只是做该做的事，却成了举世罕见之人。"

"那倒是。"

结果，我便背上了有笔记本电脑的行囊。其实重量并未增加多少，可感受完全不同了。有一股强烈的吸引力告诉我它就在那里。

它就在那里！仿佛磁场一般吸引着我的胸腔。仿佛本体感受一般的感觉就此出现，设备是肢体的延伸。我们在同设备协同进化，我们越来越擅于使用设备，设备也越来越贴合我们的用法，最后一定默契无间，十全十美，甚至难分彼此。

谁都无法抵抗。这是社会螺旋上升，宛如海螺线式的进步，而海螺尖便是进化的终点，一切的统一。黑格尔称之为绝对精神，马克思称之为共产主义，总之都差不多。规律便是如此，采用设备获得进步。不这样做便只有被时代甩开，变成道路旁矿泉水瓶般的存在。

但矿泉水瓶自有其怡然自得的生存办法，尽管生命大约短暂，然后就被回收避免浪费，但其生存自由而独特，因此矿泉水瓶其实是个不错的去处。

而我没法做矿泉水瓶。由于种种原因，我做不成矿泉水瓶，或许是义务，或许是责任，或许是借口，总是做不成，因而只有被时代的巨浪冲刷裹挟，脚步跄跄地前进。

脚步跄跄地前进，我想，迈出机舱门。门外的空气相当冷，又迎面扑来，仿佛打开冰箱门视察活蹦乱跳的企鹅一般。好了！我打一个激灵，让陷入谜团的大脑略微清醒些。

拿下托运行李，寻找"国际到达"字样。川流不息的人群本应嘈杂的巨声被巨大的机场大厅所吞噬。并不吵闹，这种强烈的印象仿佛被什么场强硬地塞进我脑海里，头痛啊。

总之先找地方下榻。我走出大厅，在航站楼底拦下一辆出租车。司机殷勤地帮我把行李装进后备厢里，于是我得以有闲看着巨大如同在某颗降落的陨石上建的秘密基地的航站楼。这不只是T2部分，T1几乎一般大。双子基地。

我忽地想起过去看过的电影《黑衣人》，差中之差，剧情无聊简单，人物太过强大，对白不知所云。全靠主演（谁？哦，雷神托尔）的出现来拯救评分。虽然或许是我太苛刻了。揉堆又庸俗又自视清高，《海上钢琴师》才叫好！有激情，有感受，前工业化时代（或许不是这个时代）的一曲哀歌。

正当我浮想联翩时，司机开口了，用爽朗的语调。

"先生去哪里？"

"去日瓦戈家！"我下意识地说道，随后才意识到什么，"不好意思，不好意思，去希尔顿，万豪也行。"

"好的，希尔顿假日酒店，现在就出发。"司机拨动自动挡的操纵杆，踩下油门。行车期间，我从窗外望出，注视着火灾般繁华的市中心。是啦，是这么一座城市。永远灯火通明，男男女女行走不止，齿轮在源源不断的动力下旋转不休。现代的最佳去处，对于古代则完全不适合。

拉着行李箱迈进酒店，富丽堂皇的气息便迎面扑来。连灯光都是从天花板上高高垂下的挂有吊饰的火烛般的器具中照射出的。吊灯，对，吊灯。

来到登记台，看着年轻貌美的服务员将我身份证上的信息输到电脑里。她架一副黑色的圆框眼镜，使脸显得相当白皙，颈部光洁盈润，手指也修长。我看一眼就认定她是位漂亮女子，尽管一转身便忘得一干二净，倒是黑框眼镜可能给我留下些更深的印象。

过了不多不少的一会儿，够眨三十次眼，或打两个哈欠，或听一首歌，不够洗一次澡睡一次觉看一本传记。介于两者之间。她将房卡、银行卡、身份证一并交回，露出职业性的不露痕迹的甜美微笑，说了"入住愉快"，声音成熟，但我无印象。一转身便忘个精光，仿佛无墙的房间。

无墙的房间？算了，无聊玩笑懒得再开，一位彬彬有礼的男侍帮我将行李放在如皇家鸟笼一般的行李车上，帮我送上楼。又是七？或许人生与七不无关联。

躺在床上数秒后起身，这是我入住宾馆时一定会做的事。仿佛狗在电线杆旁排泄一般，我也须进行某些仪式来将事物转化为自己的。举世罕见之人必有其举世罕见之处。

打开笔记本，充上电，连上网络，果不其然，积压了大把邮件，只得封封回复。不少邮件所问的问题具有因果关系，有的提供信息，有的索取信息。回复完后新邮件又接踵而至。没完没了，疲惫感便油然而生。干的营生无非是个邮筒所做之事。庞大的信息流节点与现金流节点。我便从现金流中拿取属于自己的那部分。现金流越来越宽,处理难度越来越大,工作也随之增加。叔叔说得没错,能力越大,责任越大。

好歹一时处理完毕。疲乏感骤然浮现,可还不困,便去与酒店相近的购物中心闲逛。太古广场——之类的地方,高消费,快享受,现代的生活方式。

好在还有一个能接纳我的地方。一家明亮的咖啡厅。可穿牛仔裤运动鞋,可随性坐下,可阅读,可用咖啡价买到咖啡,小小的门口后有一堵写有店名的墙,从店外看不见里面。精神便一下子放松下来,呼。

我前去点单。巨大而透明的放有各种朴实无华的甜点——无非曲奇饼和奶酪蛋糕——的柜台后坐有一个女孩,穿着藏青色围裙,与店面风格很搭,想是工作服。

女孩很是恬静温柔,嘴角仿佛总在含笑一般。架一副圆黑框眼镜——样式与柜台服务员的大致相同,有些卷的长马尾一直垂到背的中间。可头垂着,看着座下什么东西。是手机吧?我想,脖子曲得不自然,早晚要出问题。

不,不是手机,是书。我擦擦眼,是《月亮与六便士》,译者相当著名,译文也自然贴近原文,原汁原味。翻译不比其他工作,译者闻名程度大致同能耐成正比。

她正看得入迷,我想。该怎么叫她呢?我沉思了一会儿,思考合适的开口方式。方法自然没有立刻出现,但也浮上心头。

"《月亮与六便士》!"我开口。她还是被吓了一跳,全身都颤抖了一下,猛然抬头看我。眼神无辜而迷茫,仿佛上课看书被抓包的可怜小孩。不过这影像仅持续了一瞬间。她很快便回过神来,露出十分自然的笑容,仿佛放下某种戒备一般。

"请问要点什么?"她的声音相当像她的样貌。世上总有那样的人,声音和样貌贴合甚近,听起来毫无意外,但自然也有人声音与人对不上号,高个儿男孩有很低沉的声音,漂亮女孩却天生声音沙哑仿佛母

鸭。人无完人。

"焦糖玛奇朵。再来一杯拿铁。"

"好的，一杯焦糖玛奇朵和一杯拿铁，请问大杯还是小杯？"

"都要大杯。"

"好的，这就为您准备。"

平常的对话，平常得近乎平庸。但在我听起来总好像不同凡响，有某种关系藏在里面，仿佛一条长得匪夷所思的线的两头。那有什么相联，直觉如此说。我决定搭讪。

"现在阅读的年轻人可不多见了。"我总以老年人自居。

"呵，"她轻轻笑了一声，讨女孩子欢心本来就不是我的强项，不过幸好她并未住口，"我不太喜欢太吵闹的东西，阅读对我来说是一种安静的感受。"

"能否给我描述？比如说是坐在湖底的安静还是在隔壁的森林中的安静？"我尝试接话头。

"哈，好比喻，两个都好。"她看来接受了，"我觉得大约是森林中的寂静吧。那是一种不孤寂的静谧的感受，真的就像在森林之中一般。坐久了，便感觉自己心中分泌出许多东西，就像是液体，缓缓地在身体中流动，使感受变得稀薄，又变得膨胀。瞧我说了些什么。"她笑了，笑起来时她相当动人。"好了，您的焦糖玛奇朵和拿铁。"

"已经做得相当好了，"我说，"比某些名作家都好。描述东西，尤其是虚无缥缈的东西，相当考验功力。你肯定具有天分。不过，不来杯咖啡？"我将手中的拿铁送给她。

"老套的把戏。"她接过咖啡，"不过你怎么知道我喜欢拿铁的？倒是很少人愿意喜欢拿铁。"

"光靠猜，大约猜得出来，原因倒不晓得，演绎法？"

"福尔摩斯！"她睁大双眼看我。

"只是闲时看书的人罢了，福尔摩斯又恰巧了解，刚浮上心头就说了这番话。"我试着自嘲，效果不佳，"话说上班时能喝？"

"能，一共就三个员工，老板又外出不归，似乎死在外头了。"她轻轻挑眉说，"老板倒是厉害，干什么都麻利。"

"老板？"我试着套话。

"没听说过？最近在贝加尔湖去世的女艺术家。"

"有栖？"我相当惊讶，往日称呼脱口而出。好在他人不解，只说不认识便罢。

但现在没能行得通。"有栖？"她皱起眉头，"你认识老板？"

诸多谜团骤然出现，充塞大脑，仿佛挤有三只大乌贼的洗手间，不过要紧的是第一个问题。"为什么你知道？"

"知道什么？"

"有栖这个名字。"

"哦，老板吩咐要这么叫她，尽管我一直叫她老板，老板喜欢自称有栖。不过工作用名不是这个，你怎么知道的？"

"说来你大概不信，从与她成为同学时我便私自这么叫她，没人知晓，日记中也没有（其实也没有日记），仅存在脑海中的名字。"

"巧合？不对，那么你那位有栖的真名是？"

我报上她的名号。

"在贝加尔湖去世的艺术家最近只有一位，理应如此。"而她却依旧眉头紧锁。

"对不上号？"我问。

"对上了。"她以不置可否的神情说，方才皱着的眉猛然散开，"那么您就是奇先生吧？"

是我。却是假名，所谓笔名。五年前发表过的小说，大约没人知晓是我写的，又没得奖。见鬼，莫非有人把脑袋复制一个后又盘问一番？

"是的。"我回答。

"老板的预言？我的天。"她从兜里摸出一个笔记本，"抱歉让我略微记录一下您的样貌，我健忘，人脸尤甚。"

我等她抬头又低头，铅笔沙沙作响，不像是绘画。笔一行行地游走，我很想看看她是如何记录的，但不敢问。

良久，她呼出一口气："好了，大概不会忘了，您没有双胞胎兄弟之类的吧？"

"没有。"自然没有。

"以防万一，明天遇上您我会对个暗号，您一定能讲出来，"她煞有介事地说，"为了不泄密，我不会把暗号告诉你。"

"那样可就对不成暗号了哟。"我说，但她置之不理，得，特立独行。我啜一口咖啡，香气四溢，甜苦交织，不同凡响。

看看表，我说我要回去了。

"准备好暗号！"她说。

"实在难猜，不如讲出来算了。"我摊手。

"不可泄漏。"她用食指指着我的鼻头。

她嫣然一笑："总之明天见。"

回到豪华水箱般的房间内，粗略回忆一下时差，正是上班时间。邮件纷至沓来，工作堆积如山，晚上九点何苦大费脑筋回复客户呢？大可饮杯什么好好休息，养精蓄锐，不睡觉就要完蛋，这可是全人类公认的真理。

但我无法可选，只得猛揉发根，开始无趣如同传信的纸杯电话般的活计。不干活更要完蛋，这可是全宇宙公认的。

工作持续到了凌晨四点。这可是休假啊，老兄！我很想对着镜中的自己臭骂一通，但还是没有。途中上了四次洗手间，洗了两次脸，喝了一罐冰箱中的速溶咖啡，竟要价五美元，美金符号前的数字倒不很吓人，但换算成一杯咖啡则让人大为头痛。

我不得不想起那位店员售卖的纸杯咖啡，只要多出两美金，就能买到一杯更香醇更地道更大杯的，还是焦糖玛奇朵！不过自然没办法，凌晨四点哪会有咖啡馆开张，充其量有一位传奇球员起身环顾洛杉矶罢了。

至少已经十五分钟没有新邮件了！我再点击一下收取按钮，还没有新邮件。结束了！我去洗手间小便一分钟。尿量连自己都惊奇，两杯咖啡（一杯速溶）何以有如此多的尿量呢？莫非从膀胱处接往别的地方？

总算尿完，合上笔记本，关灯上床。困意还未反应，不过马上袭来，仿佛油门踩到底的运动模式保时捷一般。意识猛然模糊，尽管眼前并非一片漆黑，还有窗帘透出细薄如尘雾的光。

醒来时正是十二点整，一分不差，饿得离谱，半夜仅喝两杯咖啡。我运转仿佛刚启动有些卡慢的脑袋，思考吃点什么。最终还是选了麦当劳，毕竟食欲本身已萎缩成小小一团，在空荡荡的肠际缓慢痉挛，只要塞点什么就成。

我来到商场里的店面，咽下一个巨无霸。喝一杯可乐，用灼热的薯条挑起一小簇雪糕，最后把雪糕桶嚼碎，以尽量轻柔的声音悄悄打一个饱嗝。如此饮食不需一周，镜中自身就会变得肥胖，丑陋，庸俗不堪。

权宜之计而已，我如此安慰自己，明天就不吃了。我重新睁开眼，起身出门，离开商场，散上一小时步。

说起散步，其实毫无景色可言，天空灰白，大厦高耸，人们低头行过，无人在意周遭。我很想大喊一声，但又没胆量，于是绕着商场急速步行三圈，便花费掉一小时，时间的耗散时常让人摸不着头脑。也罢，无非向各个方向前进罢了，从某种意义来说，我们都是在追赶时间，无论何种时候都是如此。只要我们以某种形式存在，那这追赶便不会停歇。

急走完，我站在路旁，抬头凝望那直插穹顶的尖头。酒店的尖头或许有其该有的名字，但无所谓，我要叫它尖头。我开始想接下来做些什么。下午两点，换算一下，客户们想必在呼呼大睡，如海水倒灌般的邮件流想必还没有到来。

去对暗号，我猛然想起，对，去对暗号。我开始寻找那家咖啡馆。尽管门面小得在周遭盛气凌人的品牌专卖店（耐克旁边是苹果，搭配着实奇妙）衬托下显得楚楚可怜，一如花季少女一般，我还是凭借我对花季少女残存的敏感找回了这家店。果不其然，她在里面低着头，看着什么，《血字的研究》，难不成从头开始看一遍？

我挺好奇如果我假装不是我会发生什么。"小杯意式浓缩。"

她头也不抬："黑夜是令人不安的。"

得，好歹是看到了《死酷党》了："是的，尤其对于赶路的异乡人来说，黑夜是令人不快的，话说这对白多少有些乏味。"

"记忆深刻嘛。柯南·道尔写得身临其境，仿佛眼前就已经出现那穷凶极恶的手臂戴有纹章的人一样。"

"由此才成为名小说。"我简练地总结，"总之暗号是对上了，下回不用了吧？"

"不用了。"她压根没抬起头。

一阵沉默。

"讲讲你老板。"我说。

"要我讲？"她终于抬起头。

"自然。还希望能不隔着柜台讲。"我说。

于是她仿佛猫伸懒腰一般起身，有些没站稳，大概是脑袋充血的缘故。她矮我半个头，尽管我也算不得身材多高。她身上没有久坐的痕迹，臀部没变大，静脉未扩张，唯有裙摆处固执的痕迹说明她干的活计。

她坐到顾客用的椅子上，乖乖，只是换了个地方坐。只不过无须驼背，坐垫也更硬，大概比柜台后要好些。我也坐到她对面，啜一口相当苦的咖啡。

"说说她！"我说。

"这……从何说起呢？"她显得难以启齿。

"嗯，你们是怎么认识的？"我问。

"哦，是在这里一家大展厅，在她的装置艺术展上认识的。当时我体验完一个作品，正坐在长椅上休息。你也知道，老板的作品相当耗费观者体力，她给予的感受太过强烈了。我正在平复气息，忽地有人在旁边问我感觉怎么样。我猛然回头，就看见了眯着眼笑的老板。那个笑容我记得一清二楚，就像柴郡猫一样，尽管并没露齿。她的眼神我印象尤为深刻，一种强烈的灵肉结合的感受蕴藏在那双眯得不大的双眼中。很难想象如果那双眼睛开会有多么勾人心魂。我凭直觉迅速判断了她不是像我一样普通的人，于是态度变得小心翼翼。"

"你并不普通哦，至少你是我见过的人里面拉花拉得最漂亮的。"

她苦笑了一两声："老板的才能可不止这些。她敏锐的感受力是能作用于任何事物并把它完美地重演出来的。就像根据一篇文字、一段旋律、一个动作便能调出味道一模一样的酒来的人一样，实在不同凡响，扯远了。'我很喜欢。'我这么说。老板却追问下去，跟你一个样，喜欢哪些感觉？积极的还是消极的？我自然回答两个都喜欢，不过更喜欢是积极那部分的。她看起来挺高兴，就带我去吃了晚饭。老板问我要不要在她的咖啡馆工作，那时我才知道她就是那些作品的作者。自然说想。"

"然后就到这里工作了？"

"嗯，同事有三个，一个是年纪比我还小些的男侍，礼数相当周到，仿佛穿越来的贵族。另一位是糕点师，年纪挺大的，时常做个奶酪蛋糕，三个人分食，滋味美妙。"

"老板不恼？"

"不恼，她偶尔也来一起享用。反正只要没有入不敷出，怎样都无所谓。老板甚至让我们自己分工资，她只象征性地在年终分红时拿一美元报酬。"

果真不是寻常的咖啡馆，不寻常之处多如牛毛，她讲了很久。大体就与蒲松龄的茶馆类似，饿不死就行。

一看表，已快七点。"这么晚了！"她说。

"那要不，一起去吃晚饭？"我提议。

"那好。只不过你才见我两回哦。"她说。

"你认识有栖嘛。"我找借口，两人起身。她把总闸拉上，将"营业中"牌子翻到"打烊"那一面，锁好门，把钥匙放进围裙——其实与衣服相连，是一整套，不过刚好与店面搭而已——一侧的口袋中。拍拍围裙——没白灰——干练，如同家政官。

"那么，吃点什么？"她问。

我把她领到散步时发现的一家西餐馆，店面很小，希望口味不坏。装潢并不华丽，但韵味十足，很好，装修费并不会在饭钱里面摊分多少。

年老而严肃的侍者给我们拿上一张报纸。是菜单，附带正经的英语解说，而非放些拼音之类。菜单自然没有过塑，因纸较厚，质地坚挺，就像硬邦邦的西服那样，因此没有被油浸软。我很不喜欢过塑的菜单，上面的油迹滑溜溜的如同经年累月的某种粗俗之物，相当明确地激起我强烈的厌恶之感。摸到过塑的菜单，就能闻到弥漫在空气中氧化的油烟味，也就能看到聒燥的大腹便便就花生米胡喝啤酒的样貌。醒醒，没多久前你还是他们中的一员。

因这菜单的缘故，我对这餐馆抱有天然的好感。当然菜单上的东西也不例外。菜式考究，不少费时，该有的一应俱全，不该有的统统不在，没有对菜式的描述，没有配图，没有所谓的主厨推介，没有供应材料的农民的名字。只有极为合情合理的菜式，尽管前菜像法式，主菜却像意式。

如此便够，尽管不能叫作知足。我招手叫来侍者，问他推荐什么。这是个微妙的试炼，经营不善的餐馆往往会在此时露出马脚。侍者的水平需够高才能答出此类问题，"因人而异"之类的回答是不够格的。这也是过去的讲究。

"黑松露意面，先生。还可以加一块肋排，但今天我更推荐鳕鱼扒或大马哈鱼，今天的食材新鲜，价格也会低约一成。"他以稳重的语气说。相当漂亮，足足可以打上一百零三分。

"那就要黑松露意面和大马哈鱼,浇奶油汁。"

"我来一份松子罗勒意面与T骨排,七成,浇黑椒汁。"她抬起头来——这之前她在做什么?

"前菜要熏肉干酪拼盘。甜点要熔岩巧克力蛋糕。"

"我要奶酪蛋糕。"

"开一瓶红酒。"我们的说话中间未留空隙,默契未到火候,但侍者竟尽善尽美地记录下来。

"红酒要哪一种?"侍者问。

我研究菜单,竟有自酿餐酒:"就它了。"

"好的。前菜是熏肉干酪拼盘……"不出差错,侍者前去后厨。于是店内安静了下来,我们说话都小心翼翼。

沉默一会儿后,我试着开口。

"讲讲你的工作。"这时冷盘上来了,侍者为我们倒酒,不知何处响起弦乐三重奏的声音,或许一直有也说不定,我们放松了下来。

"工作很清闲。"她说,"顾客都以为定价太高,因此少有人来。现在忙了一些。但你也知道,饮品店得推陈出新,但我们又懒,老板愿意自然可出新样,可她说尽量保持原样。所以至今还没出新品,不过把不同的咖啡混到一起,再加一些奶酪之类罢了。"

"不愿随波逐流。"我说。

"可以这么说,但也可说是故步自封。"她拣了一片火腿,"但好在味道似乎不错,原料贵嘛,定价也甚至更低些。"

"贵的不一定好哦。"

"但好的也都不太便宜。"

"那倒是。"我拾了一片干酪,味道纯正,奶香浓郁,但有些冲。

她继续说:"因这里灯光亮,常有人带书来看,时间久了,就有人把书放在书架上。书越来越多,就成了个小型图书馆,藏书类型贫瘠,但有些书倒是很齐。有整套的《追忆似水年华》和《尤利西斯》在书架最下面。老板很高兴,但做了个牌子说不接受期刊,说是有违店铺

哲学。"

我啜一口餐酒，果皮的酸涩尚未清除，但果香浓郁。我略皱眉头，似乎人人喝餐酒都会如此。

她又要开口，侍者端上了意面。我们便进食。意面很不错，黑松露气味浓郁，香味四溢。吞拿鱼也质感鲜嫩。我慢条斯理地吃完，拿一块面包擦干净并不多的酱汁。

她进食时小心翼翼，并未出声，连叉盘相碰之声都没有。我很喜欢如此的女孩，她们都有些神经质，小心地注视这个世界，时常脸红。或许不都如此，但在我的印象中是这样。

她盘内的罗勒剩下很多，她也拿块面包擦净。她嘴角沾上了一些，我指指嘴角提醒她。

主菜上来了。"好香！"她感叹。所以我们举杯。"Cheers！"我低声说，她没听见。我早已将嘟嘟囔囔的声音练得小不可闻。

大马哈鱼果真新鲜。海洋气息直冲面庞，而被温和暖洋洋的贝夏姜汁裹住。我用鱼刀切鱼，鱼刀的形状我依旧不能理解。为什么会成这个形状呢？两头粗，中间细得可怜。易断且不实用，相比之下她的牛排刀就地道得多，刀刃有锯齿，柄由木制，结实无比。

我在饭店中正襟危坐，圣地亚哥在小艇上侧身扯线，但对手都是大马哈鱼。想必我所尝到的多少与他不同，不，他根本没尝到那条鱼，或从鲨鱼的咬痕中拣过一口？我不知道，我忘记了。

我们将那支餐酒喝得一滴不剩。侍者问是否还要一支，我摆摆手拒绝了。她酒量不好，看上去没力气再吃乳酪蛋糕了。我把甜点打包带走，扶她上我租的车。我说过我租车了吗？应该没有，因为不重要，所以我忘记了。

我把她放回副驾驶座，把她的安全带系好，问她的家在哪儿。

"不想回去。"她有气无力地说，大概是真醉了。

"那去哪儿呢？"我敷衍。

"你去哪儿我就去哪儿。"果真醉了。

"别耍小孩子脾性！"我叹口气。

"我的确比你小嘛。"

"小多少？"

"你和老板一样大，老板比我大七岁。"

七，又是七，七实在与我有诸多关系。

"我那里就一张床，夜深了，我又困。"

"没关系，一张床就一张床。"

"喂，算到现在我们只见面两回，连名字都不知晓哦。"

"洛琦。"

"什么？"

"我的名字，洛琦，其实是自己取的，本来姓石。"

"石姓少女。那可是出了名的少见啊。"

"为什么？"

"过去谁写的什么，忘了。总之就是石姓少女少见。"

"什么呀，还有，你的名字？"

我报以名号。

"行吧，大约能记住。"

"现在几点。"

"九点五十八。"

"还不打算回家吗？"

"不想回。"

我们回到咖啡屋。她坐回柜台前，我则坐在客座上面对邮件喷发，仿佛要淹没庞贝一样淹没我的邮件喷发。头有些痛，睡一觉就会好，不必担心。她为我端来焦糖玛奇朵。

我时而抬头透过玻璃柜台看她，她阅读时恬静的样貌实在不可多得。她相当适合在柜台里坐，偌大的咖啡屋一下有了生机。

我继续埋头干活。邮件流依然迅猛，却渐渐显出颓势来，仿佛排泄时感受膀胱水位一般。终于有几个订单完成了，剩下的也为数不多，问题即将解决。我抬起头，长舒一口气。喝过焦糖玛奇朵后头似乎更痛了些。没关系，睡一觉就好。

我们走出店门，一阵冷风吹来，我们都打了个寒战。我感觉好些，但她看起来不是。

"冷？"我开口。

"不冷，先去医院要紧啊，你！"她拢紧衣服。我应该把外套带下来的，为什么没带呢？我感到自己实在把事情搅得一团糟。这种深深的厌弃激发了疼痛感。我恶心了好几次，但未能吐出。

"不要紧？"她问。

"不要紧。"我说。

出租车终于来到。"去综合医院。"她说。司机一路并不多话。想必看到了我怕人的模样。

这岂不成"《美女与野兽》"了？

我摇下车窗，夜风吹入，冷却大脑，使剧烈的痛感略微减弱，但清晰可辨。总比晕过去强，我想。因为坐了下来，疼痛被强化，或许是被重视。反正痛，痛不可耐。

痛的是脑后两侧，就是女孩梳的总角那两个位置。有种膨胀般的疼痛，似乎里面正产生些什么气体，要把我脑袋撑裂。越是想那就越痛，可又无事可想。

疼痛开始向其他位置游移，先是向前的凹窝，再到前天灵盖，然后快移到后脑勺两翼。疼痛也不再对称，开始随处扩散。最后变为全头的急剧痉痛。不过疼痛似乎仅限于头发所在之处的内部。即脑所在之处。

见鬼，见鬼见鬼见鬼！我很想大声叫一遍，或许疼痛感能消散一些，但怕吓到人，并且喊叫后会更痛，因此没有这么做，而只是吸气吸个不停，"嘶"。

见我如此痛苦，她将手放在我的手上。我立刻抓住了。疼痛至极的时候人会习惯捏什么东西，这样能缓解疼痛。而她的手相当软。我腾起一股摧毁的欲望，毁灭眼前脆弱之物？

但我最后还是把力气作用在车门扶手上。因我体内的兽性猝然发难，欲望才开始膨胀，要撑破我的大脑。但我是人而非兽！我便如此骄傲地想着，带有荣誉感地抓握扶手。

她似乎发现了这些变化，或者是我正要把她手捏得咯吱作响时忽然放松了。总之她叹了声："可怜人。"

"不过头痛而已。"我反驳，句子太长使脑袋疼痛不已。

她正要开口，司机说到了。于是我们下车，肌肉酸软下来，连步都难迈。即使坐下休息都没法消除酸胀感，全身都如此。

她挂了号，我坐在医院冰冷的座椅上等待。她坐在我身边。穿堂风呼啸吹过，头痛又好了些，但并未好到哪儿去。我闭紧双眼，忍受这烈得如同酸缩的疼痛，缓缓远去。她不无担心地望着我。

"真的没有大碍？"她问。

"应该。"

"死不掉吧？"

"自然。"我打了包票。

"很疼？"

"很疼。"

这里的叫号声实在很大，震耳欲聋的音响更强化了疼痛，嘶啊，饶了我吧！我只想快点缓解这头痛！好在半夜无多少人，很快轮到。医生坐在我面前。

"头疼，不得了。"省略一个字也能让头痛缓和些。

"看看喉咙。"医生拿起手电筒，拆出一把压舌板。我不很明白为什么要看喉咙，不过想必有章可依。

"发炎嘞，去做个血常规，出结果就给你开药。"

于是去抽血，抽末梢血。口罩严严实实的护士拿出一根消毒过的细针，扎破无名指，再把血挤进真空管中，最终将真空管中的血放进小试管瓶中拿去化验。过程极痛，但头疼多少缓和了些。中世纪的放血疗法

或许不无道理。

结果好歹出来，蝇头数字密密麻麻看不懂。拿去给医生看。

"这么严重？不比科莫多巨蜥咬一口好多少嘞。"

我和她都没笑出来。

"白细胞指数是常人的三倍嘞，得多开些消炎药。喏，去开药吧。"

我又拿着药品清单转悠，头痛已大为缓和，不过听那医生所说，还是开些药。好了，一盒消炎镇痛药，一盒不知什么胶囊，还要吊两个小时针。护士拍了好几下我的手背才好歹找到了静脉。

"平时很突出的呀。"我说。

"大概是生病血压降了。"护士说。

我看看镇痛药，每天只吃两片，看来药效很猛。我咽下一片，头痛立刻蒸发大半，迟来的睡意也忽然降临。

毫无时间感，仿佛一眨眼我便醒了。周遭变化很大。阳光照了进来，灯已全关掉了，只有她靠在我肩上。我感受她沉稳的呼吸，吊针已经撤走，想必护士在我睡着时，消毒了。我摸摸浴袍口袋，房卡还在，还在就好。

看看表，不过五点将近六点，即急性子者已能认为是六点之时。阳光在她身上斑驳一片，那颜色让我想起秋天，秋天到了！秋天时蟋蟀开始疲乏，落叶纷纷飞舞，成片的山野赤红如血，凉风中的苦涩，还有水果腐烂的甜香气（一点点），有栖会如何表现呢？她会用怎样的乐曲勾起我们的回忆呢？秋天的纹路是什么样的呢？

想象力贫乏的我只能想起李斯特的《乡愁》。那是我能想起来的为数不多的超过两个世纪年份的歌，那也是有栖常弹的曲目，她说要从这些曲中获得养料。

我缓缓抚过洛琦的额头。她的额头很宽，发际线不高。刘海中美人尖长出的部分斜斜挎在一侧。她的双唇相当不薄，并不显得突兀。

医院轮班在六点钟换，我从墙上的告示中知道的。我把她唤醒——

靠缓缓地有节奏地轻捏她的手掌——告诉她该回去了。

我们起身，拦下一辆出租车回去。

我们回到咖啡屋。她坐回柜台，我则在书架前翻来翻去，俨然一个世纪前的产物。我发现一本《培尔·金特》，便拿来给她看。

"看过？"我问。

"还没，哪看得完。摆的书竟为数不少，在给他筛选送过后还是多，"她指指正端咖啡去某一桌的男侍，"客人不来时就看书，就这样翻了五年了还是没看完过，一本书看完，三本便上架。"

"这本是易卜生风格不同的一个剧作，不料却成了他几乎最有名的剧作。还有谁，似乎还活着，也写了一本风格迥异的现实主义著作，与自己超现实的风格大不相同，结果却卖得最好。毛姆生前也同样呢，剧作比著作更令人称道，尽管死后的评价变得更加公允。"

"怎么回事呢？"她问。

"我也不知道。"我坦白，的确不知道。

这个城市中竟有演艺中心。我查了查最近的节目单，还真有《培尔·金特》，就在今晚有一场。下个月还有《等待戈多》，尽管两者相差还挺大，但还是能在同一舞台上演。

我带她去看。观众不多，坐了三分之二的座位。其实很好，人太多嘈杂闷热，人太少便冷清。演员在人多时候紧张过头，人少时又提不起劲。因无固定座位，我和她随便挑了两个挨着的座位。

当听到《培尔·金特》序曲中的"晨景"组曲时，我长舒了一口气。世上还有如此美妙的清晨！悠扬的牧歌般的长笛在乐曲的衬托下吹奏，舒缓而放松的感受蔓延了我的全身，浑身都发痒。

在培尔终于摆脱了被铸成纽扣（还没窟窿眼儿）的命运后，我们走出去吃饭。我选了一家中餐馆，连锁的，并非快餐店，听中国朋友说味道很接近正统中餐。

"怎么来这里吃？"她问。

"接下来的去处我已经想好。"我说。

"中国？"

"对。所以带你来这里。"

穿着旗袍的女侍者引我们去座位。餐馆里纵深不浅，一眼望不到入口，也不很能看见其他食客，看来精心安排过。领路员走了，另一位穿着朴素的侍者为我们倒茶，用铁壶，听他们说很像。

"中国那么大，你想好去哪个城市了？"她问。

"安徽与浙江的交界之处。两省都以绿茶闻名。尽管还有别处更有名的茶，比如云南普洱，福建白毫。但那些都不是绿茶。尽管这两个省各自也有其他茶，比如安徽黄茶，但那也不是绿茶。"

"但其他省也有绿茶。比如江苏，碧螺春尤其出名。"她说。

我沉默不语。

"为什么偏偏是交界处呢？"她问。

"因为有栖曾想去那里，但没达成。"我说。

"代她去喽。"

"对。"

她摸摸茶杯，还烫。侍者——又一个侍者——询问我们点些什么菜。

"茶味虾（龙井虾仁）。"她指着菜单。

"文豪猪肉（东坡肉）。"我也如法炮制。

"我不是很想吃油腻的。"她说。

"那就荷叶鸡（叫花鸡）。不要那什么文豪猪肉了。"

"再点个素的。"

"那，杂汤煮菜（开水白菜），这个素的倒贵。"

"哦，两碗米饭，不，三碗。"我补上一句。

侍者写好单后去了后厨，她开口问了。

"为什么叫文豪猪肉呢？"

"这已经是中国家喻户晓的故事了，就连刚上学的小孩也一清二楚。苏东坡，其实本名叫苏轼，这是他为人熟知的昵称。他是一个大文豪，留下了许多诗和歌词，小孩都会背，连我都记得一首。他极聪明，但官运不济，一生多次被贬。但他很乐观，每到一地就留下一段故事。他在一个小城做官时，看到富人不爱吃猪肉——因为太便宜，但穷人只会乱煮一通，他就发明了这道菜，滋味甘美，不很肥腻。人们很喜欢，就以他的名字命名。只不过翻译问题。"

"背背看。"

"什么？"

"你会背的那首诗。"

"其实是翻译成英文版本的，毕竟我没有那么厉害。"

"背背看。"

"As the great river flows, all the great man goes. Beside the hill of home, beside the says of who, is the war field of Chow. Broken rock fly, hard stream cry, millions of white. Paints of world, how many heroes."

"没了？"

"后半段忘了。"

"讲什么的？"

"过去的历史。这些中国的古体诗总是上半写景，下半抒情。最后一句也大约记得，是In the lost country, such a sentismentalist, such white on the head, such cup for the moon and river.

"有些悲观？"

"是的。"

"不是乐观的一生吗？"

"诗作的确大多乐观，但这首悲伤的却最为著名，至少是前五著名。"

"连古人都是？"

"自然，多种多样的离奇当道，没有一种比人更离奇。"

菜式极为鲜美，茶味虾果真茶香四溢，但吃来不苦，还有些甜。并非苦甜交织，而是只有茶香和清甜，但太甜。果真博大精深。

"为何太甜呢？"我脱口而出。

侍者恰巧就在旁边，便告诉我们。

"本店做的是淮扬菜，偏向甘甜温润的。另七大菜系，也各有特色。川菜重麻，湘菜重香辣，粤菜重本味，闽菜重鲜，鲁菜重调和，还有徽菜浙菜，各各不同。"

"安徽和浙江交界是什么？"她问。

"想必是徽菜和浙菜各取所长。"侍者笑着答。

我们结账走人。我回到宾馆，查看电脑邮箱。前几日的邮件陨石雨不知怎的没有来，仅条数不多的"已读"邮件尸体一般躺在收件箱中。不，还有一封。

我打开看。顶头上司发来的，说是工作圆满完成了，往后一段应该可以歇息了。约莫半年时间的订单没法再来，就算来也不甚大。营业额已相当好看。

"对了，你那事还没办完？我猜你急忙走是有急事要做。如果没有我就帮你把带薪休假续上了。够厚道吧？回来吃几顿饭就成。哦，你被提拔了，虽说还在这里，不过已能与我平起平坐。尽管活计比我略忙一些，不过你也知道我挺清闲的。以上。"

我相当感激他，是他培养的我，还为我通融假期——我或许会在就职典礼上如此说。但现在我想表达些谢意。我在电邮中写上"谢谢"又删掉。我该写点什么？

我猛然意识到我不知与他说些什么，可他如此喜欢我，把我当朋友看啊。我也很敬重他。但我该说些什么？"谢谢"这种时候甚至比"对不起"还难讲。

最终我还是没说谢谢，只是在邮件里写了："还要去别地，现在打算去中国，反正假期前绝对回来。"最后补了一句"不胜感激"，但

"谢谢"不是比这句更能表达含义吗？

罢罢罢，总和自己纠结，便成了一个抑闷的人。尽管这并不应当，但没办法。这并非面对面聊天，谁会千里迢迢送一封"谢谢"的信呢？

我叹息着按下回车键。

最后一次来到这家咖啡馆，我仍旧要一杯焦糖玛奇朵，在书架旁看书。看了什么？我不记得了，落日，困倦，马戏团的落幕，巨大的冰块与死者。《百年孤独》，我想起来了。

"一共有几个何塞·阿尔卡蒂奥·布恩迪亚？"我问。

"没数过，说到底连人物关系都不记得。"她说。

"那奥雷里亚诺·布恩迪亚呢？"我问。

"自然也不记得。"她说。我也不记得，于是作罢。

傍晚她问我吃不吃晚饭。

"不了，飞机上供饭。"我说，"对了，这电脑留在此处可以？"

"怎么？"她问。

"太重，不方便，要去的深山里想必没有信号。工作也告一段落。"

"明白了，好生保管就是。去喝点酒可以？"

"大概可以，走吧。"我说。

我们骑车寻找酒吧。一路上一家也没看见，饮品店和咖啡店倒是为数不少，见到的饮品店一律花里胡哨，把果汁和茶乱混一通再加上小料就摇身一变升价一倍。咖啡馆更是如此，家家都不开灯，店里暗得像吸血鬼的家。什么时候地地道道的酒吧消失了呢？我摸着胡须想。

好不容易找到一家。在居民楼底，被旁边的房地产中介和美容中心挤得甚是难受。但好歹亮着灯，门口的牌子也写着"营业中"，看来是个去处。

我和她走进酒吧。二楼没开灯，店里空荡荡的，只有一个老调酒师在台里擦拭杯子——总是擦拭不停。见我们进来，他也未抬头。"欢迎，二位要来点什么？"

"龙舌兰和烤鱿鱼圈。"我说。

"玛格丽特和小牛排。"她说。

调酒师微微一笑，从冰箱里拿一只龙舌兰，虽然我从没认清过龙舌兰的名号，但看上去不错。他从桶里夹出两块碎冰，在杯沿擦了柠檬，蘸了半圈盐，然后将龙舌兰倒入。手势优雅，无可挑剔，却获得半开灯的下场。

他调玛格丽特的姿势也无懈可击，打开酒壶将酒液倒进杯中时，仿佛打开了潘多拉魔盒一般，接着从柜台底拿出鱿鱼圈和裹在保鲜膜中的小牛排，大概是肉眼，架在柜台的锅炉上烤。

我慢慢喝，舔一口杯沿的盐。龙舌兰果真不错，浸透心扉，香气四溢，冲得不可阻挡。她看样子也相当满意，只不过玛格丽特酒劲大，我很担心她醉倒在这里。

调酒师拿出一副扑克，问我们会不会打。我会，三十年人生学了点杂七杂八的玩意，而她不会。

"没关系，猜老K在哪总会吧。"他抽出一张黑桃K和一张梅花三，一张方块六。他展示给我们看，然后耍了个障眼法，把老K和六调了个位置，她自然没发现。指认时，我没出手，她自然也就认错了。

"是这张。"我在她惊讶的目光中抽出她一直没盯着的牌，猜对了。我也学过两手掌藏法。骗过她，大概没问题。

我拿起牌，抖一下，藏进袖子里，就跟凭空消失没两样。然后从袖口——假装——拉出一张自己的老K。红底的，调酒师发现了。"脏了，不能要了。"我把那张K后面的空白硬纸片烧掉，K藏好。"但刚才那是一张凤凰牌，会涅槃的。"说着从空中抓一把，把他的老K拿出来，只可惜没法再变了。我展示蓝底。调酒师会意。"没关系，这里都是变过的。"他展示蓝底。她想必没有意识到这里的矛盾，是一头雾水。

"串通好了？"她问。

"魔术师的默契。"我们一齐说,"那么鱿鱼和小牛排好了。"

我们享用完,与调酒师告别。"是个好人,可是被时代甩开了。"我说。

我驱车前往机场,在机场旁还车(并非在那里借的),又叫了出租车送她回去。我才想起来我连她家在哪都不知道,仅有一个电话。

"我自己跟司机说地址,下次见到你再把地址告诉你。"她说,"多保重,记得下次再来,别死掉。"

"明白了。"我说,"再见。"

"再见。"她上车离开,我一人等在候机厅。

打印机票,安检,然后就在我自己的行李箱上坐着。我买了个大背包,把东西都装进去,把这大行李箱也寄存在机场。于是一身轻松。

孑立在这个拥挤的地方,旅行终究是孤寂的,尽管一路会有偶尔出现的陪伴。但那是奢望,是不可求的。

分享同一颗热忱炽烈的心的人,在森林中也不会颤抖,也不会迷路,还好我习惯了寒冷。冰凌竖立着,不会被融化,这是自然法则。它只会慢慢变细,最后消失,永存的唯独虚无。虚无的空气,虚无的土壤,虚无的河,虚无的人在虚无的路上穿行,虚无的鸟在虚无的雨中呼喊,虚无的花在虚无的草棚绽放,虚无的蜂便飞来。永远的世界之轮。像食尾蛇那样的世界之轮,在高空中大放其清冷的光。

食尾蛇。它作为世界的象征盘旋不止,绕着虚无行走。我们便在其上行走不止。因而其被某些部族所崇拜,被刻画于诸多图腾上。但食尾蛇这一物件是否真的有此含义呢?还是说其在漫长的偶像崇拜中已失去了原有的意味了呢?我自然不得而知。

现实存在于食尾蛇之中,食尾蛇存在于我的意识之中,我的意识又存在于现实之中。三者环环相扣,又构成一条食草蛇的食尾蛇。

我搓搓脑袋,抄起登机牌,第一个走上飞机。空中小姐对我点头微笑,我也对她致意。

我坐到特选经济舱的座位上。这里略宽一点，屏幕操纵也靠座位旁的手柄。但于我无碍，我想，系上安全带，或许是喝了酒的缘故，我感到肚子被勒得发慌，想必过会儿就好。

　　但过会儿也没好，反而更糟，起飞时的耳蜗的堵塞感唤醒了我对耳声的感受，胃中翻江倒海。但现在尚未平稳飞行，我只得忍受。头倒不痛，但整个胃到小肠再到下大肠通通像翻动起伏的大潮。这倒比头痛好受些，只消把还未来得及穿过食道之物重新咽回。

　　这样多做几回，便觉口腔难受，恶心难忍。我注视着座位旁"禁止吸烟"灯旁的"系安全带"灯，直至其灭掉，伴随着平稳飞行的提示音，我麻利地解掉安全带，冲进卫生间呕吐。

　　口中臭气弥漫，马桶中的东西量虽不多，但酒气厚重，颜色可疑。我将腹中之物吐得一干二净，还干呕了几回，然后按下冲水键，那堆东西便被干净的水吸走。一切都了无痕迹，只不过喉头还有被灼烧的痛感。我接点水，漱漱口吐掉。很久之前我就学会了如何用水清理喉咙。

　　我待自己平静下来后回到座位。路上碰见一个人，我们相互让路，于是两人侧着通过。我坐在座位上大舒一口气。腹内滞缩的感受，仿佛塑料袋被抽成真空的感受，让我想想吃点什么。碰巧开始供应晚饭，我要了匈牙利式土豆炖牛肉。

　　不久就端上来了，锡箔盒子上有纸盖，印有飞行公司的图标和纤细的"匈牙利式土豆炖牛肉"字样，或许太小看不清，一旁有用马克笔写大大的"匈"字。有时一个字能反应的东西，让人琢磨不通，还有两块面包，各用一个包装袋。

　　面包小得可怜，仿佛在吃两口一个的小木柴。但土豆炖牛肉很够味道，尽管量也不大。牛肉明显没有腌过，酱里也没放香料，腥膻味显著，但我挺喜欢这股味道。土豆也不错，糯烂，但仍有形，入味深厚。

　　我慢条斯理地吃完——我不喜欢快速进食——用面包不胜依依地沾起最后两三滴酱，把垃圾袋装回锡箔盒中等待空中小姐回收。

用手柄玩了点游戏。太无聊，猜单词吊死人的玩法比过去我玩的要难得多。又玩了两把《愤怒的小鸟》，眼皮下便不停抖动。我打开"音乐"，搜索有栖的名字。

果不其然，这里有。她的专辑风格很多，上一张是蓝调，下一张就变成了侵略性的实验电子。我随意翻找，一张封面为九种颜色的九宫格的专辑吸引了我。

《氛围制造》。我打开专辑，内有九首歌，与在那间装置艺术中的相同，我随便打开一首，打开随机播放，闭上双眼。

但睡意未能到来。我打开机尾摄像头，注视着外面的茫茫黑夜，试着找回睡意。

我眯起双眼，倾听着飞机引擎似有似无的震动，减缓呼吸的频率，想象着这首曲子应有的颜色。这首曲我还未听过，应当还有两首未听过。红，黄，紫，蓝，白，黑（无），粉，还差两个。

而这首大约就是其中一个，还差一个？不，还有绿色，不差了。九首都在此处。我舒出一口气。这首是什么颜色呢？

我开始就其声音的印象展开联想。我闭上眼睛，长叹一声，聆听有栖的演奏，眼前却什么都浮现不起来。慢慢来，我对自己说，你还是个普通人，而并非天才或矿泉水瓶。想象的膜要缓慢成像，现在的时间还不够，就像刚出现还未曝光的照片一样。

等等看，我想，开始等待图像如早些年的意识流电影一般骤然出现。高树、冷雨、湖、断裂、透明、棱镜、纯光、倒影，空白与意象，宁静地旋转，黑夜，光明，黑夜，光明，黑夜，光明。

是了，我想。黑夜与光明交织，融合于此处。清冷的击键，还带有击锤击到弦上的轻柔的"嗒"一声，无数的意象在此构成一片虚空，什么都没有，但有一个湖。这个场景意味着……

灰色。我想到。只有灰色会像这样。我很高兴，但也相当疲乏。一句极其客观冷静的描述出现在脑海中，仿佛卡夫卡会写的语言。伴随这句话沉沉睡去的应当不止我一人。"行刑之日我将不再孤独。"

我伴着这句话沉沉睡去。梦中即是那个灰色地方，有栖在那里弹奏着无休无止的钢琴，我也聆听不止，不曾移动，也不曾开口。

　　醒来时恰巧供应早饭，摄像头也拍摄着海上的日出，清爽的早晨，我不只睡了那么点时间。想必飞机超越了人类的计时法。

　　早餐是牛肉粥，找不到牛肉，只不过有浮在表面的一层葱花，气味浓郁，像是模仿过了火。不过至少温热，我用塑料勺将其送入口中，吞咽下去。希望消化系统能正常运转，接受这未怎么见过的东西。

　　打开航线追踪，一条清晰的虚线沿斜线穿过谷歌地图，而这架飞机正在航程的后半段。还有六个小时！

　　我决定看几部电影，看看最近有什么片子，反正是消磨时间之物，有多烂都没关系，光看名字就觉得烂的也行。一个名字映入我的眼帘。《嗅觉神探》当真符合预期。

　　看罢，再寻一部。我决定重温一遍《狼图腾》。果然，好的电影才叫好电影。三小时多的电影连打个哈欠的可能都没有。大段的雪景出现，实在美轮美奂。现还有如此的电影，相较之下，烂片显得千篇一律，差得倒也千篇一律，好得也各有不同，与人相反。

　　不过这都是消磨时间的权宜之计。看完电影，只觉得脑袋酸软，便再睡上半个小时。睁眼时飞机在下降，脑袋清爽，四肢有力，腹内空空，感觉良好，仿佛萨姆沙。

　　飞机停稳后我拎起背包健步如飞，时差不重要。我来这里不是为受时间控制的，我有足够的时间，去寻找什么。

　　去寻找什么。我想着过去有人告诉过我找东西的秘诀。

　　"首先放空脑袋，不要聚焦于什么东西不放，眼神要放松。"他说，"让周围平等地被注视。"

　　好，我说。

　　"然后从这里辨认对立的颜色，或者光芒之类的东西，那就是你要找的，要耐心地等它在你的视野中发光，先不要着急注视。"

"要慢慢地，先用余光，使其不易察觉，然后慢慢地换成注视。当它意识到时，它已被你牢牢地锁定了，就逃不掉了。"

好，我说。

但现在周遭实在太大，事物也太多。我放空双眼，试着寻找发光之物。没有，它不在此处，强烈的感受告诉我。

再往前去，慢慢寻找，不必担心，只需放空双眼，光线自然映入眼帘，便可寻到应寻之物。

寻光者！这个词映入我的脑海。有栖似乎就是做这个的。她把各种特别的光搜罗至脑海中，又以各种方式将其重现。食尾蛇的花纹鳞片反射的炫目辉光！

我走出机场，观看香港的夜景。随后在香港倒好时差，坐摇摇摆摆的渡轮前去广东，在那里北上。一路景色不见改变多少，香港无非比洛琦那里更繁华，更张扬，更昂贵。从广东开始，景色才变化，逐渐开始多山，并且越往北面建筑就越少，或许是错过了繁华地带，也有可能恰巧来到城市的谷地。

但高铁繁华，座位较经济舱宽敞（即便二等座），又安静，还有同样美貌的着工作裙套装和长筒丝袜的乘务员提供无须按铃便自动到身旁兜售食物之类的服务，"可乐、雪碧、咖啡、瓜子（我很不喜欢的东西），先生，腿让一下，谢谢！"

无非相同之事换套衣服重新杀上门。我注视窗外，快速掠过的树和缓慢移动的山，它们在漫长的时光中只改变了一些，一棵树终此一生都不会被淘汰，被慢慢淘汰的是种群。

但我还在落后于时代，我是个种群！我对自己讲。我是个孤独的种群，其间忙碌的物件支使我行走，以不至于被奔跑的时代甩得太远，太远即被淘汰，就像离得太远而不被加载的区块一般。我想起过去玩的游戏，只要立刻传送到极远之地，等待一小会儿，再传送回去，就能把做错的事一概反悔。死人亦可复活，破物可以重圆，没人知道这件事，甚至我会想到时间回溯后要了我一通的家伙——传奇屁王。

我现在大约即在传送，在回溯过去（尽管并非我的过去）。我将注视他人的过往，明晰他人的迷失。因为我身处在局外。那么，我是否也在被某人经历，某人窥视着呢？或许也有位局外人，像摄像头一样注视着我的一生，不时按下暂停键，用笔指着那时的我。而他也在被窥视，窥视链逐渐游走……

　　到此为止吧。我看周遭已全是深山，刚才就过了不少隧道。便在下一站（什么站来着？）下了高铁，来到了这个陌生之地。

　　这是个小镇，坐落在高山深处的小镇。人们的衣着并不入时，小镇的卫生也并不太好，不过至少有公路向外通。远处有大片的建筑用地还在施工，房子清一色相同，仿佛大片的积木排列在此处。

　　但我并非来小镇逗留，我已在其他地方逗留了不知多久，如今不该流连忘返，在走到合适之处时再进行搜寻。要有的放矢，老话说得实在妙极。

　　我购置一辆自行车，花掉了一部分我换的为数不多的钱。剩下的在那里吃了顿饭，味道与那间中国餐馆相比大不相同，有些辛辣。很便宜，我多吃了一碗饭。

　　我询问老板有没有进山的路。

　　"当然有呀，你就沿着大路走，很快就能看到的。"

　　然后结账，我不知该不该给小费——谁敢相信旅游手册呢？尽管中文已能应付过来，但文化没人有能耐应付，更何况是五千年年份的文化。当老板从出纳机中找钱时，我说了一句不用找了。算是信息的反馈。老板笑了一笑，把零钱放回出纳机。

　　"移动支付的话，绝对没人愿意说这句话。"他说。自然如此，科技这东西让人不再孤身一人，另一方面却让人变得远比过去孤单。譬如这无须付清的账单……

　　罢了，总是怀古伤今，早晚变成小老头。我如此想着，与老板说了再见。然后骑上那辆自行车，朝着大路尽头晃晃悠悠地骑。

自行车是极老的型号。无喷漆，无闪光，至多有个铃铛，似乎是什么"永久"牌的。骑在脚下，便觉仿佛随时都要散架一般，这种崭新的衰老便如腐朽的弹簧般将微弱的感受，虚弱之感，如此传递给我。

　　骑到天黑，不，并未全黑，到了近山之地，一个小公园坐落在此，有些涂有黄漆的健身器材，不少已经剥落，露出里面生锈的质层。上年纪的人在上面做着舒缓的动作，一如树懒。

　　我不再注意他们，而转头看向大山。毕竟我是来寻求某样东西的，某样有栖想找却没能来成而作罢的东西的，而与周围人毫无关系。至少他们没有放光，所以义无反顾地走开，尽管他们或许也有故事，也有或平淡或多彩的一生等着局外人去探求。他们也是所谓食尾蛇的鳞片，而鳞片永不掉落。

　　所以不必在意，我还有许多时间一一阅读，集中于现在！我打了下自己的脸颊，揉揉眼睛，走进森林，走上深山。

　　森林并不热闹。尽管无数的昆虫在此喧哗：遍地的树木上寒蝉的声浪震耳欲聋，漫天的蚊虫也在我身边咆哮（我穿着长裤和薄外套，背包里还有帐篷），但我依旧感到静寂。因为周围终于也未出现人。

　　人的大地上行走着人类，所做的便是将周遭变为人的大地。比细菌更快，也更彻底。因而我走到这里，倾听周围绝对的无声。这是必然的，是放空双眼所必要的。

　　我深吸一口气，感受着带有叶的气味的潮湿的空气改变我的混乱的思绪。周遭的声响变得清亮，但在隔着潮湿的水汽下听来有些暗淡。衣服已被浸湿，粘在——不知为什么——横膈膜外，行动不便。

　　周遭的声响相当熟悉，是蝉悲戚的叫声。除非下雪，不然蝉总是喧哗不止，声音激烈，浪潮起伏，几乎覆盖所有的频段。我不禁想如果有个科学家恶作剧般地将蜂鸣录下，然后发射出去让全银河听到，就像《三体》那样，会怎么样？

　　森严的外星基地，对，就像死星那样，达斯·维达和大帝正紧张地注视着下属慌张的报告："有信息从某处传来！"他们紧锁眉头，叫解析文件，然后在他们面前展示。

过了死寂般的半个钟头，下属说解析好了。刹那间，巨大的蝉鸣，巨大的蝉鸣充满整个基地，无人听不见。声音震耳欲聋，但无人会发疯——在巨响下发疯是个经典的桥段，但蝉鸣不会激起那样的感受。

我试着想象达斯·维达听蝉鸣的感受，但想不出来。达斯·维达和蝉鸣？我哑然失笑，这甚至已难以算作玩笑，而只是将两件隔有大半个宇宙的事物做粗俗联想而已。

我喘口气，继续边走边听蝉鸣。天已全黑，我从背包中掏出大功率手电筒，眼前便被刺目之白光照亮。

白光！我发现。但钱德勒并未在此时出现，他无暇出现。前方一小片被照亮成奇异的颜色，那的确是树原本的颜色，树干棕黑，树叶黄绿，但我不知怎的感到异样，仿佛树们被光剥去了颜色，在此间瑟瑟发抖。不，它们纹丝不动，直直地注视着我。并非树的颤抖，而是我的颤抖。

树在注视着我。我身边浮现这一行白底黑字，烙印一般的印象浮现。恐惧感，湿透的衬衫上已不完全是森林的湿气。

恐惧感！我忽地意识到是什么带来了几乎使我迈不动步的深重恐惧，是黑暗？这样一想，一切都瞬间得到解释，就像打开了功能描述的软件界面一般。树上斑驳的阴影缺乏立体感，无休无止的相似的景致，迷路的错觉，以及前方永远无法被照亮的浓浓黑暗，浮动着无数我未曾明晰之物，仿佛深渊之底的星星一般，这些都是意象，恐怖的意象。就是某种象征，仿佛崇拜本身被害怕的神明的原始部落。恐惧也是构成尊敬的一个重要构件，就像螺母。

我把手电筒调成橙色，气氛一下安逸了许多，不再刺眼，不再冷漠，也不再用恐惧之爪轻轻抚摸我。安逸，重新回到世界之中，呼。

意象并非物质，至少并非纯粹的物质，它因与意识和感受融为一体而脱离物质之中，成为一群独立的不可替代品，每一件都是柏拉图所谓理型之物。因其构成感受的一部分，其不可被同质化性也得以表达。所以我们可以说，意象即人。

不不，应当说，人是意象，因人含有其他性质，共性寓于个性之中。人是意象，是一个独立的、无法替代，也不可被同质化的意识与物质杂糅之物，意象行走于大地之上，建起意象的大厦，采摘意象的果实，走完意象的一生，最后在意象的坟墓前长眠。

在意象的保护下，我感到有困意，便在最近的大片空地上支了帐篷，用了单人加热包。这东西是在香港的野营用品店看到的，只要把保险梢拔掉，用力一扯拉环，把袋子吸紧，待其烟雾冒完，就能热上八小时。方才覆盖在我身上的湿气骤然变重，我真担心冻死在此。

这东西十分靠谱，"嗞嗞"声响完后便开始暖暖发热，不一会儿便觉得相当烫手，夜晚要小心被烫伤。

在这温暖的，充斥意象的夜晚，我合上眼。

醒时天即将亮，所谓鱼肚白的时刻，潮气已褪去大半。我看看手腕，旋即想起我忘记戴表了，想必落在某处，不必在意。

加热包仍在发烫，我把衣服脱下来烤了一会儿，摸着干了穿上。花费不少时间，不过总算重觉干爽。

趁着温度未散，我从包中找出两条花生夹馅巧克力，就矿泉水咽下去。并不太饿，但要提供能量。巧克力浓重黏腻的滋味冲击着我的味蕾。不，应该冲击我的喉头，粘住整个会厌。我使劲咽口水，拍拍脸颊，揉揉眼睛，试着让记忆回到我这迟钝的脑袋。

天亮了，这里是森林，我告诉自己，其余的想不起来。仿佛等了两个月重新回到此处一般，可能需要一位列兵将我从迷茫中唤回，就像以色列人发明的Restart办法一样。

过了不知多久，反正天已大亮，我才回到该在的地方。哪里是该在的地方？我的脑袋没法想那么多。

我的脑袋怎么了？

我深呼深吸一口气，空气却不像平日那样涌入，而只有一小股缓慢进来，鼻塞，我感冒了，想必。

我站起身试着运动，问题不大。摸摸额头，温度也不高，想必还能继续前进。那当然前进。

话虽如此，但正午变热，虽说比昨天凉快一些，但还是晒得我头昏脑涨，时常坐下休息。太久不运动，想必吃不消了。

光变暗了，就像谁用旋钮调节了日光灯灯管一样。我抬抬头，是云。我环顾我的全身，上面斑驳不清，有不知哪来的树皮的碎末和颜色深绿的液体。还被刮了一条痕迹，不深，但有血。估计很快愈合，大概在我撑不住之前吧。我笑笑，这样的话语出口，便觉一切变得悲壮起来。

周围的一切已然缺乏新意。仍是同样的树，同样的蝉鸣。无趣让我重新起身，打算向前走。

到了夜晚，我筋疲力尽。支撑帐篷，拉动加热袋，躺下休息。第二天起身，吃点巧克力继续前进。

过了几天，加热袋用完了。这里是坡地，我不敢贸然生火。第二天起身，吃点巧克力继续前进。

又过了几天，巧克力也不够了。我打开午餐肉罐头，和背包里的面包一起吃。我试过摘树上的野果吃，但味道太酸，看来还未成熟，并不能果腹。

再后来，帐篷的支架坏了，我叹口气，开始环顾周围。

仍旧是一成不变的树林。

但地上的斑驳阴影显然黯淡许多，与落叶融为一体，使地面呈现出凝重的质感。温度也降低了，代替前几日壁炉火般的酷热的是突兀的冷冽感。

要下雨了。

但浪漫的想法都未出现，我只想到要快找个人家避雨。或许是浪漫的想法，但此刻都不重要。我站起身，又随即瘫坐下来。脑后一刺一刺地作痛，呼出的气体让流着鼻涕的鼻头热得瘙痒不堪。喉头发苦，眼睛昏沉，摸摸额头，果真是发烧了。

与那天晚上如出一辙，回忆模糊地涌上心头，仿佛泼在墙上的水渍一样稀薄而确凿地存在。

"烧得很厉害！"洛琦对我说。她现在在哪儿？我希求她，比我的头痛更强烈。

但现在可严重得多。脑髓和颈椎相连之处仿佛要断裂般发着痛，粉碎般的痛。脚趾不由自主地缩进，把自己缩成小小一团，像煎蘑菇一样缩成小小一簇。我猛揪自己的头发，几乎要把它们拔出来，也未能让头痛缓解一点。就连鼓膜内都感到鼓胀，仿佛有什么气体又喷薄而出，伴着脑浆把头骨迸裂。

我想象着自己头骨迸裂的模样，脖子以上血肉模糊，不成人样，地上现出一朵血红的花，血和脑浆和着喷出老远。脖子以下倒安然无恙，甚至因失去生命而感到珍贵的凉爽。我要死了，我用力扯着头发，眼前光怪陆离，无数各色的小点泡泡一般在黑暗中涌现，令人作呕，睁开眼也一样，只不过黑暗变成数棵树样的东西，末梢有绿色的簇，整体笔直，呈棕色，其余特征都消失不见。

"烧得不得了！"洛琦对我说。当然，喉头已被呕吐物所覆盖，随时会喷涌而出。剧烈的苦味涌来，强烈的酸臭气，不知是固体还是液体的东西——几乎是白里透黄的——被大把大把吐出。吐了一阵又一阵，胃部开始萎缩痉挛，小肠也随之颤抖。呕吐物中的固体越来越少，它越来越稀——应该这么表述，直到最后胃液和胆汁混合的臭味、酸苦味在口中萦绕太久，识别不出来了。

我筋疲力尽，感到有些舒畅，至少脖子以下没那么不舒服了。但脑袋的疼痛随之变本加厉，阻止我意识清醒，也阻止我睡眠。

眼前的泡泡小点已经褪去，现在眼前只是模糊，好像蒙上一层蓝色的毛玻璃样，我尽力向离呕吐物远些的地方滚一点，然后再也不能动了。

我往空中抓去，自然什么也抓不到。

什么都抓握不到。周遭在离我而去，树、晦暗的天空、呕吐物的图像、洛琦的话语、蝉鸣、树叶沙沙的响声、重力感、头痛以及眩晕感，最后是炎热的感受。

潮湿、黯淡、窒息、失重、苦暗、冰度、发散、笼罩、尸检报告、呼啸而过、日落而逝、摩尔曼斯克、卡萨布兰卡、屏息杂声里、寂寥但随他人去，哭泣。

或许有人将为我哭泣。

浅蓝色的物体悬浮在上空，一刻不停地改变形状，在背景下显得尤为突兀。其毫无阴影变换，让人时常疑惑它是否只是一幅画像而非三维的有体积之物。

但其是有体积的，而且体积恒定，只不过形状在不断变幻，如同电子显示镜下的蛋白质团。毫无疑问其是有体积之物，但其给人一种印象——其是在空间中不断改变外形的物体而非图像。

它在那里不断变形，呈现出的模样无法描述，因其变化速度实在太快，在描述时便已转变形态。

在这样的物体所发出的光下，淅沥——不，凄厉的大雨滂沱地落下，带来无尽的噪声以及荒凉感，尤其是凉。周遭难以看清是黑是白，仅有……

感受重新回到身上。

首先回到控制的是听觉。伴随着从左耳传来的渐大后渐小如同示波器发出的声音，听声调大约在B6。能回想起B6这个音，想必已经清醒不少。

接着是触觉和本体感知。我试着握了握拳，拳头的位置让我诧异，我以为它要再偏右一些，再动动脚，胸口，脖子都重新被控制。胸口感到沉重，想必还是太虚弱。

我又等了一会儿，视觉却没有依我想象回来，不过可以见到一片黑暗，想必没有瞎掉，只不过没有力气睁开眼。

我打算起身，但只动了一下就没了力气，瘫回原本在的地方，那里铺着草编织的席子，有一个里面装着颗粒的缺乏弹性的枕头，还有一股奇异的气味。

一个声音来到旁边，"你醒了"，是有些见老的女性声音。

我尝试讲话，使劲出力却未能说出一个字，我才发现喉咙焦渴无比。"水。"我试着保留些体面，说得非常有气无力。

"好好。"她应该是走开了，不一会儿又回来，一股浓烈的带着植物气味的涩味来到我的嘴边。

"有点苦，忍忍就好。"那声音说，于是我张嘴。那何止是苦，各种植物的气味混杂在一处带来的酸苦味和浓浊的气息传到全身，我感到很热，想动动被子。

"别挪被子，你现在在发汗。森林里的湿毒侵进来了，我熬了点发散祛湿的药。出了汗就好了。"那声音说。

我再尝试睁眼，这次成功了，我在一间旧房间里。尽管房里采光不好，现在又是傍晚，我还是被光刺到了眼。

我端详身旁的人，她看上去五十多快六十了，头发斑白，但不驼背，看上去很硬朗。脸上皱纹很多，皮肤是老人特有的斑黑色，与头发形成鲜明对比，看上去好像无时无刻不在微笑。房间一角摆着一顶编织的草帽，有红色的布条纹。另一处摆着炉灶，上面架着一只有两个把手和一个嘴的棕色瓦壶，正煮着什么东西，房间里满是青涩的苦味。

无须询问，这里完全不像是死后之地，我想必还在旧躯壳里。这里应当是这位和蔼的老妇人的住所。热心肠的她在树林里发现了我，并把我带回她家中医治。

"来，再喝一碗。今天再多喝一煲想必就能把湿气排掉。剩下再补补气血就差不多了。"她又递过一碗苦涩的草药。已经睁开眼睛的男士

就不应接受女性的馈赠，但我还是接过草药，大口大口地喝，由于嘴里发苦，喝上去没有刚才那么难喝了。脑袋也清醒了不少。

"想上厕所。"我直截了当地说。

"哦，茅坑在外面，左边，打开门就是。看来好得挺快。"她十分高兴地说。

我起身坐在床边。由于动作太快，脑袋有点充血，缓了一会儿站起身，又缓了一会儿，才一步一步走到厕所旁。小便接近一分钟，几乎把气力耗竭殆尽，不过感觉身子清爽许多。

我坐回床边。病人一旦起身，便不愿再躺下，象征手法使然。她见我没再躺下，就和我闲聊起来。

"你叫什么名字啊？"她关心地看着我问，至少她的双眼闪着关切的光。

"我叫，呃，你就叫我奇好了，外国名很难念。"

"奇？哪个奇？"

"奇怪的奇，反正叫起来都一样。"

"那我以后叫你小奇好了。"

"嗯。"

"我姓徐，你叫我徐奶奶就行。反正已经是奶奶了。"

她自顾自地笑了一阵，我也一起笑了两声。

"你怎么一个人待在深山老林里呢？"她又问。

"呃，我是个画画的，跑来这里采风，跟大伙走散了，一个人跑了三天三夜走不动了。"我胡扯个理由。

"哦。我还以为你被妖怪迷了魂，中了邪到这里来呢。"

"徐奶奶，你要知道，干这行就跟中邪差不多了。不疯魔不成活嘛。"我接上话题。

"可我怎么没见到你带画画的东西来啊？"她问。

"哦，这个啊。我老师说，嗯，怎么说好理解呢？意到神才会到，整天自画只有技巧，是学不好的。"我在胡扯上很有一手。

"这样啊。我早就听说你们这行玄之又玄。前几年有个小姑娘，也差不多，不过没像你一样晕在林子里。她好像说要搞点什么'气氛'出来？你知不知道这么个人？"

"哦，听说过一个，你说的那个小姑娘叫什么名字？"我问，有栖没来过这儿，至少她接受采访时说没来过中国任何一个乡村之类的地方，她还说很是遗憾来着。

"姓汤，名字叫什么忘了。姓汤倒记得一清二楚，她刚好教了我怎么做汤，不过做的汤倒是忘了，只记得她姓汤。"

和有栖毫无关联。想必只是巧合。

"不一样，那我没听说过。有点可惜。"我说。

"本来可能性就不大嘛。天下那么大，哪有那么巧的事。不过同行嘛，没准能碰上，到时打个招呼，还能成段缘分。那我就成了你们这对的老媒婆啦，哈哈哈。"她笑得前仰后合。

"你中国话说得很顺嘛。"她又说。

"那当然，我有不少中国同行，并且我也在研究中国画嘛。不然也不会跑来这个深山老林里。"我试着解释。

"也是。"她像在思考，于是沉默来临。我仍旧喜爱沉默，周围的一切忽然重新涌现出来，随着"人"的退出而挤进这个空间中。重新变得宏大而稀薄的蝉鸣，熬药锅的咕嘟炸响的声音，甚至风刮过落叶的声音，现在可是夏天，但森林似乎常年落叶，地上厚重的腐殖层就能作为证据。

这次我的遐想没持续那么久。徐奶奶又开口了，居住在这里似乎让她觉得相当无聊。

"你家里有几口人啊？"她问。

我又胡扯一通家庭情况。她听起来十分信服。我没怎么感到有负罪感，因为不管我是个什么样的人，与她都没什么关系，并且我到这里来的真实情况很难解释明白，更何况我并非完全撒谎。

"我老伴走得早，不过儿子有出息。他在山下承包了一片地，搞了个菜园，从杀青到包装都是自己搞，卖得很好，赚了不少钱，就想接我去养老。那里房子更亮堂，家什也更多，不过总觉得没有人味。"

"生活感稀薄，仿佛月球表面的基地。"我说。

徐奶奶看着我，一句话也没说。

"抱歉，干这行容易疯魔，说话难免拿腔拿调。跟这样的人待久了自己没成活，先疯魔了。"我特意地把"疯魔"二字重复了两回，想必是为了开拓那个不存在的过错，这个老毛病或许比乱说话更为严重。

"请继续吧，您没下山，而是待在这里。然后呢？"我努力重新挑起话头。

我们又聊了一会儿，徐奶奶又让我喝了一碗药汤，我睡下了。

第二天很快到来了，无梦的一夜，昏睡后一片黑暗，接着就天亮了。即便在有意识时身处黑暗，时间也难以计算，更何况失去意识时呢？更何况时间被量化本身就不对呢？更何况时间根本不存在呢？

更何况……打住吧。

我起身，头脑尽管仍有眩晕凝成的结块尚未化开。像还没融化掉的芝士块浮在白酱上一样，但比前几日清醒不少。而且今天是久违的不热的日子，山上下着小雨，也刮着清冷的微风，预示着夏日的结束、多情地藏于霜叶下的秋天的到来。诌出一两句臭诗对我来说还是难度不大的。

我深吸一口清澈的冷风，走出房门。与前日相比骤降的温度让我打了一个寒战。在路边找了一块大石头，还算平整，我就坐上去，注视眼前的山。

满是树林的山在平日里显出暗淡的青色，太阳猛时会更鲜亮些，呈现出迷人的生机，是那些欣喜的诗人所说的"可爱的春天"的颜色。

但在这样的细雨中，这种颜色几乎被滤清，在雨柔和光彩中显出的山是模糊的，边框被虚化，交界呈现出渐变色，青绿色消失殆尽，薄薄的黑展示出其厚重的实质。

我所坐的石块相当硬，而且不很平。冰般的感受透过现代工艺所制的裤子传递到我身上，细雨缓慢地将我的全身淋湿，不明亮的阳光将我隐藏在树荫里，退出这里。

此地无人。仅有细雨无声地降落在山脉上。山顶完全迷失在白幕般的雨帘之后，仅有山脚还透出一丝宁静的青绿。

画雨笼山。历来画家都不曾画下雨线，而只将迷蒙得失去细节的山表现出来，不现山形，只现山意。因其原本就是如此样貌。

这里是清冷孤寂的地方。清冷得呼吸一次就会打个寒战，孤寂得除了雨声别无所响。万籁俱寂，唯独雨不停歇。雨会流经一切，淋经一切，没有什么例外。

雨的气味微弱，甚至有些许臭气，但雨淋至落叶上，便会激出一种草木的气味。不应评价为香或臭，它早在这些概念出现前就已存在。

除雨声外，这里还有一种低沉的鸣声，在左右晃动着，仿佛古老的弦在振动一般。这声音的存在为周围带来密纹唱片般的颗粒感和泛黄的纸张般的Déjà Vu（即视感）。

我猛地从这里醒来，不，"醒来"并不准确，我只是沉浸于思索而已。但即便如此，方才的感受也消失得无影无踪。理性再度回归大脑，来想点正事！

有栖未到的地方即是此处。她依靠想象力和些许印象造出编码为绿色的氛围，但很可惜，这个氛围并不够立体，不够身临其境。我现在身处于此，所感受到的比那个"绿色"的氛围还要多上许多。

有栖如果来过此处，想必会做得更好吧。些微的哀伤浮上我的心头。我起身，舒展身体，缓缓走回房子。

午饭还是在徐奶奶家里吃的。

说起来，这是我在徐奶奶家吃的第一顿饭。昨天光是喝药汤，今天一通长尿后便觉得腹中空荡，好像羞涩的钱囊。徐奶奶好意，做了一荤一素一汤，菜很朴实，也相当丰盛。荤的是白萝卜焖排骨，素的是炒

细嫩豆芽，再有一盆鸡汤，碗碗盆盆摆满了一桌。可惜的是灯光不好，卖相不佳，但别在意，场面人才光看场面。排骨焖得软烂，骨头一入口就脱出来，干干净净，肉腥早被八角香叶带走，留下的是脂香气和酱油的咸鲜。白萝卜也上了色，晶莹剔透，入口即化，吸足了汁水，润得胃暖。

豆芽也是，清炒的，少放油，一点点盐。菜汁还在豆芽里，那新芽的清香就在嚼的时候迸出来。顶端那豆也脆嫩，嚼得带劲。

我对徐奶奶的手艺大加赞赏，说我没吃过这么好吃的。

"哪里，农家菜而已，没人家精雕细琢的好。"她说。

"我倒觉得这个比饭店里的好。"我说。

"哪里，你饿坏了，吃什么都香。"她笑笑，脸边的皱纹也密了些，显得相当和蔼，"你精神不少了。"

饭我吃了两碗，还喝了碗汤，倒是很愧疚。饭后我问徐奶奶怎么下山。

"喏，这不是一条大路？沿着一直走就下去了。你要坐车的话问问吴书记，他能送你下山。"

傍晚，我找到了吴书记，一个小伙子，精力充沛，干劲十足，将要把青春献到这片养育了他的土地上。我跟徐奶奶告了别，坐吴书记的车下了山。路上我们聊起了徐奶奶。

"她呀，她儿子可不得了，开办了个红红火火的菜园，把留守的人都动员起来了，收入高了，大家都高兴。他坚持不办厂，周围都干净，菜也好。我们村可是周围这一片先摘帽的……"他口若悬河。

我很想说一句，我更想知道些关于徐奶奶的事，可还是没开口。到了县城，我给了他两百美元，让他换成人民币之后给徐奶奶。不知怎的，看见富兰克林那张丑脸我就心烦。

"替我问徐奶奶好。"我对吴书记说。他答应下来，去开会了，我则搭大巴去更远更大的城市。路上我没叹气，而只是盯着窗外起伏的山，缓慢地移动，最终消失在暮色中。

一天之后，我到了长沙。这里吃得很辣，不过我并非不能接受。这里繁华的程度恰到好处，符合大多数没来过中国的人对中国的刻板印象，当然"东方魔法"除外。我指的印象不是布歇和功夫熊猫那样的印象，而是更严肃一点的那种，尽管好不到哪去就是了。

这里至少有不是星巴克和奶茶店的咖啡店。我点了一杯焦糖玛奇朵。我感到我回到了现实，自己的现实，有种归属感。

我给洛琦打了电话，铃响了七声之后她接起。

"喂。"我说，用尽量平稳的语气说。

电话那头就有她的呼吸声。

"喂，听得到吗？"我再说一次。

电话那头只有她的呼吸声。

"喂，是我，我是奇。现在还没有死掉，'不中途死掉'，我还在好好履行承诺。我是奇，是那个认识老板、糟糕的、快到中年的人，总是不靠谱，脑袋也笨，现在在中国给你打电话。"

电话那头只有她的呼吸声。

"黑夜是令人不快的。"我说。

"是了。"她说，"你还都记得，没有把这里完全忘记。"

"信守承诺嘛，忘掉了就找不着你了。"我说。

"现在打算去哪儿？"

"想去一趟阿根廷。"

"阿根廷啊，那里可跟你现在隔了整整一个地球哦。"

"有栖的故居在那里，得去嘛。"

"得。"她那边传来沙发挤压的声音，"还打算回来吗？"

"自然，失信的人不是好人，至少不会是好厨师。"

"你是个好人吗？"她问，这个问题有些唐突。

"不完全算是，其实说不是也有理有据。但是相信我，我做菜很有一手，等再见到我时，我一定给你露一手。"

"等见到再说吧。"她说。

"有些不高兴？"我问。

"嗯。今天有个不知道从美国还是欧洲跑来说要入股的人，实际上就是想买下这个店面，一家咖啡店股什么份。他那副神情好像自己无所不能一般，我想起来就生气。"她说。

"后来呢？"我问。

"后来？后来那个年纪轻的店员说了一堆事务性的话，拒绝了所有提议。他性格很倔强，我提到过吧？反正事情就这样了。那家伙被拒绝了还满脸假笑，看着就难受。"

"那是自然，"我附和，"不过惹到那种人物了，恐怕一阵子不会很好受了。如果他生气了，那还好说，但他那样的话估计怀恨在心，会用更隐秘的办法报复，要多加小心。"

"怎么像个老爹一样唠唠叨叨的，怕什么，本身店面就小，不值得付出那么多代价。他总不能开出一个我无法拒绝的提议吧？"她听上去十分恼火。

"我知道你现在很生气，但是还是得冷静下来，毕竟是我要去找你的，我要找到的是活生生的、活蹦乱跳的你，好吗？"

"好好好，答应你平安无事地活下去。"她不耐烦地说。

"还有，我给你买了礼物，去阿根廷再买一件。"

"买了什么？"她问。

"见到你时再告诉你。"我故作神秘。

"早猜到你会这么说，行了，就这样吧，我刚准备睡觉来着。"

"晚安。"我说。并未等到回应。

这里的高铁覆盖率很高，横跨几个省的路线一天就能走完，甚至方便快捷，与高速发展相适应。速度要快，不然势必被甩到路旁奄奄一息，除非矿泉水瓶。

人类使道路不断扩展，为了经过体积更大、运量更多的工具，运来更多货物以扩展道路。一条巨蛇便如此出现——象征着人类发展的巨蛇，蜿蜒而迅速前行的巨蛇。

食尾蛇，我猛然想起。如此说来，我们便在不停用资源喂养食尾蛇，让它变得粗壮，从而昭显我们的伟大。但现在这条蛇的鳞片已然灰暗，空有巨大的躯壳。

花纹不需要太多空间。

我发了发形而上学的牢骚，转头睡去。

这里是世界著名的渔场之一。禁渔期刚刚结束，港口旁的个体渔民拎着满载的渔网或者泡沫塑料箱，期待卖一个好价钱。他们脸上带着微笑。

我自然不是来找他们的。这个城市以渔业和旅游业闻名，因此少有带着玻璃幕墙的写字楼这类地方。这里是其中之一。我来到三楼，这里是"这家公司"的本部。

"这家公司"的故事耸人听闻，老板曾是做偷渡生意的，好几次死里逃生，不过没跟贩毒扯上关系，所以得幸金盆洗手，拿赚到的钱当本金开了这家公司。海滩游，游轮租赁，豪华酒店，渔获收购，远洋航行——不再违法了——应有尽有，只要与这片海域相关。

与前台偌大的空间相比，灯光有些昏暗。前台也没有露出微笑，而只是指引我到总经理办公室。办公室拉着窗帘，没有养盆栽，只有一个大办公桌和一个翻书的柜子。墙上有与什么人一同拍的合影。

"总经理"，哦，就是"这家公司"的老板，抬起头看我。他的眼神相当锐利，而且深邃，没人能猜出来他在想些什么。但我想必已被看透，无城府，无心计，只是一号微不足道的人物。我真害怕被他请出办公室，虽然这么做应当很正常。

然后他又上下打量我一番，这次很快，仿佛过安检机一般。经过这一番程序之后，他似乎放下了戒备，向后躺到办公椅上。

"来干什么的？"他问，口音很重。

"我想随船去远洋捕捞。"我说。

他睁开眼，又打量我一会儿。

"你不是靠体力吃饭的吧？"他问。

"不是，我是个家电公司的职员，功能类似于中转站。"我说。

"你了解过这行吗？这和坐游轮玩过家家可不是一回事，真的。要不是你能摸到这里我真想叫人把你赶走，"他从椅子上弹起来，定定注视着我，"你干不了，你失业了吗？"

"没有，我在休假，带薪的。我可以倒付你钱，我本来就不是为了赚钱而来。"我说。

他又躺回椅子上，点了一根烟，拨动排气扇开关——他或许还算善解人意——盯着我看。吐了两个烟圈之后，他就开口了。

"你想自杀？"

"不，当然不想。虽然听起来是个好办法，死不见尸，还算个例外。"

"你算个怪人，就是在我遇到过的人里也相当怪。"他又抽一口烟，排气扇不够快，屋里还是烟雾缭绕。我很不喜欢闻烟味，那感觉像在闻烟囱，但没得选。

"你是个艺术家？来采风的？"他问。

"后一句勉强算对吧，有理由的，尽管你肯定不信。"我说。

"那就好解释了。那可是比谁都不要命的一帮人。"他皱着的眉头甚至都舒展开来。

"不敢当。"我说，不知道用对了没有。

"听我一句，就当是长辈的劝诫，别。十有八九回不来的，三个月！这行没有固定船员的，除了船长大副，其他人都是临时招的。知道为什么吗？因为太危险了，去的时候12个人，回来的时候只剩下5个很正常。什么死法都有。光听我说没用，但是别去。"

"我知道，平均生还率是42%，你们能做到47%。"我说。

"你有自信当那47%？"

"没有。"

"那不就是了。干吗浪费一条命,去多赚点钱,陪陪家里人,不好多了?整天惦记着刺激干吗。"

"你那条渔船开不开?"我问。

"开啊。"

"那不得了。我倒给你钱,死了算我倒霉,不就行了?"

他看了我半天:"你没发神经吧?"

"现在应该还没有。"

"你花钱什么搞不到?何苦非要活受罪呢?"

"我答应别人的。"

"什么人啊,要不是你朋友,那还真该死了。"

"不算是朋友,不过她真死了。"

他沉默一会儿。"对不起,"他说,"那他都死了,你还干吗?怕他半夜来找你?我还没见过真鬼。"

"就是因为她死了,所以我才来的。"我说。

他看了我一眼,又皱起了眉头:"你觉得你是个真男人?"

"说话要算话,跟男人不男人没关系。"

"嘁。"他又抽了一口烟。那烟已经燃尽了,他把烟屁股用力摁在烟灰缸里,他的手指粗壮有力,结着厚厚的老茧。

"知道为什么我没有再出过海吗?"他问。

"不知道。"我如实相告。

"上顶楼去看看就知道了。最后问一遍,你真的要去吗?"

"我想要的。"

"得,"他从抽屉里掏出一张合同,指着右下角,"看完,哪里漏了别怪我,然后在这里签字,摁指纹。"

我正要接过去,他突然又想起什么,把合同塞回抽屉里,大喊了一声什么,前台的职工就赶过来。他嘱咐了几句,她就走了,说的方言我一概听不懂。

过了一会儿，那个职工拿着一张刚打好，还热腾腾的纸来，还是合同。"认真看，看完签字，摁指纹。我不收你钱，也不会给你钱。"

我逐一看完，在右下角签了名字。他递了印泥过来。

"你还有机会反悔。"他说。

我接过印泥，大拇指摁下，再在纸上摁下。

"我能说的都说了。"他耸耸肩。

我坐电梯上顶楼，再走一段楼梯去阳台。我这才明白他所指的是什么。

顶楼看到的是海，远处与天有分界线的庞大，不，硕大，不，巨大的海。但其又与海，与我心目中的海有着巨大的差别。

眼前的海并非蓝色，而是浓重的石油般的黑色。在水天交界处则呈现一种带给人苦涩感的深绿，原本波光粼粼的部分现在看上去也是一层层黑色边框。其上漂浮着泡沫，原本易逝的海沫此刻却经久不散，即使消散也有新的出现，带给人一种仿佛带着臭味的不新鲜感。这种混杂着死的不祥的气息，包裹着其间渺小的渔船和油轮。偶尔有几只海鸥经过，刺破这里黏腻的寂静。

这里的风相当大，我的眼睛很难睁开。空气中带着浓重的海洋腥气，并非普通的咸味，而是混杂着某种黏腻的、带有血腥味的哀号般的腥气。

这与我们印象中的海大不相同。被经过层层包装的海在资本诗人的描述下生机勃勃，蔚蓝，澄澈，宽容地接纳每个生命。这么美化的历史太久，以至我们误以为那些塑料包装纸上的闪光就是海的面貌。

海在阴暗的天空下显得尤为冷漠——不，不对，海当然不冷漠，海欢迎着生物到来。这里是生命厮杀的场所。由冷酷的生存法则定义，弱者被杀被吃，强者被更强的吞食，最强的则被群起攻之。海期盼着杀戮，血腥便是它所期盼的佐餐。恐惧凝结成块块，暗红色不透明的黏性块体，沉在海中，缓慢溶解稀放至海水中，在生命中积累，于是生命因为原始的恐惧而相互屠戮。

海的眼神并不冷漠，它渴望着生命的到来，仿佛秃鹫注视着行将咽气的野猪一般。海下是埋葬无数痛苦无声的哀号的墓场，也是喷薄着生命之气的萧瑟去处，真正令人恐惧的并非海下的未知，而仅仅是海本身。

那里开始下雨，与海同源的天空倾下同样冰冷的水，与海的恐惧呼应的是冰冷入侵我的骨髓。我在打寒战，这里此刻给我一种强烈的恶心感。我或许因为寒冷，或许因为恐惧，或许因为面前之物带着血污的呕吐物般的质感，起了一身鸡皮疙瘩。

我下了楼，到了公司后走楼梯到一楼。我向总经理办公室瞟了一眼，他捂着头，注视着桌面，我看不清他的神情，他仍没有拉开窗帘。

第二天我就上了船。

同行的人还有六人，一个船长，一个副手，一个厨师，三个劳工。船长和大副都四十多岁了，看上去很可靠。厨师的年龄我看不出来，他已被海上的阳光晒得极黑，愈发显出他全身结实的肌肉线条，他比那三个劳工还壮。尽管只是个厨子，他相当沉默寡言，即便海上的人大多不很健谈，他也是其中最不愿说话的一个，我直到最后都没听他开过口。

三个劳工有两个跟船长年龄相近，还有一个很年轻。不过即使是他，也已随船远洋捕捞五次了。或许是老板的关心，船上的人都经验丰富。

为什么他要费尽心思保护我这个素不相识的人？我偶尔想。但时间不多，因此还未得出答案。

船起航了，船长带着他们祭过妈祖像，喝过一杯酒。我则在船上等候。这船不小，但船底的空间几乎都留给冷库了。甲板也很大，所以七个人都挤在一间小小的卧室。本来甚至是个八人间，还和厕所合并，几乎没有落脚之处。

厨房的空间更小，虽然对厨师一人来说，似乎没有那么逼仄。调味

料有酱油、味精，没有盐，舀几勺海水就行，柜子里有七八袋米。没有酒——居然没有。

然后就是医务室，绷带、外伤药水、棉签、板蓝根颗粒，没什么其他药了。再就是十箱维C。看来新鲜蔬菜是不可能有的了。

"放心，到新加坡去绰绰有余，我们会一路补给，沿着从东南亚到大洋洲这条弧线走，到阿根廷去，再白天出海，晚上住宿。虽然你好像是到阿根廷去，不坐船回来的，是吗？"

船长出现在我的背后，尽管他的足音早就预示了这个。他温和地拍了拍我的背，手掌宽大有力。

"为什么偏偏坐船呢？"他问。

"突发奇想，反正上无老下无小，没什么牵挂。"我说。

"你爱人呢？"他问。

我想了想该怎么解释。"有过一位，还未来得及求婚，她就去世了，现在这位是她的，嗯，助手，也远在千里。"

"不怕回不去？"他问。

"怕。"我想起我的承诺，"不中途死掉。"

"那干吗不坐飞机呢？"

"我觉得这样更妥当些，"我说，"坐船。"

"有自己的想法，好事啊！纵使看上去随波逐流，但又在风浪中屹立不倒，人生的航海啊！"他大声喊，似乎有笑，我没听清。他比看上去还要老成许多。

"没买保险？"他问。

"想，买不了，说不为远洋船员服务。"

"还跟那会儿一样啊。"他眯缝着眼睛。

今天已经很晚，船长宣布明天再干活。于是我们都上床睡觉，船长留在船长室负责守夜。窄小的寝室充满着汗味，这味道很快就被海盐味取代。不知多少人肆意地打着鼾，此起彼伏的声音没有一刻停歇，不过这还算好，我在比这更吵更臭的地方都睡过，但现在我没法入眠，也没法想东西。

我晕船了。平时从没晕过，我坐过不少船，但未曾晕过，可这次除外。船每上下波动一次，我胃中不知什么就翻动上来一次，中间有不到一秒的延迟，但这点延迟就放大了晕眩感。

我睡不着，于是去厕所试着吐了一吐，没成功。不知怎么进了厕所之后船突然平稳起来，胃肠也暂且消停。于是我排了一次尿，感受了一回胃中温热的痛感。回到床边坐下，我躺不下来。一躺估计就会吐，虽然坐着也不好受。

我决定去船长室找他聊聊天。敲了两次门我就进去，船长在聚精会神地看着仪表，偶尔抬头看看海面。见我走进来，他略带嘲弄而善意地，好像对新手那样朝我笑了笑。

"晕船啦？"他问。

"嗯。"我发出声音。

他从柜子里翻翻找找，掏出一条带挂钩的带子。可以挂在手臂上，也可以拉着，还能牢牢地拴在腰上。"想吐的话，把挂钩扣在栏杆上，别掉下去，不然可不好受。"

"谢谢。"我说。

接着他便一言不发，只是盯着仪表盘，我则盯着前方被探照灯照得失去颜色的海面看。

在高楼上，海呈现出滞黏的深绿色，像熬煮的中药汤，但并无生命的辉光，只有厮杀的气息在海间漂浮。但在出海前，海洋又变得灰黑，似乎在表示它的冷漠和不欢迎。这是它的伪装。当然，它掩饰着对血肉的渴望。

而现在，海在探照灯下显得既没有泛着清晨般的浅蓝，也没有恶心的体液般的绿色，而只是无细节、无光泽的纯黑。这里已经是它的胃囊深处，它无须再表现更多。

我想要战栗，但却未能做到。船长似乎无此顾虑，他看上去根本不需要这么做，或许恐惧无法侵袭，或许他已经被海所浸润而成为海的一部分。

"你害怕吗？"我问。

他还没回答这个问题就先有了动作：紧盯海面不放。他显然不是在考虑这个问题，过了一会儿他开了口。

"准备去外面吐个痛快，有个海浪要来了，抓紧扶手，别忘了。"

话音未落，仅说到"抓"字时颠簸就来了。幅度越来越大，我站起身，抓着带子准备出门。出舱？我想。

颠簸自然没有规律。随着一阵失重，我感到腹中之物正向上涌，或许是惯性，接着仿佛船落到地面上一般，一股来自海的巨大的冲击力将我的忍受彻底攻陷。我冲到甲板上，挂钩扣住栏杆，左手在袋子上绕了两圈，开始呕吐。

畅快淋漓，排山倒海，尽管过程相当不适。我没怎么吃东西，所以吐的东西很快只剩下胃液和胆汁了。待吐干净后——连我自己都觉得相当快——舒爽的感受终于回到我的身体内。

我将挂钩打开，回到船长室。

"吐好了？"他问。

"吐好了。"我说。

他又陷入沉默，我则还是盯着海面看。不一会儿就下起了暴雨，凄厉的暴雨，即使隔着厚墙也能听到雨落到海面的声音，更别提雨打在甲板和玻璃上的独特声音了。

雨落在海面上了，发出与落在地面相似的声音。雨被海中的生灵感受到了吗？或许能的，与海截然不同的冰凉想必能被他们感受到。那是与海大不相同的冰凉，混杂着地上生灵的悲哀。众人的哭泣，牲畜的哭泣，鸟的哭泣，一概都溶解在雨中，随雨降落，又挥发在空气中。海难道不是海中生灵的空气吗？只有在这时，海的情绪才被抚慰，血泪的苦痛被暂且忘却，而海所富集的悲哀此时施放出来，即使身为猎食者的生物也会暂缓追逐，呼吸这少有而稀薄的安宁，转瞬即逝的哀伤让他们休息。海洋的孤寂一如被重新赋予感性意味一般，在黯淡之际烁然夺目。

伴随着晕眩感和雨的意味，我回了寝室。或许因为晕船的缘故，周围变得安静，我睡下了。

起床时天已凉，今天是阴天。他们早就开始忙活，把挂在网上的鱼倒进泡沫箱里，准备入冰库。还有个小桶，存放着大约十条各色鱼，估计是准备的午饭。

他们已经收过两网了。下网，等待大约半小时，收网理鱼，再下网。这大约就是他们一次工作周期。一天收二十遍鱼，上午十次下午七次晚上三次。早晨五点多就起床，干到十二点吃饭，略微休息，下午一点再开始干到六点，七点到九点吃晚饭，然后打打牌准备睡觉。

船上自然没信号，所以这里或许比梭罗设想的更加完美——如果他能忍受的话。打牌是他们几乎唯一的消遣方式，船上不许喝酒，他们也不需要所谓高雅的消遣方法。船长没有此项恶习，厨子也不打——他似乎比我更游离于这艘船之外。他除了做饭和帮着干点杂活之外就是抽烟和盯着海洋。我捉摸不透他在想什么。

我问起船长时，他带着深深的忧虑对我说。

"没必要在意他，但时刻当心他。"船长抽一口烟，叹一口气，"其实吧，他跟你很像，我觉得。"

"自愿上船的？"

"不，应该不是，应该也是迫于生计吧。他就像是，怎么说呢，假如你在他的家庭中出生长大，他又以你的处境生活起来，那现在应该完全一样。"

"同样的胚子，只是经历导致人生不同。"

"没错，你挺会说的。"

"如果做装神弄鬼的事多了，估计每个人都能这么说。"我说。

我将思绪拉回现实，去甲板上看他们。他们在整理海货，旁边已经有七八箱封好胶带的泡沫箱准备被移到冷库去。门旁有个大锅和一个菜碟，菜碟里只剩调味的醋和酱油的混合物以及干辣椒，但很明显炒过，

我猜是手撕包菜。大锅里装的是极稠的粥，只保留了微弱的流动性。

拿筷子头蘸点酱油下粥算是一件好事，其实比吃铺张浪费的宴会要更美好些。酱油和醋在被大火快炒之后赋予了包菜鲜香的气味，即使包菜早已消失不见，但其浓重的油香依旧留在汁液里，并与不断渗出气味的辣椒相得益彰。粥是温热的，刚好能入口，并且将酱油那点香味在口中激发出来的程度，有些盐味，估计是舀了八勺海水的缘故。米都煮得几近融化，透出迷人的米脂香气，冲淡过重的酱油咸味而保留了黄豆的气息。

我把那颗干辣椒夹起来吃了。辣椒为了给包菜调味，已被炒得皮鼓籽焦，虎皮尖椒那样。刚接触舌头的时候很呛，但有相当的香味，我猛咽两口粥冲了下去，于是失去了继续感受的机会。口中还有一颗辣椒籽没咽，我把它咬开。缓慢地，舌尖开始感到辣，辛味逐渐弥漫整个口腔。我把粥喝完，舔干净碗底，还是没冲掉口中弥漫着的辣椒鲜活的苦辛味。

中午我们一块吃饭。这次是真真切切的用电饭锅煮的饭了，尽管电饭锅相当大，而且十分老旧，但还能煮出像样的不夹生的饭来。再有就是绝对新鲜的各色鱼被简单烹饪后上桌，以及手撕包菜。

厨子虽然做得没什么花样——当然不能怪他——但火候都正好，够香够嫩。他过去是一家大排档的厨子，后来店倒闭了。他就上了船。怪不得经验老到。

出乎意料地，我和三个劳工很快就说开了话。虽然共同话题不多。他们似乎以为我看到早饭几乎什么都没有会大发雷霆。

"我看着没那么大架子吧？"我笑着说。

"是没有，所以他想戳戳你，看你是不是假装的。"他们中较矮壮，笑容灿烂的那个指着较高的那个说，较高的则分辩说是他恶人先告状。"你别血口喷人！"

"说真的，我也没有你们想象中那么有钱，我不是财主。"我说。

"嗯?"他们三个回过头看我。

"我也就是个打工的,力气派不上用场,上有管人的傻子,下有不听劝的年轻人,一天干到晚累得不得了,晚上还没法倒头就睡。"

"嚄。"他们像在沉思。

"我是有一点点钱,但是肯定没你们想象中那么多,没有四层楼的大房子,没有好几十万的车,也没有地,没有黄金。不同地方的普通人而已。"

"那你有哪个有钱的朋友吗?"他们中最年轻的那个问我。

"有,算有吧。不知道算不算朋友,但她可有大把钱了。"我想起有栖。尽管她的形象和钞票几乎没什么联系,但她生前衣食无忧。

"她厉害吗?她是干什么赚钱的?"那个最年轻的问我。

"她,怎么说呢?她擅长的事情可厉害了,没人赶得上她。但是你叫她干体力活肯定没你厉害。至于她干什么赚钱嘛,她本来不为了赚钱,她想干什么就干什么,然后好多人就会给她钱。"

"我去,还能这么赚钱!"他们大笑。

"可别笑,这可是真的。"我说。我不知道这样解释她会做何感想,但事实想必如此。即使她说要立刻花掉十亿美金,估计也会有人慷慨出资。因为她不会为欲望花钱,她的欲望无法靠钱满足。除非她在通过花掉这笔钱创造什么(这种情况可能性最大),不然她不会满足。这就是为什么我说她与钱联系不上:二者毫不相干。

我们又聊了一会儿,他们又要干活了,我便回房间去看书。

夜晚他们在宿舍里打牌。他们的乐趣除了打牌,估计就只有自慰了。再说了,我们又好到哪里去呢?

他们所玩的牌规则有些复杂,3最大,2最小,花色顺序一样。有相当多的组合法,最后谁先打完谁就赢。我看了两盘,觉得会了,便试着打一盘,五毛钱赌注最后竟然翻了三十倍,输掉十五块钱。他们说我打得中规中矩,但牌太烂。"这种牌输十五块,打的第一把算不错的了。"不过我没有再继续打,出宿舍闲逛。

厨师在栏杆旁抽烟,火星在海上闪烁,像破损而残缺的太阳,其中的微小灰尘带着火光飘进海中,在被水浸湿之前就已消失不见。他很久才把烟放下来,把自己积蓄的某种东西随烟雾吐出,又再度吸入。想必那种东西被海风洗礼过,也会发生某种变化。

我与他在黑暗中伫立许久。火星虚弱地闪烁着,缓缓向某个方向移动,到一定程度后就被栏杆摁灭。他没把烟头丢进海里,而是揣进自己口袋。

我又注视他抽完一根烟,尽管夜色下我看不清他是否在抽,还是夹着烟等待其燃尽。那支烟烧完了,他走回房间。寝室灯熄了。

我又来到船长室。今晚前半夜值班的是大副。

今夜未曾下雨,我也似乎习惯了船的摇晃,没有再吐,于是得以安逸地注视海面。

熟睡的海。

露出面目的海。

因没有血污而显得毫无生机的海。我早已见识过,所以没再试着详尽描述,而只是冷眼注视,仿佛蹲下来注视尸体一般。

"死透了。"波洛说道。

话虽如此,其恐怖感倒比白天更胜一筹,一如蜷缩起的巨蛇等待突击吞食猎物一般。巨蛇,我茫然地想。

食尾蛇此处的鳞片是什么样的呢?想必并非精致华丽。暗淡粗糙的黑色硬片,上面刻有简单明了的红色花纹,一如远古时代神像手握的黑曜石盾牌。

"听说过海怪的故事吗?"大副问。

"每个地方的都不一样,但差不多算听过。"我说,"反正就是海中出没的像大章鱼那样的生物嘛。"

"上船之前可曾因为那些故事而害怕过?"他问。

"想必,有些写得还是相当令人毛骨悚然的,像洛夫克拉夫特开创的那个流派,那篇《印斯茅斯的阴影》。"

"现在想起来还觉得害怕吗？"

我试着回想其内容。人发现自己不是人，一切不过如此。通俗易懂，简洁明了，令我大吃一惊，看来在海上待着会让语言精练许多。

"不，不害怕了。"我说。

"看吧，海并不那么恐怖。她锻炼你的意志，强健你的身体。打鱼的汉子在本地最受女孩喜欢，就是因为这两点。海底的东西都不可怕，那些都是大海给予我们的馈赠。"

是吗？我想。海底之物自然和海怪的故事相同，在海中失去那令人战栗的光彩。但那不恰恰是因为海的恐怖吗？我们所面临的是比生命更久远的生命，在它面前一切都黯然失色。"真正令人恐惧的不是海底有什么，而是海本身。"

但我没把这些话说出来，大副看我忽然久久不语，便觉得我困了。我顺势回到房间，注视上铺的床板，等待睡意出现。

我的生物节律逐渐调节得与他们趋同，于是每天都成了一模一样的日子。食物千篇一律，虽鲜美但味觉单调，我有些牙龈出血，每天吃三片维C后好了一些。我开始想念坚实的陆地和牲畜的肉。思乡症，见鬼。

三个劳工依旧笑着。他们笑着一天拉二十趟渔网，笑着吃每天都一样的饭食（"因为特别饿"，他们说），笑着打牌并交换所剩不多的现金。他们是好样的，但我与他们没什么共同话题。

如此想来，未曾聊过天的只有那位厨师了，趁着其他人忙活的时候，我走到厨房看他。他坐在一张板凳上，抽着一根烟，盯着门外的海。今天天气不算坏，海也一反常态显出深蓝色来，讨好一般。

我坐到他旁边，注视着他。他身材极其魁梧，好似榕树一般，与个子相比怕是过分健壮了些，尽管他比我高一个头。肌肉疙瘩几乎撑破他的白色T恤。他应该是因为常年在海上工作，皮肤黝黑而油光闪闪，与之不相匹配的是他的面容，他脸上也都是横肉，但组合在一起，却不知怎的出现了一股冷漠而悲戚的意味，让人很难忘记。那种悲伤是相当纯粹的，没有学识为其蒙上一层脂粉，也没有经历为其覆上一层包浆，只是极其纯净，甚至有些粗糙。不，有些狂野的悲伤。

我注视他很久，直到一根烟抽完，他终于感到有些不自在了。我没有微笑，因此他应当不会太过生气。为什么会这么想呢？他人向你微笑时为何你会愤怒不堪呢？

"你老看我干吗？"他开口了，声音沙哑厚重。

"你就当我神经病就行。"我说。

他略微有些诧异地看了我一眼。我依旧没表现出什么表情来。他叹了一口气，又点上一根烟。

我一言不发。时间就这样流逝。他形容的悲戚在他的全身开始游移，然后凝固，好像石膏一般。他的视线以极缓慢的速度下移，最后看向手心。那里有粗糙而深厚的纹路，沟回一般贮蓄着力量而不展现出来。我回想起希腊的雕塑来。尽管他的体型并不那么高挑匀称，也没有大理石那样的肤色。

他沉寂在这里。我骤然想到这样一句话。

夜晚我又去找他，他仍旧溶解在无边的黑暗里。但海与天空依旧分辨得清：天空中有星星，还有月亮散射的微弱的光，而海只是一片漆般的黑，黏滞感又重新爬上心头。

他的存在在这里显得模糊不清，或许人人都是。我们本就是黑暗的孩子，没有逃离这里的翅膀，也知道我们没有翅膀，我们所做的不过是在水边产卵。但人类要伟大得多，他们所做的已经超脱这个世界，无论谁都一样，我们不需要变成一枚纽扣！即使溶解在黑暗里，那也是我们应做的。

但他并未完全消失在此，烟头的火光还是昭示了他的存在。我站到他身边，感受他透过空间传来的分量。

"你想过死吗？"他开口。

"为什么要想？死有什么关系？"我脱口而出。

"死没关系？"他大声叫，抓着我的肩膀，力道很大，虽然很快就松开了。"抱歉。"他说，"但你刚才说的是在放屁。"

"不是我这么说，是有个放屁的人这么说的。"我尝试辩解。

"活下去才是该做的事情！死了，结束了，一切都完了。"（我猜他没有看过《哈姆雷特》，但是这句话实在太像情不自禁引用的了）他喘口气，"没有什么东西是不如死掉的。我老听别人说生不如死，每次都想打他两个耳光。"

他对生存的执念令我感到有些诧异，这不像是正常人该有的反应。他要么经历过极端的死别，要么就有超过常人的敏感性。

"为什么呢？"我问。

他沉默相当久，烟燃了大约三分之一。

"你杀过人吗？"他问。

"没有，你杀过？"

"我也没有。"他说，"还没到时机。"

我问了他时机是什么意思，但他再没对我开口。

这天晚上。天气极其闷热，如同烧水壶即将发出那尖锐的"吱"声一般。温热不是我们的去处，寒凉才是。

船长和劳工在忙活着收渔网。身上的T恤被汗水浸透，发出十分令人不快的气味，并不仅仅是汗味，而是带有更多内涵更多意味的气味。这种气味附在那件普通而廉价的T恤上，使其颜色深而透明，粘在下面的肌肉因而块块分明。

这一捞价值很高，有数条大马哈鱼和金枪鱼，都很健壮漂亮，能让人情不自禁往海里看看有没有加拉诺鲨。金枪鱼背和鳍都呈蓝黑色，那是优雅的贵族击剑般的颜色，肉质也坚实，这能卖出顶高的价钱。

他们看上去挺高兴，大喊着叫厨师过来帮忙。

没有反应。

船长又叫一声，依旧没有反应，即使劳工们还在高兴地聊着天，和海浪一起把声音都掩盖住了，但我还是能感觉到没有反应。因为他迈步的声响很大。

船长皱起了眉头，起身去找他。

"还未到时机。"我猛然想起，仿佛尖刀搁在脖颈上一般。"等一下！"我下意识地大喊。

他们疑惑地看着我。

"先数数这里有几个人？"我说。

三个劳工，两个船员，还有我。就差没多出来一个。

再数数？三个劳工，两个船员，还有我，十全十美，吉利的数字。

"去厨房和储备室看看。"我说。

厨房和储备间挨着，我们很快找到了他。

他躺在储备间里，左手动脉和颈动脉被割开了，右手里握着一把带血的锋利的菜刀。他脸上的悲戚一概消失不见，因为他睁着的双眼已然无神，失焦的瞳孔仿佛注视着前方，肌肉仿佛还保持着力量感，但整体已经完全不协调。

随着一声震雷，外面下起了滂沱大雨，与第一天所下的如出一辙，但是并不悲伤，仿佛雨中的悲伤随着他生命的逝去流走了一般。

雨中只剩下暴力的感受，似乎要将船板打透一般。声音极其大，极其刺耳，仿佛厮杀后将对手鲜血放尽的角斗士一般。空气中也浮有暴力的因子，与灯也无法驱散的黑暗融为一体，飘浮于周围的每个角落。

"死透了。"波洛说。

我的头开始作痛，有什么在发抖，不是船，也不是我。

"死透了。"波洛说。

我充满渴望地回头，他们五个也注视着这里。地上有一摊从他手上流出的凉透的血渍，我毫无意识地踩在脚下，我将其移开，鞋就开始沾脚，仿佛踩到了晾干的海水渍一般。

"死透了。"波洛说。

血与海是同源的,海是血之海,血也是海之血,天上降落的也是海的血做的消化液,肆意地吸收着他的生命。此刻下的雨并非悲戚怜悯之雨,而只是消化的胃液。他绝望地咆哮着"死还不可怕?",但还是被海带走了生命。他的体温已经凉透,他的瞳孔已经扩散,只有他的血还未完全凝固,细细地在流动。

"死透了。"波洛说。

我想起有栖,不,她并非如此平白无故死的。她不可能是被海夺走了生命,她还在某处等待我前去会面。

"死透了。"波洛说。

我想起了洛琦,不,她还没死,她还有活动的心脏,涌动的血液和真实的欲望。我向她承诺过要去见她,不可能死掉。

"死透了。"波洛说。

我想起徐奶奶,不,她也还没死,她身体硬朗,还有东方之韵,不可能以这样的方式死掉。

我所见过的,我所想过的,我所知晓的,一切都涌入我的大脑中,呼啸而来,在中心形成小小旋涡,将我的意识吸入其中,在风眼墙处崩损得支离破碎。我什么也想不起来,但是脑海中什么都有。他们都没死!他们都没死!他们都死了!

"死透了。"波洛说。

食尾蛇在我的意识中盘旋,它身上的鳞片不断刮擦着我的记忆,并抠去一部分,它身上多彩的鳞片由人类历经数十万年来完成,而其寓意只有一个:死亡。

"死透了。"波洛说。

我注视着他的躯体/遗体,在脑中绘画着他的肖像/遗像,闷热,寒凉,汩汩,黏滞,涣散,崩塌,末梢中断,阿提拉之手,黑暗之巨眼,闭合,死亡,死亡,死亡,死亡,死亡,死亡。

"死透了。"波洛说。

我猛地惊醒过来。船长仍然皱着眉头,不过很快他就有了简洁的解决方案,想必这种事情他经历不止一次了。

"大副,你找个帮手把他拉到冷藏库去,我通知上头。"

我说想帮着搬,大副也没拒绝。三个劳工都很害怕,有一个看起来甚至有些精神失常,旁边的人在拍打他的脸。

"我来。"我让那个试着叫他的人走开。

"听得到我说话吗?"我用力握着他的手,"听得到的话,用力握握我的手。"我很紧张,因为这是我第一次尝试。

虽然很微弱,但他的确握了回来。大拇指感到了一点点力。

"好,很好,想得起来你叫什么名字吗?"我说。

他口齿不清地说出了自己的名字。

"这艘船的船长叫什么名字?"

他口齿清楚了些,也说对了。

"好,还记得。你是来船上打鱼的,现在一天的工作结束了,你面前刚刚死了个人,所以你有点发昏,现在没事了,去休息,明白吗?"

他点点头,爬起来回寝室了。

我舒了一口气,大副问我这是从哪里学来的。

"我曾经服过一年兵役。百夫长教给我的。"我说,"没什么,走吧。"

他比想象中的重得多。我和大副一人握一个脚腕,把他拖到冰库去。大雨还在下,他的血也还在流,被雨稀释,留下了水中浓淡分明的红色纹路,很快便消散了。

我们经过了船舷,那网鱼还在那里。他的血流过去一些,被还有些生机的鱼吸附到身上,使其身上出现了一层颜色可疑的轮廓。我终于又冷静下来。

无光,是了。暴力之感,厮杀的恐怖。有栖自然知道。我长叹一声，走进冷库门。把他和鱼箱放在同一个位置。我身上的雨水很快结成了冰，他的伤口也凝结起来，在他身上布上一层冰花。

我走出冰库，看大副把冰库门缓缓合上。

"你知道吗？这里甚至还在南海以内，行程才过了十分之一不到。"大副说。我当然不知道。

我们沉默地走回寝室，两个劳工已把鱼装箱完毕，他们抱着泡沫箱，从我们身边走过。

"时常发生的事？"我明知故问。

"时常，不过每次都记忆犹新。"

我在后面的航程中担任厨师。我自告奋勇去做这件事，他们也看似高兴地鼓励我，希望我能做点与众不同的外国菜肴。

但是原料实在太单调，只有各色小鱼和冷库里的卷心菜。卷心菜冻得极硬，要泡一阵水解冻，不然势必土崩瓦解。

就像他的生命一样。

不，别想这件事，任它流逝好了。现在应该认真做菜。好。我拍拍自家额头，注视面前的一桶鱼，一个包菜。

我捡起一条修长美丽的背青色鱼，我自然没能耐分辨具体鱼类，但我好歹知道背青色鱼成日游动，肌肉结实，皮下有黑色的肉质层，骨头少而粗，相当好处理。

他的肌肉想必也一样结实，那是属于海的残酷的肌肉。

不，别，别再想这件事了，回到你的工作上来。我拍拍脸颊。他的遗体仿佛连接上我的本体感知，一直在冷库发着虚妄的光，让我时时刻刻回想起他的存在。

现在，专心，工作，好。我深呼吸一次，把鱼的内脏去掉，鱼肉片出来，挑掉几个明显的骨头，顺着鱼纹把鱼顺一遍，不然会破掉。接着在鱼皮上平行着划开几条纹路，以免鱼皮收缩过头而破掉。

他划开动脉时想必也是这个感受。

"够了！"我大喝一声，猛拍一下砧板。如果你不想落得同样下场，就安心工作，别在意刀上的不祥阴影和厨房里异样的空气了！

大喝一声之后，心情好了不少，我顺利地完成接下来的工作，包菜快速焯过，包着和干辣椒一起炒的小鱼干一起吃。还有干烧的鱼，以及把骨头都熬融化掉的鱼汤。

实在没有多少变化。不过他们都吃得津津有味，我有些惭愧，因为这顿实在没体现出"外国风味"。我应该做得更好一些。

接下来几天，我尝试变着花样做菜，但没有一次符合我的预期。我感到非常沮丧。接下来的航程再没下过大雨，都是秋季温暖的晴天，尽管海上只有炎热和寒冷两种感受。

到了新加坡后，我陪船长上岸去火葬场，雇了一辆货车。

"他到底是谁呀？"我问。

"他只跟我说过他以前做过菜，后来被卖去盖房了，他就没活干，也没去处了。所以他就上船做工，当了厨子。"船长说。

"哦，他叫什么名字？"我问，船长所知的并不比我更多。

"石振华。"船长说，"至少他这么跟我讲，而且也像个人名。"

"他有亲戚吗？"

"没有，当时闲聊的时候我问过，他说他是六代单传。要论堂表兄弟也远得不得了。也没有姐妹一类，他从小孤零零长大。"

在火葬场，我们捡拾他烧不掉的遗骨。

"这些怎么办？"我问。

"没处下葬，那就撒进海里咯。没准哪一天我也是这个结局，哈哈哈。"他的强笑听上去相当悲伤。

到了港口，我问他接下来干吗。

"在新加坡附近捕捕鱼，准备回去。因为减员了，没法再去阿根廷那么远的地方。哦，老板说他往你账户里打了五百块钱，说是违约金，那你大概要自己去阿根廷了。"

"行，替我向老板说声谢谢。"我与他道别，身上的负荷也随之骤然减轻，死亡。

我在机场旁边住宿，等待第二天飞往阿根廷的飞机。我泡了个澡，想减轻身上的负担。死亡气息是不会被去除的，它只会被稀释，最后稀到人们习以为常。忘却万岁。

我用宾馆的座机给她打电话，这个点她在上班。不过反正纪律宽松得很，她很快接了电话。

"喂。"她以无起伏的声音说。

"是我。"我吐出这一番话来。

"你——哦。"她的声音略微有些色彩，"你在哪？"

"新加坡，风景宜人，环境优美。"

"你刚到那儿没多久吧？"她说。

"你怎么知道？"我有些惊奇。

"猜的，各种因素，演绎法一样——比如你现在很疲惫。"

"那倒确实。"我说。

"而且你的疲惫有些异乎寻常，不仅仅是长途跋涉的疲惫，还带有一些……沉重？总之奇怪，仿佛尖锐菱角一般浮现在我的面前。"

"确实，我经历了一个人的死亡，对，我'经历'了一个人的死亡。"

"所以疲惫？"

"嗯。"

"可怜的人。"她说，"其实我很想倾心于你来着，帮你分担些什么。"

"谢谢。"我说，因为我不知该怎么继续说。

"但我越是尝试接近你就越感觉到隔阂，就像弹簧那样，越近就越隔阂。我不知道该怎么办。"

"听我说，我十分喜欢你，不，一百分。我很想立刻回来找你。"

我说。

"但是现在不行。"她漠然地说。

"对，可现在不行。对不起，我还有些事情要做，那是我自身的矛盾所在，大约是我与你的矛盾所在。"我努力说。

"嗯。"她应道。

"所以等我好吗？绝不中途死掉。"我说。

"即使死掉也来找我。"她说。

我一时无言。

"好吧，我还算期待那一天的哟，"她无力地笑笑，"那么请遵守约定好了。就这样吧，再见。"电话挂断。

我放下话筒，盯视电话机，久久沉默不语。

纷乱不安的梦境。

去做矿泉水瓶岂不妙哉？

不，想必并非如此。我告诉自己。

"有点苦，忍忍就好。"徐奶奶端着一碗什么要喂我，但其入口后，是呕吐的时候喉咙被胃酸烧灼之感。

不，想必并非如此，我告诉自己。

"多种多样的离奇当道，没有一种比人更离奇。"海德格尔说道，并将虚无尽数取走，周围只剩压得令人喘不过气的"存在"。

不，想必并非如此。我告诉自己。

食尾蛇躺在地上抽搐，身上的鳞片已经黯淡无光。大侦探波洛仔细端详其躯体。"死透了。"他下了结论。

不，想必并非如此。我告诉自己。

"不中途死掉，就是死掉也来找你。"不知谁人说道，"只要前后半句就够了。"洛琦茫然应道。

不，想必并非如此。我告诉自己。

我穿行于不属于我的回廊之间，梦的回廊之间。这一面是墙，背面却是向上的楼梯。我便走上去。那里是公共场合。它只能给人以公共场合的想法，其他细节一概模糊不清。我走进洗手间或者更衣室。靠着墙摆有一张长椅，左右各通向某个公园和泳池，而有栖坐在长椅上注视着我，那眼神冷漠无比，仿佛在注视一条火腿一般。

我试着对她说话，她却毫无回应。于是我离开，走向右边一个墙壁呈流线型的无窗的封闭泳池，只有天花板上的玻璃照下平静的光。这里是无安全感的安宁之所。

还未等我细想，泳池上便出现了一艘船。船长正面无表情地向泳池中撒着遗骨，我的遗骨，骨灰盅上有我的标识。

落下的阳光变为皑皑白雪，将此地严实地覆盖，我一步一步向前，走到一家咖啡馆前，推开门，一堵绿墙迎面而来。洛琦已坐在柜台前阅读《百年孤独》。窗外风雪交加。

我点了一杯咖啡，端上来的是一杯湖。湖边有座木屋，有人在里面安静地写作。那不是任何人，不是我，不是有栖，也不是洛琦。他写好信便封装寄出，其余时间在围墙边巡逻。

我坐在椅子上，垂着头，定定注视这一切。等我发现时，我已坐在床边，愣愣注视着手心，窗外天已大亮。

我决定直接前往贝加尔湖，那里已经闪闪发光，等待我前去。

我下了飞机。这里已经是隆冬。俄罗斯的冬天与俄国小说一样，漫长而冷漠。尤理见证过这一切。

日瓦戈甜饼，百年前的往事。我想，一百年间发生了什么呢？一次世界大战，数个国家的伟大尝试，持续几乎整个世纪的未发动的战争，一个伟大世界的破灭，无数人来了又去，就连尤里也死在公交车旁。他已被超越，他也已成为过去。

时间已流逝了这么多！一股迷茫的悲伤猛然涌来，我已被时间冰封，掩埋，而我沉默地闭上双眼。我已被时间感染。

悲伤是时间的载体。当我们喜悦时，时间消失，那种轻飘飘的毫无根据脚踏实地感觉并非时间感。时间是像厚雪一般堆积在我们身边的，它从不流逝，它只会将我们埋葬。

我来到这所房屋旁。这里是有栖在贝加尔湖旁的住所，也是她逝去的地方。它藏在森林深处，紧挨着湖，周围有一片空地，可以种上花草。尽管现在是冬天，房子不大，也没有二楼。

我站在门前，久久地思索着，思索的内容已经忘了，或许什么也没思索也说不定，脑中的思绪仿佛落下了深雪，毫无物体浮现。

罢了，我想得太多，所以根本没着手做过什么。我推开门，走了进去，屋内的陈设……

屋内的陈设啊，进门往左看是厨房，桌上有几个空碗和半袋麦片，以及没插插头的滴漏咖啡机，洗碗槽里的碟子堆积很高，但已无油垢，想必泡得太久而溶解了。左边啊，左边有一扇窗，窗前是写字台，上面有一支摆得与桌边平行的钢笔——有栖的老习惯，十七年前便如此，记得一清二楚——和一瓶墨水，还有堆叠的放好的一尘不染的稿纸和一尘不染的信封，信封雪白，与我所收到的完全相同。

床在一个角落，一旁的床头柜上放着台灯，还有一本《霍乱时期的爱情》。一旁放有留声机和黑胶唱片，有一张是她十七岁时做的第一张唱片。钢琴与小提琴合奏，是翻奏的一个名不见经传的人作的一首名不见经传的曲子。原先是纪念某个古代将领的金属乐曲，如其人般暴力而富于悲剧性。后来经主唱调为低保真的像素音乐后减弱了其力量感，仿佛注视着谁人的逝去一般。有栖经过钢琴和小提琴改编后将其忧伤感放大。这是做的第一首歌，她的天分还隐藏在青涩之下，但其敏锐的感受力已可窥见一斑。

我将唱片放到留声机上，将唱片放到起始处，按下开关——这是个电动的——唱片便开始缓慢旋转。初始时钢琴平静的琶音奏响，不断往复，叩击着谁人的心。琴声自然地回荡。我注视着房间，逐渐涌起一股哀伤的思绪。

这里的一切都富有生活感，就像有栖仅仅是有急事离家一小会儿而已，很快就会再回来一般。唯有床不一样，床铺整整齐齐，被子像酒店常做的那样塞进床垫与床的缝隙中，紧实而冷漠，就好像她已经预知她的死亡一般。

小提琴悄悄浮现，与钢琴同奏一会儿，接着便自己演奏起旋律，钢琴则当伴奏，出现在旋律的长音中。仿佛有许多人在统一演唱一般。这种轻微的耳不暇接的手法常被她用来即兴演奏，带来一种困顿和落后的悲伤情绪。就像逝者已逝一样，我们注视着她的消失，逐渐随时间深埋于土地下。

我仿佛看见她安静地合上笔盖，细心地将其摆在桌旁，然后将床铺好，将被子塞进那个细小的缝隙后坐到床上，等待死神来临的样子。

死神并不像神话中那样披斗篷拿镰刀，而是穿着白衬衣牛仔裤，两手随意地插进兜里，白衬衣上或许有点什么图案，但也不至于太过声张。他（她？）面色有些苍白，但神情自如，分不清性别。他礼貌地敲了敲门，然后入内，看看有栖，再看看表。

"还剩五分钟，不着急的，其实宽限一两分钟也没关系。别人说我无情那是不知道我宽限了他们多久。"他耸耸肩。

于是有栖最后一次将唱片放到留声机上，聆听她最早的作品，与我现在如出一辙。

"阿提拉，上帝之鞭。他让我累得够呛，不过现在好了一点，还可以有时间陪你听一首歌。"他说。他的眉眼深处凝结着死亡的阴影，哪怕在人群中也十分显眼。

有栖并未言语，一曲听完。"动身吧。"他说。走出房门，有栖顺从地跟在他后面。"那首歌怎么样？"她问。

"不算差，值得被我记录下来。"他回答。

此时留声机正播放着曲段里最悲戚的一段，乐器们交织在一起，难分彼此。我仿佛看到了一个肥胖的人在床上痛哭流涕。

"布兰琪啊，布兰琪啊。"他撕心裂肺地哭喊。

但我无动于衷，只是坐在写字台前注视窗外。外面阴云笼罩，第一场雪想必即将来临，但湖面上尚未封冻。水温冰凉刺骨。

我在门前的长椅上坐下，愣愣地注视着湖面。它清亮而诚挚地反射着湖上的光景，从而完美地隐藏了自己的颜色。第一场雪还未下，湖面还未封冻，但树的枝条早已悄悄枯萎，形销骨立，漫山遍野的树都溶解在黑暗之中。

能驱散黑暗的雪仍然没有到来。

雪并不很寂静，据说雪飘入湖的声音大得能被称作巨响，只是我们听不见。这低沉无比的声音契合了俄罗斯的灵魂。湖面也不稳定。过去听说过"过冷水"，便是不稳定之物——受力就会迅速结冰。

还差一颗小石子，我想。据说阿提拉也是投水而死，仿佛来自地狱的灼热长鞭还是熄灭于湖下。于水中逝世的人更是不计其数，他们为食尾蛇做过什么呢？

我茫然地想着，我又为食尾蛇做过什么呢？

不，想必我无须为食尾蛇做什么。食尾蛇记录着所有人的生命，其中一枚鳞片想必就属于我。它已经代表我。那么无论我如何做，我都与其他人不同。

我亲手将这枚或许暗淡的鳞片镶在食尾蛇上。

这时电话响了，我从镶嵌的梦想中醒来，接上电话。

"是我。"洛琦说，带着明显的哭腔。

"怎么了？"我努力打起精神。

"我梦见，我梦见，你彻底离开我而去了。"她说。

"别担心，我还好端端地在这儿。"

"不是那个意思，我是说，我梦见你回来了。但是，"她猛吸一口气，"但是你毫无生机，只剩躯壳一样。过去我还能透过你的外壳中较薄的部分感知你，但现在不行了。"

"等我回来，我会把一切都说给你听的。"

"不！"她大喊一声，声音十分凄凉，"如果我没法感知你，那你就算还来找我也没用！心那样的东西已经消失不见了。"

"死掉来找也没用？"

"不！"她又喊了一声，然后后知后觉，"并且我说了只要前半句。"

我立刻感到失去意识，就像被猛地投入贝加尔湖一般。我知晓我一直不擅长表达自己的内心。我渴望把胸腔撕开，把还在跳动的赤红的心给她，如果有用的话。

但是无济于事，孤寂怎么会被排遣呢？当头的一棒让我清醒。"听我说。"我尝试说话。

"闭嘴！"她喊。

于是我噤声，等待她挂掉电话。我仿佛要理平五官一样揉搓自己的脸。支撑着我的什么轰然倒塌，就像地基陷进去了一般，眩晕感充满了我的全身。我一直渴望和盘托出，渴望倾诉，渴望将自己身上附着的某种发痒的东西一下子甩掉。我一直在为此发狂地扭动，从八岁起就开始希望把什么东西，像塑料膜那样的东西从身上撕扯干净，可从来没做到过。这层膜也阻碍着我传达自己的情绪，阻碍着我带血的皮肉接触外界干燥的空气，从而生出真正的皮肤和毛发。

每当此时，一种暴力的心情就会席卷于我身上，我撕扯着周围能撕扯的一切，甚至衣服。我搂抱着自己的腿试着将其挠破——我或许有那种被称为"不宁腿"的心理疾病。"园丁的姨妈的雨伞在屋子里？"我用我熟悉的语言大声吼叫。

我踩踏砾石，剐蹭树皮，最后冲下贝加尔湖，清凉感顿时包裹了——或者说带走了——我的躯壳，血肉的痛苦就此消失不见，顿时觉得舒畅了。

这里是一片寂静的故土。这么称呼这里是恰如其分的。周遭空无一物，无收音机，无车水马龙，无歌声。

这并不意味着这里是空白一片。首先，并非完全寂静，自然没有

"绝对寂静"一说。完全没有外界声音时，鼓膜会作痛，但此刻并无如此感觉。其次，这里有三件事物。

一样是光秃秃的树，焦黑的树皮沉默地向上突刺，与类似的树不同，这棵是有繁茂的枝干的，尽管叶片早已落尽。枝端尽头的细末已经无法看清，在这里的灯照下尤其如此，只能通过地上斑驳交错如同马赛克那样的光影才能得以一一显现，即使如此影子也不太明晰。但那树却给人以奇特的冷砺粗硬之感，仿佛细部逐一显现，明确可感，冰冰凉凉，树干的凸起在树皮上投下阴影。

一样是椅子，两张。这样与树木几乎毫无关联，纯粹无缝无钉的几何式样让其与地板融为一体，浑然天成，无瑕疵，无纰漏。仿佛无法拖动一般，与树相比极微弱的体量感竟能带来如此的沉重力量。

一样是有栖，她坐在椅子上，温和地注视着我。整个画面是黑白的——这甚至很难在看她的时候发现。她的五官很美，但是透着寂静的灰，这是忧郁的艺术气质。洁白的鸟羽屑变为灰色，如同麻雀的体羽，修长的睫毛在本就是淡灰色的瞳孔上投下灰色的阴影。

"你总是会遵守约定。"有栖说。

是吗？我迷茫地询问自己。我总会遵守约定吗？约定，某个约定浮现在脑海中，就像原木浮在冰湖上一般。

"这里难不成是……"我开口。

"不是。这里并非死之世界。看过村上春树那部小说？"她打断我，以一种不会让人心生烦躁的方式，"充当配电盘的羊男？"

"看过，所以你在连接世界？"我问。

"当然不是。我并无这种事要做，世界任其自然交错，我并没法横加管束。我只负责为偶然历经此地的人指引道路，帮他们去他们该去的地方。"

"就像交警那样？"

"就像咨询台那样。我告知人们去何处的办法，而是否去则由他们决定。尽管如此，绝大多数人都会回到自己该去的世界去。因为这样的世界才会正常运转。好了，我把你叫来这里可不只是为了聊这些的。"

"好吧，为什么把我叫来？"我问。

她却并未回答，"你记得我们小时候吗？"她开口。

"当然，至少大约记得。"

"那么，你称呼我为什么？"

"有栖。"我下意识地出口。

"美丽的名字，但让这样一个名字用在我身上，是为了什么呢？"

她凑近了问我。她的眼神纯洁干净，并无不快。

"呃，这是，因为，呃，"我口吃着说，"外教课上你的自我介绍。是爱丽丝吧？我不知怎的就对这个名字记忆深刻，就用了发音极其相近的一个名字代替，嗯，就是这样。"

她嫣然一笑，却有一股哀伤的思绪混杂其中。"是吗。我听说你叫我'有栖'时也差不多，心底一下就被触动了，好像有鸟的羽毛在撩拨一般。你大概明白吧？"她指着自己的心脏说，"我真切地发觉打动人的美好，所以走上了这条道路。"

"原来如此，所以一切还是在为了触动人。你本来就是先无意识地触动我，然后再触动自己的嘛。天赋还是不同凡响。"

"天赋什么还是算了吧。"她说，"每次我都得拼尽全力，绞尽脑汁才能完成一幅能带给人感受的作品，传达的还不完全是自己所想的，隔了一层薄膜，怎么都过不去，你可明白？每次重看我的作品时，我都被里面不够符合心意的部分刺痛。我想表达的是某种特殊的、不可复制的感觉，可每次都不行。不是太过典型而模糊，就是太过奇特而传递不过去。"

"我明白的。人还是没法把自己的心全盘托出，所见所想仅有自己晓得，说的话语，直到创作的艺术，都只能干瘪地传递一些会被同质化的概念。满腔秘密不可予，因此压在心头，喘不过气。"我说。

"差不多，后来我心生一计，何不干脆直接复制那些典型的形象一回，然后再不按这种办法形式行事呢？就好像排除法那样。所以我选了八种感受，照其感觉做了八首曲子，再配上灯光，然后作为装置艺术展出，里面还有面镜子，可以看到自己在不同境遇下的模样。我想起境遇这个词了，这可真是个好词。"

"氛围制造。"我说。

"对，看来你体验过那个。因为八种不太够，所以我再加了一种，是一直盘旋在我身边的感受。就是现在的处境，空虚、安宁、自洽、毫无内容的梦。"

"灰色。"我说。

"是，虽然我并未将其放进那家装置里，而只是将其收录进专辑里，你或许不知道，我的专辑收听量其实不高。把它藏在这里差不多是为了自己的私心。"

"但是？"我说。

"哈，你猜到了。我发觉这些感受还是太强且太苍白，但我此时已时日不多，于是我做了这样一个尝试。"

"等等，"我打断她，"你何以知晓自身时日不多？"

"我也不知道何以知晓，或许靠演绎法。我应该是心肌梗死死的吧，够突然。大概嘛。"说得云里雾里。

"得，"我说，"什么尝试？"

"给你写了一封信。"她说。"并望你帮我走一遍我走过的路。"

"所以完成了？我帮上忙了吗？"我问。

"帮上了。"她说。

"你替我经历了许多，我没经历过的有两样。"她说，"但是现在完成了。"

"何以？"我问，"你又没亲历，也未附身。"

"自然有办法。生活在同一个世界的人是可以共感的，只不过几乎所有人都生活在自己的世界中，其中除了自己再无别人，因此感到绝望。只有少数人恰巧生活在同一个世界中，那他们大约就能共感，从而分享喜悦和悲伤，进行我追求了一生的交流。"

"然后，因为我身处中转站，所以我可以将触角伸到任何一个世界去感受，那个世界的人绝对意想不到，因为接口在贝加尔湖旁的一棵山楂树旁，每个世界都如此。"

"这么说，如果我到了别人的世界，会怎么样？"我问。

"你自然获得了与他人'彻底交流'的能力，但也要付出巨大的代价。"她仿佛死神观察天平那样说着。

"什么代价？"我问。

"首先，你将永无归宿，一旦来到别人的世界，你原来的世界就将崩毁，无人的世界无法维持；其次，你在别人的世界也会变得脆弱无比。一旦死去，便烟消云散，不再有新的轮回。"

"原来也没有啊。"我说，"没有记忆，就等于一无所有。"

"随你怎么想，但是这么做后果太严重了。"她如同安抚小孩那般对我说，她好像一直有些母性倾向。

"在这里的生活怎么样？"我问。

"在这里可不叫生活，死去之人无法生活。不信你看。"她起身拥抱我，但却穿了过去，没有一点阻力感，"并不是灵魂。但是的的确确已经死去，不再能跑跳和舞蹈了。在这里干些什么嘛，其实也无事可做，坐在这里。凝视周围而已。无趣时就感受他人的生活，然后在这里守候。没那么无聊，虽然人影见不到一个。"

她顿了顿。

"不过观察人的活计，倒也很有意思。过去有个漫画家说过，死去的人都来到电影院，找个位置随意坐下，观看影片里放映他的一生，偶尔一同观看的还有他的熟人，他们或许还会笑，还会哭，但是他们终将离场。我就像是隐藏在阴影里的最后一排的观众，注视着他们鲜活而不可替代的一生。这样久了，就会涌起一股哀伤的思绪。时间是真真切切在流逝的——它给我这么一种感觉。我可能或多或少在'灰'里表现过，当然表现过。"

"是，当然表现了。逝去的人，被埋葬的事，它们就像墓碑一样毫不显眼却又有力量感。我们都已经背负了生命的悲戚。"

"对，说得很好。"她说。

我们沉默。

她要送我回去了。

"还能见吗？"我问。

"还能见的，我一直都在这里。逝去的人不会再逝去。"她微笑着说，为我指了一条路。

"朝这个方向走，记得闭上眼睛。光会越来越暗，光会越来越暗，最后黑成一片，不必担心。继续向前就是，直到再亮一次。但这里还不是你的世界，不要睁眼，继续向前，周围再度暗淡后，再度明亮时就可以睁眼了，那便是你的世界。"

"中间是哪里？"我问。

她的表情忽然黯淡下来，无奈浮现在她秀美的脸庞上，似乎有什么最坏的事情发生了。然而如我般迷茫，根本不知道她想到了什么。

"中间啊。中间是洛琦的世界。你们的世界挨在一起像一对共用一部分膜的肥皂泡一般，所以你们才能这般亲密。"她仍微笑着说。

"但是，中间隔着一层薄膜。"

"是的，知道吗？你周围还有许多这样的泡泡。他们紧紧挨着你，表面张力之类的东西试着把你的薄膜扯破，让你时常感觉到这种想要表达却无法表达的完全的感受，完全的感受，我也曾经是其中之一。"

她用双手抚着我的头，额头靠在上面："可怜人。"

"所以你去意已决了吧？"她问，"与别人分享自己内心的那点宝藏，不用再整天价大喊'园丁的姨妈的雨伞在屋子里'这种蠢话了。"

"自然。"我说，"我早就受够了这种感觉，我的鲜活的感知，我眼所见的斑斓色彩，我耳所听的宏大名声，我舌所尝的杂陈百味，我体所感的……"我说不下去了。

"是，不应当仅仅化为干枯的文字。"她抬起头注视我的双眼，"你是这么勇敢的人。"

"不，"我笑笑，"恰恰只因为我太过懦弱。"

我紧闭双眼，向前行走。事实上周围的光亮在急剧降低，没走几步变成了漆黑一片。

"不必担心。"谁人拉住我的手，引我向前。是，不必担心。只需向前便万无一失。

我沉寂地向前行走，黑暗中仅余脚步声。就连这脚步声也渐渐变得模糊单调，只是给人一种感受，觉得这是纯粹的脚步声，无法分清是什么样式的鞋踏在什么样的地板上。柏拉图之脚步，氛围的脚步声。

这也是一种氛围，所有人听过的各式各样的脚步声呼啸而来，在同一个位置重合后，其中颜色最深的部分想必就是脚步声的理型。它也随着无数的理型一起，即将镌刻在食尾蛇所有鳞片之上。

不，不是如此。世界上任何两样东西都不会完全相同，所有脚步声，所有颜色，所有人，都不能被如此对待。每个人的颜色都应是鲜艳无比的，不可叠加的。

既然如此，那理解他人，真的还有可能做到吗？

待我观察到时，眼前已然天亮。脚步声也不再模糊，而是真真切切的运动鞋踩在贝加尔湖旁的雪地的声音。只不过声音略尖一些，就像从平凡的C大调变到了给人以感动之感的D大调一般。

我睁开双眼，不知是否仅仅是因为闭眼太久，眼前的事物似乎更明亮了一些。原本棕黑色的树干如今看起来有些发绿。唯独湖面依旧平滑，想必今晚就将上冻。

我没有失约，我想，我没死掉。我一步一步地从雪地中跋涉回来，不知怎的，感到极其疲乏。

"那么多？"我脱口而出，具体指什么我也不记得。

半杯咖啡。

太阳还未出现，但天空依然发亮。凉爽的光照在这半杯咖啡上，使得上面的图案难以辨识。

模糊的咖啡，咖啡在茶几上，玻璃茶几，反射着晨光。

无言的。

静寂时刻。咖啡已经凉透。奶泡之类也已消失殆尽，暗沉的表面倒映着……不，什么也没有。

茶几上还有个花瓶，里面装了半花瓶水，一支宁静的水仙正在枯萎。天气的确寒凉了些，的确。

如何制造潇洒

　　昏暗的灯光把他的脸照得很黑，与苍白的墙构成强烈的对比。他深陷在沙发内，注视着地上数个空得彻底的啤酒瓶——并不能算注视，因为他双眼失焦，毫无疑问看不清任何东西。超市里成箱送货的雀巢三合一只剩下最后一剂，完全不够他早晨第一杯的量。电视显像管坏了一个角——他和老婆吵架时，脚下一滑，头撞上去的——播送着马萨诸塞州的天气预报，有90%概率下雨，他想，关我屁事。

　　沙发旁的座机响了，他没接。铃响过二十七声后停了。他叹口气。凭什么推销电话都往我这儿打呢？

　　可座机又响了，行吧行吧，他伸手按下免提键，一个略有些神经质的声音传来："这里是诺德先生吗？"

　　"是。"他有气无力地回答。

　　对方显然没有听见："这里是诺德先生吗？"

　　"是。"他略微提高声音，并将它拉长。他懒得生气，并且这声音已足够让对方听见，除非对方是一头耳聋的蠢猪。

　　"那么，诺德先生，你现在还接单子吗？"

　　他猛地从沙发上弹起，抓起座机听筒："当然接。要我干什么？"很显然，并非找猫。

他走回卧室，脱下烟味浓郁的衬衫，换上一件口袋极多的防弹夹克，别好手枪，穿上大衣，摸了摸口袋里的金怀表。

潇洒的形象就出现了。愿意的话，背景音乐还可以换成猫王随便哪首歌。

相对论早已是一百年前的陈旧理论，有不少问题在更新的理论里得到了修正。自身尽管"完美无缺"，却也经过无数次修修补补。尤其是狭义相对论，早该被纳入小学部分，可就连高中都不重视它，把它当作过难的理论作选做要求！

归根到底不是不重视（谁敢不重视？），而是从小树立起的绝对时空观过于根深蒂固，想改变很难。并且费尽力气改变也不会有多影响正常生活。不如不改。

时空是连成一体的！他们本质上一回事。单位制就应该把光速更多的意义写上。

介绍相对论应该从小学开始。那时就得教相对论带来的现象，同时相对性、钟慢尺缩什么的都挺简单。不要求理解，连那个著名的变换因子都不用记，重要的是时空观！

心脏的悸动变得微弱。我没法再打动它了。

钢琴前，我双手都挤在右中央C附近，交替着弹奏一段重复的旋律。左右手相距很近，左手拇指干脆伸到右手掌心下面去按键。踏板踩下，声音渐强，但声音总是内质缥缈，仿佛杂草一般。

随着乐声如潮汐般的渐强渐弱，我的感受也随之变得浓厚和稀薄。因为这是涌现我自身的潮汐，思绪会在冲刷中变得模糊，仿佛被侵蚀掉的礁岩表面。

我最终长叹一口气，弹下一部分。

不可信赖！

敌意是保护自己的最佳办法。用玫瑰的荆棘包裹自己,剩下要做的就是只有习惯荆棘刺伤自己的疼痛了。不要他人,他人就是地狱。

但我又常常想要敞开自己的心扉。孤寂啊,孤寂。撕开心脏看看里面。这会让我痛快。

内膜仿佛珍珠一样光滑透亮,发着淡淡的红光。上面并无鲜血,而只有一层薄薄的黏液。

腹中也有空气。或许那些空气是出生以来一直在那里?将死亡之人最后深深一吸,吐出了近百年前的一口空气。

如何在人群中号叫而不被发现。

如何要数清自己遗忘了多少东西。

如何祝福他人。

如何深呼吸。

如何疑问。

如何拥抱不存在的东西或者梦。

如何在阅读时痉挛。

如何获得勇气去写作。

如何劝说猫去上吊。

如何劝说猫上吊

首先确保你对猫不再怀有多深的感情。否则当猫死去,你会后悔,从而终止这项作业。猫生只有一次,不能重来。

准备工作:在房梁上选一根绳子,并打好一个结,确保粗细和颈围一样长。并且猫不会同时碰到线圈和地面。注意不要尝试将头伸进线圈,被劝说的并不是你。

那么,准备工作就大约完成了。

坐在一张椅子上,抱着猫,注视那线圈。仔细想,那是象征死亡的物件。套上这个绳圈后存在就会消散,只剩下一副还有余温的躯壳。

仔细想,直到套索在你眼前多多少少成为一个象征物,象征什么并不重要。重要的是,在你眼里套索脱去了其该有的形体,只剩下一种意味。即空落,一种阴影中的哀伤。

这时就把自己的悲苦说给猫听,记得不时要抚摸它。让它保持清醒,因为悲伤会带来困意。

那时人们仍旧相爱，不管为什么理由（有的干脆没有）。他们在一起拥抱，亲吻。不但如此，他们还爱着这个世界。那是独立于生存的渴望，对繁殖的追求之外的感情。他们的泪水滴滴灼人，他们的笑声真实可辨。而未来的人们也势必如此。

我深呼一口气，继续倾诉。尽管我并未说出什么，但语言仍以其超脱于语言的承载力将我的倾诉和盘托出。积压的情绪从这个闸口一概喷出。毫不矫情地，我开始哭泣。

我伏在猫上痛哭失声。猫特有的鲜活的毛皮气味涌入鼻腔，带来某种前所未有的温暖感受。我们知道我们得不到翅膀。

于是猫仍留在你的膝头。你也没有上吊。嘿！你们都是傻子！

奔涌（代跋）

隔着墙的雨听上去像白噪声，充满不真实性。但雨在下，并发出其该有的声响。我没有伞，我喜欢雨。

洪水是灰绿的，它从山谷间奔涌而来，与残缺的树，沉默的鱼一同经过这里。我站在高崖上，注视着这般景色，这并不壮观，也不宁静。我从没见过洪水。

光影从不温暖，但我们所见都是光和影。夜晚，巨大的恒星落下之后，浸泱出漫天的橙红色，并给灰鲸镀上金边。而灰鲸沉默地游动，向着另一边暗蓝的色彩。灰鲸逐渐破碎，金边也不落到地上。火热的人观看着这一切，做作的诗人观看这一切，她不观看这一切。

繁星生长在雕塑上，但雕塑更有价值。因为雕塑终究会倒塌。

倒塌，万事万物都将倒塌。恒常的风吹走枯草编织成的球，剩下的唯有荒漠。尽管草依旧生长，挥舞着阴影上的嫩芽。草叶，瘙痒，后脑勺，皮肤，刺痛，困意，温暖。

沉寂地注视着周围。

曲调有新旧之分，也有高下之辨。但新曲调不一定就新奇，更不一定低劣。而旧曲调也不一定高雅。秽语不一定污脏，真挚的粗话比干瘪的修辞更应得到赞赏，沙哑的音响比精致的鸣声更为高明，漆黑比洁白更难运用。

但这又有什么关系呢？

我时而幻想自己在不同的地方游历，肃穆的民众，清冷的水池，些微的呢喃声。想象从身体一侧飞来，呼啸而过，去往另一方。而实际上我仍坐在原位，手中握着一杯冲得极淡的咖啡。

翻看世界地图……

我注视着北半球某个纬度极高的半岛。那里有连绵起伏的山丘，上面长满青草，似乎给人一种食物般的不真实感。山丘上没有树——自然没有。

时而降临的大雪总会埋葬些什么？绝对会的。有什么言之凿凿地对我说。